DE GRIENDWERKERS

Catalijn Claes

De griendwerkers

Westfriesland

Eerste druk in deze uitvoering 2008

www.kok.nl

NUR 344
ISBN 978 90 205 2875 6

Copyright © 2008 by 'Westfriesland', Hoorn/Kampen
Omslagontwerp: Bas Mazur

HOOFDSTUK 1

De zon hangt boven de einder alsof ze even draalt voor ze langzaam uitdooft na een stralende dag. Het afnemend daglicht glijdt over de rij kleine huizen aan weerszijden van de dijk. De huizen hebben twee vensters, een deur, een voortuin met een waterput en een moestuin achter, die grenst aan de griend. Links van de dijk wonen de botkloppers, streng in hun geloof en trouwe kerkgangers. Rechts wonen de griendwerkers, stugge werkers die vreemd zijn aan de kerk en die op zaterdagavond in het cafeetje van Zwaantje Gils een hartversterkertje halen, want een mens leeft niet bij brood alleen. Op de dijk loopt Maarten Kooistra, over zijn schouder hangt een leefnet vol kronkelende aal. Halverwege de dijk slaat hij het schelpenpad in dat leidt naar het witgepleisterde huisje van Fem Drijfhout, een weduwe met een blank, fris gezicht, omkranst door een bos donkere krullen boven een helrood truitje. Ze is moeder van een dochter, Wouke.

Maartens rijkdom is een eigen huis en een houten vlet waarmee hij voor dag en dauw de palingfuiken uitzet in de bruisende kreken van de griend. De griend is het eigendom van de adellijke familie Jüngeman-von-Emmerich, en wordt beheerd door Jonkheer Friedrich-George-Adelbert, voor de mensen in de buurtschap 'de jonker'. De griend is een stuk woest moerasland met rietgorzen, modderbanken, poelen en kreken. Maarten en zijn zoon Ward verdienen hier als vaste griendwerkers hun dagelijks brood met het kappen van wilgen en rijshout voor het maken van zinkstukken, het snijden van rietblad voor afdekking, het punten van paaltjes voor de kaai, en het nalopen van de duikers. Werk dat de jonker – naar eigen zeggen – zelf niet zo ligt, daar heeft hij zijn griendwerkers voor.

Jonker Friedrich begeeft zich, als het hem behaagt, op zaterdagavond tussen de dorpsbewoners in het café. Daar trakteert hij hen op anekdotes en een borrel, want vertellen kan de jonker! Als de toehoorders ademloos aan zijn lippen hangen, zegt Maarten tegen zijn zoon: „De jonker heeft ook zijn goeie kanten."

Steevast is dan diens antwoord: „Weet je wat het met jou is, vader? Jij denkt veel te goed over de mensen, maar je kent ze niet."

5

„Ken jij ze dan?" is Maartens wedervraag. Hij strijkt door zijn spaarzame haren. Tegen dat jong kan hij niet op... Ward, een woesteling voor wie geen zee te hoog gaat, met een paar losse vuisten. Vorige maand nog had hij een dorper die zijn hond met een stok aftuigde, twee blauwe ogen en een gekneusde kaak geslagen. Toen hij het hoorde, waren zijn eerste gedachten: dat wordt brommen! Hij kreeg gelijk... Nog dezelfde avond stond Bijvoet, de dienstdoende agent, op de drempel, met de mededeling dat Ward mee moest naar het bureau, want het slachtoffer had een aanklacht tegen hem ingediend.

„Natuurlijk," had Ward gegrijnsd, totaal niet onder de indruk. „Als ik die vent was, had ik het ook gedaan."

Bijvoet ging er gedecideerd tegenin: „Dat wordt op z'n minst twee maanden brommen, en het is de vraag of je je baantje in de griend nog houdt." En zo dachten vele dorpers met hem. Maar hierin vergisten ze zich toch, want wie kwam Ward in het cachot opzoeken? Precies, de jonker! Hij vroeg aan Ward: „Vertel eens, wat is er precies gebeurd?"

Ward vertelde het en eindigde zijn verhaal: „Als ik er weer voorstond, deed ik precies hetzelfde, die vuile dierenbeul... Maar het werk in de griend zult u me wel ontnemen."

De jonker zei een tijdje niks, ijsbeerde heen en weer, rookte zwaar aan zijn barnstenen pijp, bleef vlak voor Ward staan en zei: „Dat zou hij wel willen, de doerak, dat ik je de laan uitstuurde, maar zodra jij vrijkomt, ga je de griend weer in."

Sindsdien heeft Ward zijn mening over de jonker wat bijgesteld, al houdt het niet over. Ward was als kleine jongen al een woesteling, waar hij zijn handen vol aan had, nu is hij een grote, forse kerel die zijn eigen weg gaat en daarbij soms het recht in eigen hand neemt. Als hij bij zijn naaste buur Fem wel eens zijn nood over Ward klaagt, zegt zij: „Het komt wel goed, laat hem toch betijen, man."

„Jawel, betijen..." gaat hij er dan tegenin. „Kun jij makkelijk zeggen met een dochter als Wouke." Wouke is een lief en aardig kind, alleen wat stilletjes.

Fem stuift op: „Een meid kun je niet vergelijken met een jongen."

Nee, vertel hem wat, maar hij had er toch heel wat voor over als er wat minder vuur in die knaap zat.

Nu is hij op weg naar Fem met een vraag die hem al maanden bezighoudt, en die hij maar niet over zijn lippen kan krijgen omdat hij er de moed niet voor heeft. Als hij de hoek van het huis omslaat, stapt Fem net uit het kippenhok met in haar boezel de geraapte eieren.

„Zo Maarten," begroet ze hem. „Kom je een bakkie halen?"

„En een maaltje paling brengen." Wat een kordaat wijf is het toch! Er zijn er meer van het mannelijk geslacht die een oogje op haar hebben, maar tot nu toe houdt Fem de boot af.

„De lang beloofde paling, dat werd tijd." Ze staat voor hem, peinzend glijdt haar blik over hem heen. Wat zou ze nou van hem denken? Maarten voelt dat hij bloost en zegt: „De vangst is magertjes, ze lopen niet zo best."

Een argeloos lachje: „Nee, ze hebben geen voetjes."

Neemt ze hem in de maling? Hij verweert zich: „Het is zo, Fem, als ik deze maand vijftien kilo heb gevangen, is het veel."

„Kan wezen, maar het levert je een aardig zakcentje op."

„Zakcentje, net wat je zegt..."

„Hè, hè, ik zou haast medelijden met je krijgen, en de griend dan?"

„De griend is van de jonker, en ik ben griendwerker."

„En dat doe je ook niet voor niks."

Dat antwoord raakt hem. Op wat ruwere toon gromt hij: „Voor niks gaat de zon op, en pak eens een emmer dan kan ik die paling erin kwakken."

„Eerst de eieren in huis." Met haar ene hand wrijft ze over haar heup, ze ziet zijn vragende blik. „Wat spierpijn, een mens wordt een dagje ouder."

Hij geeft raad. „Een warme mannenhand doet wonderen." Vooruit, hij waagt het erop.

Wat zegt Maarten nou? Zijn woorden brengen haar in verwarring. Maarten praat nooit zo. Maarten... al jaren wonen ze naast elkaar, zij als weduwe, hij als weduwnaar. Zij een dochter, hij een zoon. Jaren als goede buren en daar blijft het bij. Maarten kort en gedrongen, met een brede rug, dikke nek en stevige knuisten. Zijn rechterschouder wat scheef door het sjouwen van het wilgenhout al die jaren in de griend.

Heeft ze hem ooit wel eens in vertrouwen genomen? Niet dat ze weet. 'Goeiedag' en 'Goeieavond', en dat is het. Afwijzend gaat ze op zijn praat in. „Kan wezen, maar ik geloof niet in wonderen."

Hij lacht: „Jammer Fem," maar zijn ogen lachen niet. Als ze eens wist waarmee hij op zijn hart loopt, dan schopte ze hem misschien het erf af. Hij sjokt achter haar aan richting huis en ziet haar deinende brede heupen, de stevige benen met de bolronde kuiten, het rood gebreide truitje dat zich vlammend aftekent tegen haar zwarte haardos. Voor de deur schopt ze haar klompen uit en loopt naar binnen. Hij, verlegen met zijn houding, blijft buiten staan, wacht af.

Fem legt de eieren in de schaal en pakt een emmer. Ze komt weer naar buiten. Bom... de emmer staat op het straatje. „Gooi ze er maar in."

Hij schudt het leefnet leeg boven de emmer en kijkt naar het kronkelend, slijmerig goedje. Dan zegt hij als excuus: „Ze zijn wat aan de magere kant, maar beter wat dan niks."

„Ja, de vette aal verkoop je door aan een opkoper."

Waarom zegt ze dat nu? Plotseling voelt hij alle zekerheid van zich afglijden en stamelt: „Het is nog te vroeg in het seizoen, van de zomer breng ik je een beter maaltje..."

„Daar houd ik je aan, Maarten Kooistra, en kom nu maar binnen voor een bakkie." Daar zit hij dan, samen met Fem aan een bakkie leut en dat voor het eerst in al die jaren, want zolang hij Fem kent is haar mening: „Geen pottenkijkers over de vloer, want als je niet oppast kennen zij je gebrek nog beter dan je het zelf kent." Zou ze hem ook zien als een pottenkijker? Hij, Maarten, die voor hij de griend inging een aantal jaren met Fems man als dekknecht op een vrachtboot had gevaren. 'Arie de Voorzichtige' noemden ze hem aan boord. Arie die, als er een stevig windje woei, zijn neus niet om de hoek van de kombuis durfde te steken. En laat hij nou tijdens een late wacht met de koffiekan op weg van de kombuis naar de stuurhut, pakweg dertig stappen, door een overslaande golf in het 'kattengat' van het dek worden gespoeld. Hij was meteen verzopen, want Arie kon niet zwemmen.

Fem weduwe, en Dieuw, zijn eigen vrouw, in de zenuwen. Ze had geen rustig uur meer, want als haar vent dat overkwam... Om haar gerust te stellen gaf hij de vaart op en kwam voorgoed aan wal. Ging als vaste arbeider de griend in. Maar of het noodlot ermee speelde, nog geen drie maanden later kukelde Dieuw tijdens het ramen zemen van boven naar beneden pal op d'r kop. Ze had een schedelbasisfractuur en moest naar het ziekenhuis. Bij thuiskomst was Dieuw Dieuw niet meer, met haar doorgehusseld verstand zag ze de wereld voor een doedelzak aan. Dat werd van kwaad tot erger, er was geen land meer mee te bezeilen. Ten einde raad had hij haar naar een inrichting gebracht, waar ze binnen twee jaar overleed. Toen werd hij weduwnaar. Weken van rouw volgden, maar een mens kan niet treurende blijven, het leven gaat door en de rekeningen ook. Hij runde op zijn manier het huishouden, bezemschoon en uit de luizen. Ward groeide op van kind tot een stoere knaap. En van knaap tot een zelfbewuste man die weet wat hij wil en die niet uit zijn evenwicht is te brengen. Een zelfverzekerdheid waar hij als vader niet tegenop kan, en dat is de reden waarom hij met de gedachte speelt om weer een vrouw over de vloer te hebben, dat brengt warmte en evenwicht in huis. Al die jaren een mannenhuishouden is hij meer dan zat en misschien... heel misschien dat Ward dan wat handzamer zou worden. Laten we eerlijk zijn, juist in zijn opgroeiende jaren had dat jong een moeder gemist.

Voorzichtig had hij zijn 'plan' aan Ward voorgelegd.

Vragend had die zijn dwingende oogopslag op hem gericht en gezegd: „Opeens na al die jaren? Enfin, als jij er behoefte aan hebt, dan moet je het voor mij niet laten.‟

„Dus je gaat ermee akkoord?‟ had hij licht aarzelend gevraagd.

Ward was in de lach geschoten. „Jouw zaak is niet de mijne...‟

Wards blik gleed naar de foto van Dieuw, en hij had zelf ook gekeken. Dezelfde oogopslag, de dichtgeknepen mond. Dieuw was tijdens haar leven ook geen makkelijke tante.

„Heb je al een vrouw op het oog?‟ had Ward gevraagd.

Die vraag overviel hem en had hem onrustig gemaakt. De weduwen in het dorp passeerden zijn geest. Mien van Zanten, Aaltje Tichelaar, Coba Sprang, stuk voor stuk eerzame weduwen, aan wie van de drie gaf hij de voorkeur? Het had hem nerveus gemaakt. Opeens had hij gezegd: „Ik... eh... ik dacht aan Fem Drijfhout...‟

„Allemachtig, heb je die op de korrel, onze buurvrouw?‟

Wards antwoord kriebelde hem, had hem uit zijn evenwicht

gebracht. Narrig zei hij: „Ik heb je al gezegd, alleen als jij ermee akkoord gaat…"

„Ik?" Een klaterende schaterlach. „Het is toch jouw zaak? Enfin, mijn zegen heb je. Maar pas op, laat je niet in de luren leggen, anders zit zij op de tafel en jij eronder."

Hij was opgestoven: „Wat mankeert er aan Fem Drijfhout?"

„Wees maar voorzichtig, ik ken de vrouwen."

Ja, zijn zoon kende de vrouwen. Getrouwd, ongetrouwd, mooi, minder mooi, allemaal kijken ze hem naar de ogen. Ward Kooistra is in de kracht van zijn leven. Je vraagt je af van wie hij het heeft? Niet van hem, heel zijn leven was er voor hem maar één: Dieuw. En toch zit hij hier nu in Fems huis aan haar tafel aan de koffie, en kijkt wat onwennig in het rond. De zijden lampenkap, de haard, het theemeubel en de kleurige schilderijtjes aan de wand. Je kunt wel zien, een vrouwenhand…

„Koekje erbij, Maarten?"

Wat verlegen zegt hij: „Koek, ik ben de smaak ervan vergeten…" Zo gaat dat met mannen. In het weekend een paar potjes bier op tafel of een cognacje. Zwaantje Gils wordt van hem niet rijk.

„Hier, neem deze, een boterbiesje."

Hij pakt het koekje en knabbelt erop. Dieuw glijdt zijn geest binnen, zij hield ook van boterbiesjes. Hij zegt het Fem, en zijn eigen stem klinkt hem een beetje vreemd in de oren. „Maar niet van paling," voegt hij er vlug aan toe.

„Ze deden haar denken aan regenwormen…"

Fem schiet in de lach. „Hoe bestaat het, ik ben dol op paling!"

En vlug zegt hij: „Over een maandje breng ik je weer een maaltje, niet van dat flinterdunne goedje, echte paling, grauwe aal."

„Daar houd ik je aan." Ze haalt de koffiepot van het lichtje. „Nog een bakkie, Maarten?" en plotseling op een andere toon: „Hoe lang kennen we elkaar nu al?"

Ja, hoe lang? Hij kijkt naar de foto op de schoorsteenmantel van Arie op het dek van 'De Aurora'. Hoe zei Arie het ook alweer? „Fem, een best wijf, maar geloof me, Maarten, ik heb er mijn handen vol aan."

„Hoe bedoel je dat?" had hij gevraagd, met het beeld van de buurvrouw op zijn netvlies. Fem, lachend, zingend, altijd goed gehumeurd.

„Kom, kom," had Arie enigszins uitdagend gezegd. „ Dat zul jij niet weten. Overdag een aaitje hier en een aaitje daar, 's avonds van 'poes kom in bed, anders zoen ik je op de vloer'."

Hij was op Aries hitsige praat niet ingegaan, het ergerde hem als een man zo laatdunkend over zijn vrouw praatte, en Arie kon er wat van, dus hij was nijdig uitgevallen: „Spoel je mond schoon met een borrel!"

Arie grijnsde: „Dus je wilt er niks van horen en helemaal niks van weten?"

„Precies!" had hij geantwoord. „Ik zeg maar zo, op tijd de bed-steedeuren dicht."

Geërgerd was hij bij hem vandaan gelopen. Arie, met zijn gore praat...

„Droogkloot!" had Arie hem nageroepen.

Geringschattend had hij zijn schouders opgehaald, wat moet je met zo'n man? Drie dagen later sloeg Arie met een zeetje over boord en verdronk. Nu, jaren later, voelt hij iets van spijt dat hij toen bij Arie was weggelopen.

„Ja, hoe lang?" Fems stem dringt weer tot hem door.

Hij trommelt met zijn vingers op het tafelblad. „De kinderen waren nog 'kakkebroeken'."

„En Dieuw was er ook nog."

„En Arie..." Ze glijden terug in hun herinnering. Hij voelt zich onrustig, dat moet niet, niet nu hij juist met zo'n gewichtige vraag op zijn hart loopt. Stilte tussen hen, het vallend avondschemer vult de kamer. Hij gluurt door het raam naar buiten, waar aan de westerkim de laatste roodgloeiende tinten van een voorbije dag nog even opgloren. Fem begint weer over Arie. Maarten vraagt zich af of haar wezen in deze stilte openstaat voor het verleden. Is ze toegankelijk voor de stemmingen die dat met zich meebrengt? Wat doet hij dan hier? Fem kakelt maar door over Arie, en van de doden niets dan goeds, maar van dat magere pensioentje sopt ze niet vet. Vandaar al die kippen, maar daar wordt een mens ook niet echt rijk van. Sinds kort staat er een geit in het schuurtje.

Hij krabbelt aan zijn ongeschoren kin. Kan ik nu nog met mijn vraag op de proppen komen? Hij zegt: „Kun jij paling villen?"

Onthutst kijkt ze hem aan. Dan wat vinnig: „Ik heb het over Arie

gin jij over paling! Als goede buur maak jij die paling
me schoon?"

oede buur, niks meer, niks minder. Haastig zegt hij:
k doe ik dat voor je." Waarom zegt hij nou niet
aarvoor hij komt? Hij is toch geen 'schijterige' jonge
r met haar vragende ogen dwingend op hem gericht,
le moed in de schoenen. Een aanzoek, Ward zou daar
le moeite mee hebben, altijd voelt hij zich onzeker
dat jong.

elt hij haar hand op zijn arm, nog altijd draagt ze haar
Heeft ze zoveel om Arie gegeven? Dieuw en hij had-
een ring gedragen. "Ik heb geen ring nodig om te
ik getrouwd ben," zei ze en dan tikte ze op haar hoog-
buik.

e, Maarten? Dan geef ik je een mes voor de paling."
voor hem uit naar de keuken. De donkere krullen
de kraag van haar rode truitje, gebiologeerd kijkt hij
m, om en nabij de veertig en nog geen grijs haartje in
pruik. Dieuw was voor haar dertigste al grijs. Fem
ok bij als een mevrouw, Dieuw gaf niks om kleding.
haar nooit anders gekend dan in een grijs geruiten
lauw vest en geitenwollen sokken in haar kameelha-
ffels. Fem loopt op zwarte lakmuiltjes, met daarop
luizige pompoen. Je vraagt je wel eens af: en dat alles
agere pensioentje van Arie? Of zou ze dat toch van de
nnen betalen? Al zegt Fem dat ze er niet rijk van

wat heeft Fem toch een stevig achterwerk en een
e heupen gehuld in een zwarte, deinende klokrok.
seert hij zich dat hij als ze `ja' zou zeggen, meer geld
n verdienen dan zijn salaris in de griend. Dan wordt
fuiken uitzetten, ook buiten de griend. Maar dat is
l, dan moet hij een visakte voor buiten hebben en of
egeven wordt? Hij is geen beroepsvisser. Maar mocht
komen, dan vraagt hij de jonker of die een goed
oor hem wil doen. Hij is bevriend met de 'burry', dat
ht in de schaal.

n draait het licht op en dan staan ze in het propere
Fem scharrelt in de la en schijnt zich dan te beden-

ken, want ze keert zich plotseling naar hem toe en zegt: „Vertel me nu eens de ware reden van je bezoek, Maarten Kooistra, want dat gedoe met die paling, daar trap ik niet in."
Hij voelt zich overrompeld en weet zich even geen houding te geven. Verlegen staart hij naar de grond. Hij ziet een grijs bekouste voet in een zwartgelakt muiltje en stamelt: „Fem, ik..."
„Ja, ja... voor de dag ermee!"
Hij ziet haar stevige gestalte, wil haar bij zich in huis hebben, niet langer als zijn naaste buur om naar haar te kijken, om af en toe een praatje mee te maken.
„Fem," zegt hij schor.
„Ja, zeg het maar..."
Hij slaat zijn ogen neer. Is het dwaasheid waarvoor hij hier komt? Maar het laat zijn geest niet met rust en rukt aan zijn hart.
„Nou, zo te zien heb je er nogal moeite mee..."
„Ik, eh..." Plots valt de schuchterheid van hem af. Hij slaat zijn arm om haar middel, trekt haar naar zich toe en drukt zijn ongeschoren gezicht tegen haar wang en vraagt: „Wil je met me trouwen?"
Dat is het dus, denkt Fem met vrouwelijke scherpzinnigheid. Ik wist dat dit zou komen. Maarten, die sullige goedzak, die de verrassende diepte van zijn ziel aan haar openbaart... Ze mag hem wel, maar houden van? Ze duwt hem achteruit en zegt lachend: „Je bent me er één..." Ja, wat moet ze anders zeggen, van liefde voor hem loopt ze niet over.
„Heus, ik meen het, Fem!" Schuw kijkt hij in haar ogen en richt dan zijn blik weer naar de grond. In zijn broekzakken balt hij zijn handen tot vuisten. Kwaad dat hij zichzelf niet in de hand heeft. Hij voelt zich belachelijk tegenover haar. „Vergeet alles maar..." zegt hij.
„Waarom zet je opeens je stekels op, daar valt toch over te praten?"
Wat een verademing! Alles is nog niet verkeken. „Dus je wilt er wel over praten?" vraagt Maarten voorzichtig.
„Ja, Maarten, maar laten we erbij gaan zitten, dat praat wel zo makkelijk." Als ze weer zitten vraagt Fem kordaat: „Dus jij wilt trouwen?"

Maarten lacht verlegen. „Als jij dat ook wilt…"

„Natuurlijk, één steen maalt niet." Ze ziet zijn doorgroefd gelaat en de wat hoekige jukbeenderen. De weke vorm van de mond. Te week voor een man. En hij duwde zijn ongeschoren gezicht tegen haar wang! Van geen kerel zou ze dat hebben genomen, van Maarten wel… Is ze dan toch niet ongevoelig voor hem? Maarten, een oppassende vent, geen drinker, vast werk in de griend. Zakelijk zegt ze: „Voor we de stap nemen, moeten we eerst maar eens de balans gaan opmaken. Als het wat wordt tussen ons, verkoop jij je huis en kom je met je zoon hier inwonen."

„Mijn huis verkopen?" Onthutst kijkt hij haar aan. Waar koerst ze op af? Maar Fem kwebbelt door. „Ja, wat moeten we met twee huizen? Dat geeft alleen maar kopzorgen. Jij hebt, naast je werk in de griend, ook nog de palingvisserij en ik heb honderd kippen en een geit en een moestuin… Hutje mutje bij elkaar, dan hoeven we geen armoe te lijden en houden we er nog een centje aan over, en 'ja' is zo gezegd. Ga je ermee akkoord?"

Ze knikt hem bemoedigend toe en haar ogen glanzen donker en diep. Een flauwe herinnering aan Dieuw trekt door Maartens geest. Wat zei ze ook weer van Fem? "Dat is er een waar je je handen vol aan hebt…" Verdraaid, nu hij eraan denkt, zei Dieuw precies hetzelfde als Arie.

Wat verward knippert hij een paar keer met zijn ogen. Opeens heeft Fems gezicht andere trekken, krachtiger, met de ietwat gebogen neus en dat hoge, gladde voorhoofd. Een knap gezicht, dat wel, maar toch met iets erin dat hij niet thuis kan brengen. Dan haar stem die hem uit zijn gedachten haalt…

„Wat zit je naar me te koekeloeren? Het is alsof je me vandaag voor het eerst ziet," glimlacht ze naar hem. Opeens is dat 'iets' uit haar gezicht weg en voelt hij zich weer op zijn gemak. Hij zegt: „Hoe kom je daarbij, ik ken je al jaren."

Fem peinst: of ik nu zo warm loop voor Maarten… Maarten, met zijn sullige, logge gang. Nee, dan zijn zoon, een woesteling van een knul en hoeveel malen had ze zich niet afgevraagd, hoe Maarten met zijn sullige, slome aard, aan zo'n jongen kwam? Heeft die knaap toch een moederhand gemist? Maarten… kijk hem daar nu zitten, als een verlegen, groot kind. Ze vraagt: „Je meent het toch?"

„Ja, natuurlijk meen ik het, anders zat ik hier niet."
„Het is voor ons beiden een hele stap, Maarten."
„Of ik dat niet weet. Mag ik een pijp opsteken?"
„Van mij wel..." Hoe vakkundig hij zijn pijp stopt, een lucifertje afstrijkt, de brand erin puft... Het tafereeltje geeft haar een warm gevoel. Hoe lang is het geleden dat een man hier een pijp opstak? Ze snuift de tabaksgeur op en zegt: „Een tevreden roker is geen onruststoker..."
„Ik zie het anders..." Maarten paft aan zijn pijp.
„Hoe dan?"
„Een pijp is als een vrouw, ze houdt je warm en praat je niet tegen."
„Dat kan zijn voordeel hebben..." Wat is dat nu tussen hen, een spelletje of een plagerijtje? En dat voor grote mensen... En weer vraagt ze: „Je meent het toch?" Wat is dat nu? Twijfelt ze aan hem, zelfs nadat hij zijn wang tegen de hare heeft gedrukt? Enigszins kregel zegt hij: „Ik ben geen jonge vent die een knieval doet, het is ja of nee."
Nu Maarten zo tegen haar praat, maakt ze in een paar seconden het verleden van haar leven op. Ze weegt het een tegen het ander af. Maarten is zo anders dan Arie. Maarten, hij wil met haar trouwen... Waarom zo plotseling? Uit drang of uit nood? En als zij daaraan gehoor geeft, is dat dan uit nood of uit drang? Beiden hebben ze de helft van hun leven net achter zich. Is zij genegen hem te geven wat hij vraagt, een gezellig leven met elkaar? Ze waagt het erop en zegt: „Ja." En pal daarop: „Wanneer?" Nu zijn de rollen omgedraaid en is zij het die er bij hem op aandringt.
Hij neemt een trek aan zijn pijp en zegt: „Maakt mij niet uit, zeg jij het maar..."
„In het voorjaar, dan kunnen we alles op ons gemak regelen."
Regelen... wat valt er te regelen?
Hij voelt zich onrustig. Gewoon, ze gaan trouwen. De laatste jaren die hen nog resten, gaan ze samen verder. Er zal gehechtheid en dankbaarheid tussen hen ontstaan. Zachtjes zegt hij: „Het zal tussen ons waarachtig wel gaan."
„Dat denk ik ook."
Hij legt zijn pijp in de asbak en staat op. „Het wordt tijd dat ik die paling voor je schoonmaak."

15

„Doe wat je zegt, dan lieg je niet." Ze staat naast hem en kijkt. Dat doet hij handig met die paling. Roetsj, de kop eraf, grom eruit en vel eraf.

Ze knikt goedkeurend. „Je hebt het in de vingers, Maarten."

Hij kijkt haar aan en zegt: „Ward slaat ze dood tegen de muur." Ze huivert... Ward, demonisch en intelligent.

„Zo, dat is gepiept, jij kunt aan de paling." Onder de kraan spoelt hij zijn handen schoon en zij reikt hem een handdoek.

„Hier, droog je handen af, en nogmaals bedankt, Maarten."

„Danken doe je in de kerk." Hij pakt de pijp uit de asbak, duwt hem in zijn broekzak, keert zich naar haar en zegt: „Kom, ik ga er weer eens vandoor."

„Doe dat." Ze houdt de deur voor hem open. „Dag, Maarten, tot ziens dan maar weer..."

„Dag, Fem." Even blijft hij aarzelend staan en loopt dan toch door. Geen hand en geen zoen. Ben je gek! Ze zijn geen verliefd jong stel, maar veertigers. Voor beiden is het te accepteren of niet, maar hij en Fem menen het met elkaar, wat valt er dan verder nog over te praten? Zonder om te kijken slaat hij de weg in naar huis. Met een tevreden gevoel steekt hij een verse pijp op. Thuis aangekomen gaat hij niet meteen naar binnen, maar hij blijft op het erf staan. Hij leunt over het tuinpoortje dat scheefhangt tussen de scharnieren en overziet zijn bezit. Een huis, een schuur, een lap grond. Een klein bezit weliswaar, maar wel bezit waar zijn hart aan vastklampt en nu wil Fem dat hij zijn bezit verkoopt... Hij trekt aan zijn pijp, het is een gedachte die pijn doet.

Maar daar staat tegenover dat hij in het voorjaar weer een eigen vrouw om zich heen heeft, met haar lach, haar warmte, haar zorg. Maar toch... zijn huis verkopen, daar moet hij eerst nog eens met Ward over praten.

Ward... Maarten had er graag nog een paar kinderen bij gehad, en Dieuw ook, maar het bleef bij die ene. Dieuw was daarover wel eens bitter en opstandig geweest. Maar ja, reden tot verdriet of klagen was er niet, ze hadden een zoon, en dat was iets om dankbaar voor te zijn.

Fem, leunend tegen het aanrecht en neerkijkend op de paling, heeft ook zo haar gedachten. Ze ruikt nog de geur van Maartens

16

tabak die in het keukentje is blijven hangen, en ze ziet de stoel waarop hij heeft gezeten. Maarten... Ze heeft 'ja' gezegd. Weer een man over de vloer, met eigen verdiensten. Maarten, een griendwerker met vast werk. Als hij zijn huis nu verkoopt en bij haar intrekt, hebben ze een aardig centje achter de hand en zijn in één klap alle zorgen van de baan. Niet dat ze dol op hem is, haar eerste liefde is allang voorbij. En laat ze eerlijk zijn, dat huis gaf voor haar de doorslag. Maarten is een goeie sul, ze zal goed voor hem zijn. Die wildebras van een zoon, en de praatjes die over hem de ronde doen, daar tilt ze niet zwaar aan.

HOOFDSTUK 2

Ward Kooistra neemt een reep uitgebakken spek uit de pan en vermaalt het tussen zijn sterke kaken. Hij laat zijn blik nog eens gaan over de mensen die bij hem aan tafel zitten. Zijn vader schept voor de tweede keer op en laat het zich smaken. Fem, met haar gezonde eetlust, knikt hem vriendelijk toe en vraagt: „Smaakt het?"
Hij knikt ja.
„Goed zo." Een heimelijk lachje van tevredenheid krult haar lippen.
Naast Fem zit Wouke, sinds een halfjaar zijn pleegzusje. Een lief, verstandig kind die het kwaad niet in de wereld zal schoppen en die bij Fem niets heeft in te brengen. Net zomin als zijn vader, die zich ook zonder morren naar haar wil schikt. Mocht het tussen die twee een enkele keer tot woorden komen, dan is zij het die hem met een enkele blik het zwijgen oplegt.
Ward krijgt daar de kriebels van en hij uit zijn ergernis hierover tegen zijn vader. „Bijt eens van je af, man, en dans niet altijd naar haar pijpen!"
Steevast is Maartens antwoord: „Bemoei je er niet mee, dat is iets tussen Fem en mij."
Jawel, dat is makkelijker gezegd dan gedaan. Vanaf de trouwdag is het Fem die met een lach en een knipoog de dienst uitmaakt en zijn vader schikt zich daarin.
Dat zit Ward niet lekker. Hij weet wel, wijlen zijn moeder was ook geen doetje, maar kwam het tussen die twee nog eens tot harrewarren, dan waaide het even snel weer over. Een zoen, een lach en de zon brak door…
Maar tussen Fem en zijn vader ligt het anders. Als zijn vader zich bij een meningsverschil aan haar onderwerpt, dan drukt Fem een kus op zijn kruin en zegt in volle tevredenheid: „We redden het samen wel, wat jij, Maarten?"
„Als jij dat zegt, zal het wel zo zijn…"
En dat is alles wat zijn vader zegt. Vader, een stugge werker, maar traag van geest, een grote 'lobbes' die op latere leeftijd nog een huwelijk is aangegaan met Fem Drijfhout, een vrouw van melk en bloed, eentje die van aanpakken weet.
Fem schuift haar stoel achteruit en staat op. Ze loopt naar de

keuken en komt terug met een pan griesmeelpap waar de damp vanaf slaat. Bam... de pan staat op het roostertje. Hup, de lepel erin. Ze pakt zijn bord eerst, schept op. „Niet te veel, Fem." Tegenover haar komt het woord 'moeder' zijn bek niet uit, hij ziet haar nog altijd als de vrouw die in haar vrouwelijke listigheid Maarten Kooistra heeft binnengehaald met de gedachte 'daar word ik beter van', in plaats van 'dit wordt mijn tweede man'. En dan te bedenken dat zijn vader hem naar zijn mening vroeg, toen hij met het plan in zijn kop rondliep om Fem Drijfhout ten huwelijk te vragen. In zijn ogen was dat een dwaas plan, omdat hij het tussen zijn vader en die 'kittige' Fem niet zag zitten. Hij zei het hem, maar zag algauw dat het bittere ernst was voor zijn vader. Om hem niet te verontrusten had hij quasi-vrolijk gezegd: „Als jij er wat voor voelt, dan heb je mijn zegen."

„Zo goed?" Fem duwt het bord met pap onder zijn neus. Om haar vinger schittert de trouwring van zijn vader. Voor ze in het huwelijksbootje stapte, stelde ze haar eisen. Trouwen in stijl. Een bruidsboeket, een trouwring en een koffietafel voor de gasten, want op haar staat als eerzame weduwe viel niets aan te merken. Fem Drijfhout beveelde. Maarten Kooistra gehoorzaamde.

De glans van haar trouwring glimt in zijn ogen. Hij vraagt zich af of wijlen zijn moeder wel een trouwring had gedragen. Hij kan het zich niet herinneren.

„Waar denk je aan?" vraagt Fem.

Dat kan hij beter niet vertellen. Hij verschuilt zich achter het antwoord: „Zitten er geen klontjes in de pap?"

Een verbaasde blik van Fem en daarna een warme lach. „Je doet mijn kookkunst onrecht aan, Ward Kooistra."

Dat is waar. Fem kookt voortreffelijk. Volgens eigen zeggen had ze dat geleerd in dienst bij een rijke mevrouw, waar ze in de keuken de pollepel zwaaide. Mevrouw was goed geweest voor haar, maar haar oudste zoon zag elke dienstmeid als een 'lekkerbekje' voor zijn hapgrage mond, en als zij had gewild...

Maar ze was liever getrouwd met een stoere dekknecht dan met zo'n rijke stinkerd die alleen daarop uit was.

Als Fem zo praat, gaat er een warme, aanstotelijke zinnelijk-

19

heid van haar uit, ziet hij haar blanke ronde armen, bloot tot aan de elleboog, de ivoorwitte hals en de sensuele mond. Dan is ze meer dan ooit een verleidelijke vrouw. Ward vraagt zich af of ze de waarheid vertelt of dat het fantasie is als ze zo praat. Een rijke stinkerd…
Maar dat ze verder kijkt dan tegen het vel van haar neus, dat heeft hij vanaf het begin al door.
Fem richt zich tot zijn vader: „Maarten, jij ook pap?" Meteen pakt ze het bord en, hup, een lepel pap erin. Ze zet het voor zijn neus met het advies: „Eten, Maarten, alle dagen in de griend, je verwerkt het wel…" En tot Wouke: „Geef je bord eens, kind."
Wouke stribbelt tegen. „Ik houd niet van pap, dat weet u toch?"
Woukes heldere, volle stem die Ward als een genot in zijn oren klinkt en waar hij zich steeds weer over verwondert. Wouke, er zit geen glans aan dat kind, alleen die lieflijke stem en die opvallend grote, grijze ogen die je onbevangen aankijken, het enige mooie aan het kind.
Dat zegt Wouke zelf ook: "Aan mij is alles eerder lelijk dan mooi, enfin, ik ben eraan gewend en heb er vrede mee."
Wie er geen vrede mee heeft, is Fem. Een harde uitdrukking glijdt over haar gezicht als ze zegt: „Nog altijd die kuren van vroeger? Als ik daaraan toegeef… Hier dat bord!"
Wouke trekt het bord weg en kijkt op naar Fem. „Waarom dwingt u me als ik het niet lust…?"
„Niet lusten?" Fems stem is als een scheermes. Ze rukt het bord uit Woukes hand en smijt er een lepel pap in met de waarschuwing: „Eten, straks val je van de graat."
Wouke zucht. Met een wanhoopsgebaar stopt ze de lepel in de pap, ze neemt een hap en slikt. Ze rilt en direct reageert Fem sarcastisch: „Toe, toe… of je laatste uur is geslagen."
En oh wonder, zijn vader durft een opmerking te maken. Vader die soms zielsmedelijden heeft met Wouke.
„Waar maak je je druk om, Fem? Als dat kind het niet lust…"
„Wat krijgen we nou?" Verwonderd kijkt ze Maarten aan. Maarten die het voor Wouke opneemt, haar moederlijk gezag ondermijnt en dat nog wel in het bijzijn van haar dochter! Dat zit haar niet lekker, en ze snibt: „Ik wil niet hebben dat je haar in die onzin staaft, Maarten. Wat ken jij Wouke nou, van jongs af aan is ze al een slechte eter, en als ik daaraan had

toegegeven... Bemoei je er dus niet mee!"
Juist, bemoei je er niet mee. Vanaf de eerste dag van hun trouwen wordt hem in alles een halt toegeroepen. En mocht hij er eens wat zeggen, dan is het van: „Ik vraag niet naar je mening, Maarten. Hoe goed bedoeld ook. Let wel, hier in huis geldt één regel: de vrouw binnenshuis, de man buitenshuis. Dat gold voor Arie en ook voor jou. Als we weten hoe we tegenover elkaar moeten staan, dan gebeurt er niks."

Ja, ja, dan gebeurt er niks. Hij denkt aan Arie die, vlak voor hij overboord sloeg, tegen hem zei: "Fem, ik heb er mijn handen vol aan."

Hij ging toen op die praat niet in, al had hij er wel zo zijn gedachten over. Hij gluurt naar Fem, een best wijf en een hart van goud, maar geen makkelijke tante. En hij vraagt zich wel eens af of Ward vanaf het begin toch gelijk had gehad en hij in zijn dolheid een drogbeeld was nagehold?

Wouke, hij heeft met haar te doen, maar als hij Fems koude blik ziet, waagt hij er geen woord meer over te zeggen. Hij staat op van zijn stoel en zegt tegen zijn zoon: „We gaan de griend weer in." Als hij langs Fem loopt, zegt hij: „Vanavond kan het laat worden, ik moet nog effe langs de fuiken."

Fem knikt koel en snauwt tegen haar dochter: „Eten, al kauw je erop tot vanavond zeven uur, op zal het!"

En Woukes deemoedig antwoord: „Ja, moeder..."

Fem loopt met de vuile borden naar de keuken, zet ze in de gootsteen en draait de kraan open, een heldere straal water gutst over alles heen, de vorken en lepels wiebelen heen en weer. Ze begint met spoelen en kijkt door het raam de twee mannen na. Met de kaphaak over de schouder lopen ze het erf af. Maarten, een al wat oudere man, voorovergebogen in de schouders alsof de last van de hele wereld op hem rust. Naast hem, Ward, breed in de schouders, krachtig op de benen, een dominante kerel met een stugge trots in zich. Qua karakter zijn die twee dag en nacht verschil.

De nieuwsgierigheid in haar brengt haar soms in haar geest heel beangstigend dicht bij Ward... Zoekt ze in hem wat ze in zijn vader mist? Het stoere, mannelijke, wat kan daartegen zijn? Toch voelt ze een instinctieve angst voor die gedachten. Ze schaamt zich om Maarten, die zo goed voor haar is. Maarten, ze heeft macht over hem en dat geeft haar een prettig gevoel. Heel anders is dat met Ward, want zo makkelijk als zij het zich in het begin had voorgesteld, ging het toch niet, en door wie? Juist, door Ward. Hij gooide met dwarshout en zij struikelde, en dat ging iedere keer zo.

Op een avond, toen zij na gedane arbeid rustig het vrouwenblaadje zat te lezen, viel hij onverwachts het huis binnen, keek om zich heen en vroeg: „Wouke er niet?"

Ze had het blaadje neergelegd en naar hem opgekeken, geboeid en ontroerd. Wat een kerel toch! Geen wonder dat die jonge meiden met meer dan gewone belangstelling naar hem keken.

„Nee," ging ze op zijn vraag in. „Wouke is naar een vriendin."

„Mooi, dat treft." Hij trok zijn jack uit en gooide het over de stoelleuning. Trok een andere stoel onder tafel vandaan, ging zitten en zei: „Fem, voor het wat tussen jou en mijn vader wordt, moeten wij eens samen praten, want zo mooi als jij het mijn 'ouwe heer' voorspiegelt, daar trapt deze jongen niet in."

„Zo," had ze geantwoord, dadelijk op haar hoede. In haar achterhoofd groeide de vrees dat het met de zoon niet zo makkelijk zou gaan als met de vader. Ze snibde: „Weet wel, ik trouw met je vader en niet met jou!"

Een cynisch lachje: „En mij neem je op de koop toe."

„Dat mag je wel stellen, ja."

Ward zweeg, trommelde met zijn vingers op tafel en nam haar op met een blik van spottende verstandhouding. Toen zei hij waarderend: „Het moet me van het hart, Fem, je draait er niet om heen. Althans, nog niet, maar ik zeg je van tevoren dat je niet over me heen moet lopen, zoals je bij mijn vader doet."

Zijn woorden kwamen aan en maakten haar nerveus. Onrustig vroeg ze zich af: zette hij nu al zijn stekels op? Ze beet de tanden op elkaar, drong met alle kracht de onrust uit haar weg en zei nors: „Alsof jij je aan vader in al die jaren wat gelegen liet liggen, in het dorp hoor ik wel eens het een en ander." Vooral niet laten merken dat zijn bezoek je niet lekker ligt, dreinde het door haar hoofd. Ging toen quasi-luchtig verder: „Jij zoekt naar redenen die er niet zijn, geloof me, ik meen het oprecht met je vader."

Weer trommelde Ward met zijn vingers op het tafelblad, een rimpel tussen zijn zware wenkbrauwen. Zachtjes spottend zei hij: „Jawel, ik geloof jou wel, maar het moet wel op jouw voorwaarden. Hij moet zijn huis verkopen, zodat hij met een goed gevulde beurs bij jou intrekt..."

Ze was geschrokken, het leek wel alsof hij haar gedachten kon lezen, en stoof op: „Dat zijn smerige insinuaties van jou, Ward Kooistra!"

Totaal niet onder de indruk grinnikte hij: „Ik zeg alleen hoe jouw oprechtheid op mij overkomt..."

En weer, maar nog scherper dan voorheen, drong het tot haar door dat ze moest oppassen met Ward Kooistra. Hij was niet zo meegaand als zijn vader, hem zou ze geen rad voor ogen kunnen draaien. Ze dwong zichzelf tot kalmte en zei losjes: „Kan wezen, maar je vader en ik hebben afgesproken in het voorjaar te trouwen."

„Ach zo, Fem, maar voor die tijd kan er heel wat gebeuren."

„Je bedoelt?" Loerend zat ze naar hem te kijken, ze dacht dat ze hem wel op de koop toe kon nemen, maar zo gemakkelijk ging dat toch niet...

Zijn antwoord volgde snel. „Zoals ik het zei. We moeten samen eens praten, Fem."

„Zo," zei ze en ze ging ervoor zitten. „Laat horen."

„Luister, Fem. Dat jij en mijn vader hebben besloten te trouwen, da's jullie zaak, daar sta ik buiten. Maar dat plannetje van jou, dat hij zijn huis maar moet verkopen, zodat ik het dak boven m'n kop kwijt raak, da's mijn zaak."

Opmerkzaam keek ze hem aan. Waar doelde hij op? Scherp viel ze uit: „Jouw zaak? Naar ik meen heeft je vader het hier voor 't zeggen, het is zijn huis."

„Jawel, zijn huis, maar daarin zit wel een groot deel van mijn spaarcentjes..."

„Jouw centen?" Onthutst keek ze hem aan en opeens was ze niet meer zo zeker van haar zaak. „Dat had ik niet gedacht."

„Gaat het je nu dan een beetje dagen?" Ward blies tegen het vuur van zijn sigaret en glimlachte naar haar.

Of het haar gaat dagen! Weg alle illusies die ze om Maarten heeft gebouwd, weg haar plan om een financieel onbezorgd leventje te leiden, waarin haar eigen ik voorop stond. Toch had ze zich verweerd tegen die jonge vent die zo onbewogen tegenover haar zat. Het was zijn goed recht om het vanuit zijn eigen

23

oogpunt te bezien, maar het irriteerde haar dat ze zich er niet tegen kon verdedigen en nijdig viel ze uit: „En als je vader nou denkt: die zoon van mij kan met al zijn bezwaren naar de pomp lopen, wat dan?"
Tartend kalm ging hij tegen haar woede in. „Je gaat niet tegen je eigen bloed in."
„En als hij het wel doet?" Ze gaf geen krimp.
„Wil je dat echt weten, Fem? Als ik wat jullie betreft tegen dovemansoren praat, dan stap ik naar het gerecht. Dan wil ik dat mijn vader mij financieel uitkoopt, voordat alles naar één persoon gaat. En die persoon ben jij, Fem, begrijp je?"
Geschrokken zat ze naar hem te kijken, dat onverzettelijke, steenharde gezicht slikte niet alles als zoete koek. Hij was uit een heel ander hout gesneden dan zijn vader. Plots voelde ze zich doodmoe tegenover zijn dominantie en zei: „Goed, jij je zin, ik zal er met je vader over praten."
Hij stond op, rekte zich uit, lachte voldaan en zei: „Da's betere taal! Na het trouwen komen jullie bij ons in. Geen verkoop van het huis, het geld blijft waar het is. Het is tevens voor jou en je dochter een garantie voor later."
Ze haatte hem op dat moment en snauwde: „Voel je je nu van ons tweeën de overwinnaar?"
Hij schoot in de lach. „En jij de verliezer? Wees wijzer, het is alleen een kwestie van goed nadenken." Plots had hij zich naar haar toe gebogen, een kus op haar wang gedrukt en in haar oor gefluisterd: „Dag pleegmama," en weg was hij.
Verbijsterd bleef ze zitten. Pleegmama, hoe komt die aap erbij. Zij de pleegmoeder van een jonge vent van vijfentwintig. Als het nog een jochie was, kon ze hem naar haar hand zetten, nu is het haar wil tegen de zijne, en Ward Kooistra had de eerste slag gewonnen. Dit weten had haar opgehitst tot een gloeiende woede tegen Maarten. De sul die zich onderwierp aan de wil van zijn zoon! Nog dezelfde avond, toen hij tevreden pijpjes lurkend bij haar op bezoek kwam, was ze hem aangevallen.
„Volgens mij zie je het te zwart, Fem, en helemaal ongelijk heeft hij niet."
Ja, Ward stond in zijn recht, dat wist zij ook wel. Maar toen Maarten daarover doorzaagde en plots met schorre stem eindigde: „Als jij er geen heil meer in ziet, kan ik beter gaan," en

24

wilde opstaan, legde ze vlug haar handen op zijn schouders en duwde hem terug in de stoel. Op een toontje dat geen tegenspraak duldde, zei ze: „Ward of geen Ward, we gaan trouwen, Maarten! En wat je zoon betreft, dat zien we dan wel weer." Ze waren getrouwd in juni, een bruiloft zoals zij het wilde in 'De Zilveren Zwaan'. Een uitgebreide koffietafel, en er werd feestelijk gegeten, gedronken en gelachen, daarna gingen de tafels aan de kant en de voetjes van de vloer. Zij opende het bal met haar kersverse pleegzoon, omdat Maarten, die niet goed tegen drank kon, duizelig en half weggezakt op zijn stoel zat en met een doezelende glimlach naar de dansende paren keek die langs hem heen zwierden. Zij in de armen van Ward, lichtvoetig gleden ze over de dansvloer. Het was een Engelse wals en hij danste goed, zijn arm om haar middel, zijn hand in haar zij. Fem had het gevoel alsof ze in de wolken zweefde, en toen Ward zei: "Je danst goed, pleegmama", wilde ze hem plotseling graag behagen. Ze had lachend naar hem opgekeken en gezegd: „Vroeger danste ik voor."
„Vroeger?" Zijn wenkbrauwen schoten een paar millimeter omhoog. „Toen was je nog een jonge meid, nu ben je een vrouw op leeftijd."
Pats, ze viel uit de hemel en kwam met een harde bons op de grond neer. Het voelde als een belediging. Midden op de dansvloer stond ze stil en stoof op: „Verbeeld je maar niks, het beste is er van jou ook af!"
Ward schoot in de lach. „Dan staan we quitte." Hij had zijn arm weer om haar middel geslagen en haar gedwongen de wals uit te dansen. Toen de muziek ophield had hij haar galant naar haar plaats teruggebracht. Met een speelse buiging had hij gezegd: „Het was me een genoegen, pleegmama."
'Pleegmama', het woord haakte in haar oren als een dissonant. Ze zag een glimp van spot in zijn felle, grijze ogen. Ze voelde in haar binnenste de kwade wil tot beledigen en snauwde: „Grienduil, verbeeld je maar niks."
Grienduil, het minachtende woord hier in de buurt voor de griendwerkers, die door sommige dijkers werden gezien als zuipers en goddelozen. Zag zij Ward Kooistra ook zo?
Toen was Ward, met een blik op zijn vader scherp tegen haar uitgevallen: „Dan wel een grienduil waar jijzelf beter van wordt!"

Deze ongehoorde belediging waar iedereen bij was, voelde als een klap in haar gezicht. Ze hoorde de gasten als het ware denken: als ze wijs is, kietelt ze vannacht in het bruidsbed die 'ouwe' dood en gaat ze aan de haal met zijn centen. Maar zo dacht ze niet, ze wilde een goeie vrouw zijn voor Maarten en een moeder voor Ward. Ward... de gedachte verwarde haar. Zou hij dat wel willen, en wilde zij dat zelf eigenlijk wel?

„Je gaat teveel van jezelf uit," had ze gesnauwd, en toen tot haar kersverse echtgenoot die er als een zoutzak bijzat: „Zeg jij ook eens wat!"

Steunend met een hand op de armleuning kwam Maarten licht zwaaiend op zijn benen overeind en zei: „We gaan naar huis."

„Nu?" verwonderde ze zich. „Met al die gasten?"

„Kan me niet schelen. We gaan naar huis, die poppenkast heeft lang genoeg geduurd."

Onthutst had ze hem aangekeken, Maarten die zo tegen haar praatte! Ze keerde zich naar Ward en zei verwonderd: „Zo ken ik hem niet."

Een spottend lachje. „Wie kent wie?" Resoluut had hij Maarten bij de arm gepakt en gecommandeerd: „Jij links en ik rechts, dan sjouwen we hem naar huis."

Zijn bevelende toon beviel haar niet en ze snibde: „Commandeer je hond en blaf zelf!"

Hij schoot in de lach. „Ben jij dan die hond?" Toen weer op dat koude, bevelende toontje: „Meid, zit niet te klieren, pak zijn arm."

Ze tartte: „En als ik het niet doe?"

„Dan wordt hij door sommigen hier aan de schandpaal genageld. Je kent toch hun mening: griendwerkers zijn zuipers en goddelozen?"

„Ach vent, je bent gek, je vader een drinker..."

„Je hebt gelijk, pleegmama, maar nu is hem de feestroes naar de kop gestegen. Nou, wat doe je? Laten we hem hier zitten of sjouwen we hem naar huis?"

Tussen hen in was Maarten naar huis gestrompeld. Plots was hij blijven staan, keek naar haar op, kneep heel even in haar arm en stamelde: „Je bent lief, Fem."

„En hoe?" had Ward gegrinnikt. „Je komt er nog wel achter..."

Ze voelde zijn steek onder water. Ze was er niet op in gegaan.

Zachtjes had ze Maarten beknord: „Man, man, hoe kan je toch zo lomp zijn op je eigen bruiloft?"

Ze zag tranen in zijn ogen, dronkemanstranen? Ze hoorde hem stamelen: „Het huis, Fem, zo heb ik het niet gewild, maar Ward..."

„Stil maar, dat weet ik toch?" Maarten, als een kleine, hulpeloze jongen had hij tussen hen in gehangen. Troostend had ze gezegd: „We zijn er al, hier is de deur, geef de sleutel eens."

Krachteloos hing hij tegen haar aan en stamelde: „Die heeft Ward."

Ward, ze zag zijn spottende blik, de vage glimlach om zijn lippen en ze had gehuiverd. Wie was hier de heer des huizes eigenlijk? Plots was de onrust weer in haar opgelaaid. Ward Kooistra, bikkelhard!

„Hier!" Hij reikte haar de sleutel, bemerkte haar onrust en grinnikte: „Dat valt niet mee, hè? Ward Kooistra als beheerder van de huissleutel."

Ze wilde de sleutel in het slot steken, maar voelde zijn blik op haar gericht. Het lukte niet, haar vingers trilden.

Dan Wards stem: „Wacht." Hij had de sleutel uit haar hand gepakt, plantte zijn vader op de vensterbank en opende de huisdeur. Toen hij haar aankeek, had hij gezegd: „Wat nu?"

„Wat nu?" Verwonderd had ze hem aangekeken. „Je bedoelt...?"

„Dit!" Voor ze het besefte, voelde ze zich als een kind door hem opgetild en droeg hij haar lachend over de drempel. Hij had haar weer op haar benen gezet en opgeruimd gezegd: „Zo doen we dat met een bruid, en aangezien mijn vader niet al te vast op zijn benen staat, neem ik voor hem de honneurs maar waar."

Met bonzend hart zag ze in een waas zijn sterk mannengezicht vlak voor zich, en in diepe gekrenktheid tegenover Maarten die door zijn `onbekwaamheid' dit alles onwetend in de hand had gewerkt, grauwde ze: „Jij... je bent hartstikke gek, jij!"

Hij had zich naar haar toe gebogen. „Kom, kom, Fem, dat geloof je toch zeker zelf niet?"

Nee, ze wist wel beter. Ze bloosde onder zijn strakke blik en viel driftig uit: „Donder op, vent, wat doe je hier nog langer?"

Hij had haar koel verzet gevoeld en geschaterd: „Dit is ook mijn huis, Fem. Nou welterusten, en help je man naar bed."

Die nacht sliep Maarten op de bank in de kamer en zij alleen in het tweepersoonsbed. Ze kon de slaap niet vatten en haar gedachten cirkelden voortdurend om die jonge vent die haar over de drempel had gedragen, terwijl zijn vader dat had moeten doen. Ward Kooistra, haar pleegzoon. De eerste wrok tegen Maarten had zich vastgehaakt in haar hart, en nog proeft ze de bitterheid van haar eerste huwelijksnacht.

„Bent u nog niet klaar met de afwas?" Wouke doorbreekt de rode draad van haar gedachten. Ze zet het bord op het aanrecht.

„Zo, je pap op?" Wouke, plat van voren en plat van achteren. Wat voor jurk ze ook aantrekt, er is geen greintje bevalligheid te krijgen in haar jongensachtige verschijning. Ze gooit een theedoek naar haar toe: „Hier, droog eens af."

„Ja, mam." Ze pakt een bord, droogt het af en wil het op het aanrecht zetten. Maar Fem pakt het uit haar handen en valt nijdig uit: „Op de tafel, niet op het aanrecht!" Met een pats wordt het bord op de juiste plaats neergezet.

Wouke haalt haar schouders op, moe heeft het weer op haar heupen. „Of het nu hier staat of daar, ik zie geen verschil."

„Als ik het maar zie." Wouke heeft gelijk, waar struikelt ze eigenlijk over. De afwaskwast zwiept wild door het teiltje. Waterdruppels glijden langs het raam naar beneden.

„Mam?"

„Ja, wat is er?" Wouke is een lieve meid en serieus. Heeft ze ooit wel eens naar een jongen gekeken? Niet dat ze weet. Toen Fem daar eens met Maarten over sprak was diens antwoord: „Waarom zou ze, hangen heeft geen haast."

„Wat is dat nu voor antwoord?" had ze gesnauwd. Toch vroeg ze zich af of Maarten zo zijn eigen huwelijk beleefde.

„Ik moet eens met u praten."

„Zo kind." Praten, praten, de laatste tijd doet ze niet anders dan praten met Maarten, Wouke en Ward. Ward, zijn beeld blijft haken. Haar handen vallen stil en peinzend staart ze voor zich uit. Toen ze wat het huis betrof haar eerste nederlaag tegenover Ward had geslikt, had ze gedacht: wacht maar, mannetje, als ik met je vader ben getrouwd, dan zet ik je een hak, dan zullen we wel eens zien wie er hier aan het kortste eind trekt.

Maar Maarten is in hun huwelijk veranderd, niet meer zo meegaand als in het begin, toch onder invloed van Ward? Ward die zich, na het werken in de griend, 's avonds met ontbloot bovenlijf bij de regenput staat te wassen. Als zij dan door een spleet van het gordijn als een jonge meid gefascineerd zit te gluren naar zijn brede schouders en gespierd bovenlijf, vergelijkt ze hem met het weke, bleke lichaam van zijn vader. Maarten is in bed al vroeg een oude man. Hij zegt dat hij dat 'hobsen-bobsen' op zijn leeftijd niet meer zo ziet zitten, één keer in de veertien dagen is mooi zat… En dan zijn angst dat er nog eens een kind van komt.

„En, wat dan nog?" wierp ze dan tegen: „Een nakomertje, je hoort het wel meer."

Maarten zuchtte dan alsof het iets onnatuurlijks en monsterachtigs betrof, gaf een stomp in het kussen en zei: „Ben jij nou gek of ben ik het? Nou, welterusten." Dan draaide zich om en viel zielsvergenoegd in slaap. Maar haar lichaam schreeuwt en haar zinnen roeren zich. Maar Maarten is tevreden met zijn natje en zijn droogje, zijn pijp en zijn krantje. Zijn mannelijke plicht tegenover zijn vrouw is maar magertjes. Arie zei altijd: "De waarde van een man is de eerlijkheid van zijn passie."

Wouke is van Arie, haar gezicht lijkt meer op dat van hem dan op dat van haar.

„Mam?"

„Ja." De kwast zwiept weer door het teiltje.

„Hoorde u wat ik zei?"

Wouke, altijd u. Nooit 'je' en 'jij' zoals Ward. Wouke heeft respect voor ouderen.

„Ja, kind, je wilde met me praten?"

„Vindt u het goed als ik een keertje met Ward meega?"

Er gaat een schok door haar heen. Sinds wanneer gaan die twee…? Opmerkzaam kijkt ze naar haar dochter, aarzelend komt het over haar lippen: „Sinds wanneer gaan jij en Ward…?"

Met een klap zet ze een afgewassen bord in het droogrek.

„Sinds wanneer?" Wouke ziet de onrustige oogopslag van haar moeder, de dichtgeknepen mond. Moe heeft nooit een makkelijke aard gehad. Vanaf haar jeugd heeft ze altijd moeten horen: "Je moet dit doen, en zal dat laten."

„Niks wanneer, hij wil me gewoon de griend laten zien."

„De griend, wat is daar aan te zien? Kreken en wilgenbomen." „Hoe weet u dat nou?" Moeder en Ward draaien als kat en hond om elkaar heen. Soms is de spanning tussen hen te snijden, ze voelt het dan als een opluchting als een van hen de kamer uitgaat. Gisteravond was het ook weer 'hommeles' tussen die twee. Oom Maarten dook als altijd achter de krant, een slappe houding die haar telkens weer irriteert. Soms zou ze hem willen toeroepen: "Man, zeg eens wat, sla desnoods met je vuist op tafel!" Maar nee hoor, een Jan de Wasser is die Maarten Kooistra. Ze was het geharrewar meer dan beu en was naar buiten gelopen. Staand op het erf, met miljoenen twinkelende sterren boven haar hoofd, ademde ze de rust in als een lafenis.

Maar nog geen twee minuten later stond Ward naast haar, hij boog zijn lange figuur naar haar toe en zei: „Kun je het binnen niet langer uithouden?"

„Die spanning ook altijd tussen jou en moeder…"

„En dat kwelt en vermoeit jouw strakgespannen zenuwen…"

„Dat mag je wel stellen. Waarom kan het tussen jullie nooit eens gewoon zijn?"

„Omdat geven en nemen Fem niet ligt."

„Alsof jij zo'n doetje bent..." Ward, hij zegt nog altijd 'Fem', nooit 'moeder'.

„Dat zul je mij niet horen zeggen. Trouwens, wat ken je me?" Ja, wat kent ze Ward Kooistra eigenlijk. Hij is stroef, soms op het onvriendelijke af en hij zegt nog altijd 'Fem', en moeder aanvaardt dat als iets heel gewoons. Dat moest zij eens proberen! Een klinkende draai om haar oren zou het antwoord zijn.

„Nee," had ze gezegd. "Hoe zou ik ook, jij werkt overdag in de griend en ik in de stad. We zien elkaar nauwelijks."

„En in het weekend?"

„Het weekend? Ben je ooit wel eens thuis in het weekend?" Ze zag zijn getekende kop en zijn ruige, ongeschoren gelaat. Ze voelde zich onzeker tegenover hem.

„Je hebt gelijk," had hij lachend toegegeven. „Ik ben niet veel thuis." Hij dacht aan Fem, die haar dochter met harde hand regeert, wat hem soms danig irriteert, ook al omdat zijn vader Fems reprimande beschouwt als een terechtwijzing van een moeder. En Fem doet dat nog al eens, en als ze dan een enkele keer zijn vader erin betrekt, klinkt het gedwee: „Je zal wel

gelijk hebben. Het is jouw dochter en niet mijn zoon."
Juist, hij is niet haar zoon! Fem, met haar bazigheid, hij kan haar af en toe wel schieten, en hij vraagt zich wel eens af of Fem dan niet Woukes kinderlijke onbevangenheid ziet. Maar hij – door de meeste vrouwen naar de ogen gekeken – onderscheidt scherp de tedere zachtheid die in Wouke schuilt, en juist daardoor is hij anders tegen haar dan tegen Fem, en krijgt zijn stem die zachte, geduldige klank als hij met haar babbelt.
„Waar zit je dan in het weekend?" had ze hem gevraagd.
Hij was in de lach geschoten om haar nieuwsgierigheid. "Overal en nergens…"
„Puh, ik hoor wel andere verhalen, dat je scharrelt met Nelly Verdonk," had ze hem gezegd.
„Ach zo, en dat geloof jij?" Een lach vol medelijden en wrevel had zijn mondhoeken gekruld. „En mocht het waar zijn, wat kan jou dat dan schelen?"
Ja, wat kan haar dat schelen? Maar toch, ziet ze Ward dan als haar grote broer? Nee. Als de man van haar voorkeur? Ook niet. Ze ziet hem, als… als een vrouwenversierder? Dat helemaal niet. Ward is gewoon Ward. „Dan hoef ik je niet te vragen om eens een keertje met me uit te gaan…" had hij haar gedachten onderbroken.
„Met jou? Waar naartoe?"
„De griend in, dan zal ik je eens een mooi stukje natuur laten zien."
„Zul je moeder horen…"
„Dus je hebt er wel oren naar?"
„Dus je wilt wel?" had hij zijn vraag herhaald. „Maar durf je het je moeder niet te vragen?"
„Zoiets, ja."
Hij had aangedrongen. „Als ik het haar eens vraag…"
„Jij, je gelooft toch niet… Je kent moeder…"
Hij zag haar angst en zei: „Ik waag het erop, ze zal me niet bijten, en wat dan nog?"

Met zijn belofte nog in haar achterhoofd, zegt ze: „Hij zou het u vragen…"
„O, en dan dacht jij dat ik het wel goed zou vinden? Een gloed vliegt naar haar gezicht, haar handen trillen. Pats, de kwast in

31

het teiltje, sopspatten tegen het raam. „Daar komt niks van in, verstaan?! Mijn dochter samen met een kerel de griend in, ik moet er niet aan denken…"

Moeder die zo praat, de touwtjes weer strak aantrekt, heftig valt Wouke uit: „Een kerel, wat praat u nu voor onzin, 't is Ward!"

Juist, Ward, een naam die haar het nuchter denken belet, en het onberedeneerd heftig in haar hersens tekeer laat gaan. Ik wil het niet, ik wil het niet. Zij samen met hem in de griend. Zij, haar dochter die ze voor het eerst ziet als die andere vrouw. En zijzelf dan? Wat wil ze, wat zoekt ze?

O, ze weet wel wat ze zoekt, dat wat Maarten haar niet geeft. Een man die haar hart en haar zinnen vult. Maar ziet zij die man dan in haar pleegzoon? Daar mag je toch niet aan denken, dat is een mensonterende zonde…

Zachtjes zegt ze: „Hij heeft me niks gevraagd…" Hij kan wel zoveel zeggen, ze zakt op een stoel neer en staart voor zich uit. „Toe mam, mag het?"

Moeder die daar zit met een verslagen gezicht.

Zachtjes dringt ze aan: „Ik ben geen kind meer, ik kan heus wel op mezelf passen…"

Juist, daar zegt dat kind het ware, ze kan op zichzelf passen. Maar je moeder… Het lijkt een benauwde droom. Een doffe matheid zinkt in Fem neer. Wat helpt verzet? Wordt het dan misschien niet juist erger of gaat het in het geniep? Plotseling geeft ze toe: „Goed, maar om negen uur thuis."

„Dus u vindt het goed?" Een blij gezicht, een paar glanzende ogen, een stevige omhelzing. Wouke, meer kind dan ooit. Maar haar hart beeft in scheurende pijn.

HOOFDSTUK 3

Zes uur in de ochtend, de rood opgaande zon spuit zijn bundels licht over de griend en doet de zilveren nevelslierten oplossen die tussen de wilgen doorzweven. Doffe slagen klinken op vanachter de Botkreek, waar Maarten Kooistra en zijn zoon Ward naast elkaar staan te kappen op het perceel dat hen door de jonker is aangewezen.

Ward strekt zijn rug, overziet het perceel en schudt nadenkend zijn hoofd. Driejarig griendhout en maar kappen jongens, de jonker moet toch beter weten! Hij wijst op een jong wilgenboompje waaruit traag groenig sap stroomt en grauwt: „Die vent is krankjorum om hier de kaphaak in te slaan."

„De jonker beveelt, wij kappen," bromt Maarten. Dat gezanik aan zijn kop, wat schiet hij ermee op, hij heeft het al moeilijk genoeg met zichzelf. Eerst de jonker, toen Fem, met de een ruzie, met de ander kwaad weer.

Jonker Friedrich, gisteravond stond hij onverwachts voor zijn neus en deelde hem kortweg mede: „Morgen kappen."

„Op zondag?"had hij verbaasd gevraagd.

„Zondag, dat maakt me geen moer uit. Kappen!"

Er scheen haast bij te zijn, dus hij vroeg: „Waar?"

„Het perceel achter de Botkreek."

De Botkreek? verwonderde hij zich. Schuchter was hij tegen de opdracht van de jonker ingegaan. „Kappen, jawel, maar is dat niet wat te vroeg? De onderstam, die na de kap blijft staan, bloedt dood, dat gaat me toch wel aan het hart, meneer."

„Je hebt gelijk, Kooistra," zuchtte toen de jonker, „maar soms wordt een mens ertoe gedwongen."

„U bedoelt eh… van dattum?" Hij had het bekende gebaar met duim en wijsvinger gemaakt.

„Wat anders?"

Hij zag op zijn netvlies het beeld van de spiksplinternieuwe zilverkleurige Mercedes van de jonker en had verwonderd gevraagd: „Hoe bestaat het!"

„Zo zie je maar," had de jonker gegrijnsd, „we worden voor vol aangezien, maar ook de adel zit wel eens in geldnood."

„Dus kappen?" had hij herhaald.

„Juist, amice!" En met een stoïcijns lachje: „Nu komen we

elkaar nader. En ondanks de zondag, kan ik op je rekenen, en je weet wel: dubbel uurloon!"

Jawel, dubbel uurloon, maar toch op zondag. Zijn enige vrije dag waarop hij kan doen en laten wat hij zelf wil. Het zat hem niet lekker, maar ondanks zijn tegenzin zei hij: „Goed meneer."

„Ik dacht het wel," lachte de jonker. „Maarten laat me niet in de steek." Hij had hem joviaal op de schouder getikt en eraan toegevoegd: „Neem je zoon ook mee."

Dat was makkelijker gezegd dan gedaan, want Wards eerste reactie was: „Kappen, op zondag? Nog wel achter de Botkreek! Die vent is niet goed snik, heel dat perceel gaat naar z'n ouwe moer."

Ja, dat wist hij ook wel. Grimmig had hij gegromd: „Is het zijn griend of de onze?"

„Onderhoudt hij het, of wij?" had Ward teruggekaatst. „Enfin, groei of geen groei, we gaan kappen."

„Hij betaalt er goed voor," voegde Maarten er nog vlug aan toe. Waarop Ward smaalde. „Hij moest het eens wagen om niet te betalen!" Ward en de jonker zijn allebei stijfkoppen, al zijn ze elkaar, door die affaire met die hond, wel wat nader gekomen, maar vrienden zijn het niet bepaald. Ward ziet de jonker als een 'kapsoneslijer' die zijn eigen griend opvreet. En de jonker zegt met een bedachtzaam kuchje over Ward: „Een stoere rakker die te veel aan het rood hangt."

En of dit alles nog niet genoeg was, kreeg hij 's avonds in bed woorden met Fem. Het ene woord lokte het andere uit, en voor hij erop verdacht was, hadden ze een laaiende ruzie, waarin Fem hem hard en scherp van alles voor de voeten gooide en eindigde met de woorden dat ze een vrouw was met bloed in haar donder en dat ze meer van haar kerel verwachtte dan dat hij haar tot nu toe gaf.

„Verrek!" ontviel het hem. „Dat je er zo over denkt, dat wist ik niet."

Fem, rood van de zenuwen was weer opgestoven. „Het kan me niet schelen hoe jij erover denkt, van nu af aan gaat het anders, verstaan?!"

Zeker, hij is niet doof. Maar hoe anders? Dat Fem vurig bloed heeft, wist hij allang, maar voor het perverse in haar deinsde hij terug, en dan komt dit er ook nog bij: zo `piep' is hij nu ook niet meer... Hij zei het haar en ze luisterde wel, maar wilde het toch niet snappen. Ze draaide de zaak om, legde de schuld bij hem neer.

Als vrouw had ze recht op haar man, en als ze daarmee naar een advocaat zou stappen en zou zeggen dat hij als wettige echtgenoot haar gemeenschap weigerde, zou er een grote kans bestaan dat het gerecht hun huwelijk zou ontbinden. Hij had geen woorden meer, voelde zich onder haar dreiging wit wegtrekken. Hij zag de harde trek om haar mond en had gestameld: „Dat is toch al te mal, dat kun je toch niet menen?" „O nee?" Haar lip trok zich minachtend op. „Ik verzeker je dat ik het wel meen!" Hoe vernederde ze hem! Fel viel hij uit: „Ik ben geen automaat, als ik doe zoals jij wil, breng je een kerel naar zijn graf!"

Fem had schel en uitdagend gelachen. Op koele toon had ze spottend gezegd: „Je had een oud wijf moeten trouwen."

Hij had gezwegen en haar aangekeken en zich afgevraagd: was dat het enige wat in het huwelijk voor Fem telde, alleen het bed? Was zoiets denkbaar? Telden oprechte trouw en zuivere liefde dan niet? Maar Fem was toch geen lichtzinnige vrouw, ze leefde voor hem, Wouke en Ward. Ja, vooral voor Ward, zoals ze soms dromerig glimlachend naar hem kon kijken, de warme klank in haar stem als ze tegen hem praatte. Als je niet beter wist, dan zou je denken... Hij gaf zich gewonnen en zei zachtjes: „Goed, ik zal het proberen zoals jij het wil..."

Een honend lachje. „Kijk eens aan, alsof het een opgave is."

Hij had zijn trots opzij gezet en eerlijk bekend: „Voor mij wel, ja."

Ze scheen na te denken, nam hem vol aandacht op en zei: „Ik dwing je niet, als het niet meer gaat, neem ik voor jou een ander."

Hij voelde zich wit wegtrekken onder die ongehoord felle belediging. Het werd hem te machtig en hij was uit bed gestapt. Zijn knieën trilden, maar hij hield zich stijf rechtop en had met harde stem gezegd: „Dan wens ik je veel geluk!" Blindelings was hij de kamer uitgelopen. Dat het zo ver tussen hem en Fem was gekomen. Was er dan toch een kerel die tussen hem en Fem instond? Ach, dan zou hij het allang hebben gemerkt. Trouwens, zo kent hij Fem niet. Als hij erover doordenkt ligt de fout bij hem. Fout? Is dat een fout, als de man aan het verlangen van zijn vrouw niet tegemoet kan komen? Ja, hierin moet hij eerlijk zijn, dan is een man oud, blijft hem geen enkele illusie meer over, en Fem? Plots kroppen tranen van verdriet in zijn keel, breekt het zweet hem uit, trillen zijn handen om de greep van de kaphaak. Een moment vervaagt alles om hem heen, Ward grijpt hem bij de arm en hij hoort hem als van verre zeggen: „Wat nou, voel je je niet goed, vader?"

„Ik eh..." Hij wrijft met zijn hand langs zijn ogen, dan heeft hij zichzelf weer in de hand. Hij ziet de stoeiende koolmezen in de struiken en gromt: „Een duizeling, ik heb vannacht slecht geslapen."

„En jij denkt dat ik dat leugentje van jou geloof, dat ik niet in de gaten heb, dat jij en Fem... Weet wel, als jij me niet in de weg stond, gaf ik haar een pak op d'r donder!"

„Dat heb ik niet verstaan," antwoordt hij en zijn vingers knijpen steviger om de kaphaak. „En al zou het zo zijn, dan wil ik het van jou niet horen. Ze is als een moeder voor je."

Ward kijkt hem strak aan, krult zijn lippen en zegt: „Ben je zo onnozel of houd jij je zo onnozel?"

Hij weet geen antwoord en kapt een wilg. Prompt zegt Ward: „Daar heb je het gedonder, er stroomt vocht uit."

Hij kijkt naar de hieuw en denkt: een wond waar het leven langzaam uitstroomt, net als bij mij. Fem! Plots is er een lichte verwondering in zijn denken. Dieuw, zijn overleden vrouw, vanaf het begin van hun huwelijk was hun verhouding veel rustiger dan onder pasgetrouwde, verliefde paren. Nooit voelde hij overdag het hunkerend verlangen naar de intimiteit van de ruime, donkere bedstee. Zoals het tussen hen was, was het goed, en Dieuw had hem hierover nooit een verwijt gemaakt. Nou ja, slechts een keer.

„Je moet je vrouw op sterk water zetten, dan hoef je d'r alleen maar naar te kijken." Hij zucht, Dieuw, Fem... vrouwen zijn opwindend, maar moeilijk om mee te leven. Wat zegt Ward nu?

„Het betert niet meer tussen jou en Fem, hè?"

„Ach..." In zijn geest ziet hij zwarte krullen boven een rood truitje. „Wie doorgrondt een vrouw?"

Een driftige slag met de kaphaak. „Nee, daar ben jij de man niet naar."

Wards toon doet hem opkijken. „Hoe bedoel je?"

„Hoe ik het bedoel?" Zijn vader met zijn hoge moraal, maar de dupe van de nuchtere werkelijkheid die Fem heet. Fem, met haar onverzadigbare begeerte. Arme man, maar nog armere vrouw, die dat niet in zijn vader vindt. „Dat je d'r eens stevig pakt en knuffelt, dat bedoel ik, en dat wil een vrouw op zijn tijd."

Ja, vertel hem wat, met half dichtgeknepen ogen kijkt hij naar zijn zoon. Net als alle jonge kerels, vol bravoure en vrijgezellenpraat, maar het leven is wel anders... Hij wil zeggen: 'Je slaat de spijker op zijn kop, daar draait het om', maar in alles wat Fem betreft bindt een onbegrijpelijke schroom zijn tong en hij zegt alleen: „De jonker vroeg me meteen de duiker te controleren."

„Wat is daarmee?"

„Die slibt telkens dicht door een te veel aan drijvend riet," volgens de jonker.

„Zei hij dat?" Een minachtend gesnuif. „Wanneer zie je hem in de griend, die houdt zijn handjes schoon..."

„Wat wil je, je hebt bazen en knechten en tot de laatsten behoren wij."

Typisch vader met zijn ingeboren onderdanigheid, Ward gromt: „En wat voor een baas, die wilgenhout te vroeg laat kappen."

Hij tuurt naar het nu volop doorbrekende zonlicht dat door de struiken speelt en verderop naar de kaai met zijn half dichtgeslibde duiker. Elk jaar 'hommeles' met dat ding. Hij heeft het de jonker al eens aangeraden: „Snij op de rietschors vroegtijdig een strook riet, dan zijn we van dat gedonder af."

De jonker, stoïcijns kalm: „Dank je voor de raad, Kooistra, maar mijn zaakjes regel ik zelf wel."

Ward voelde de steek onder water, glimlachte als een boer die kiespijn heeft en droop af. Geluiden die tot hem doordringen, een rat die in de kreek plonst, een vogel die op de wieken gaat. De griend, een groot moerasgebied, en niemand die de griend zo goed kent als zijn vader, zowel boven als onder water, en hij loopt al jaren in diens voetsporen mee. De griend, een plek vol kreken en geulen, slikken, modderbanken en rietgorzen, de wereld van de griendwerker. En pal achter de griend en de kaai, de hoge dijk met de uitgestrekte polder waarin de boeren wonen, hun werkvolk en de ambachtslieden. En Annechien

Aggebach, dochter van de wethouder, die lesgeeft op de openbare school.

Annechien, hij heeft alleen oog voor haar, maar zij ziet hem niet staan. Hoe zou ze ook, een griendwerker die de naam heeft een beruchte vechtersbaas te zijn. Wat zegt zijn vader nou? Mis... wat mis?

„Hoe bedoel je, vader?"

„Jij denkt dat de jonker niet in de griend komt... Mis zoon, in het voor- en najaar als hij de kaai inspecteert, dan baggert hij met zijn lieslaarzen net zo door geulen en kreken als wij..."

„Mooi gezegd, maar wij mogen het opknappen, hoewel het zo anders kan. Gewoon voor die tijd een strook riet snijden op de achterliggende rietgors en dan ben je van al dat gelazer af."

„Wat... snijden? Dat helpt toch immers niks, hoe harder je snijdt, hoe vlugger het groeit. Nee, dat is geen oplossing."

Het kriebelt hem, vader zal eens aan zijn kant staan! Het is de jonker voor en de jonker na. Hij zegt nors: „Voor alles is een oplossing, desnoods verlegt hij die duiker, zijn we in een keer van dat gehannes af."

„Dat ligt niet op het terrein van de jonker, dat is een zaak voor het waterschap, hè?" Die zoon van hem kan zo doordrammen...

„Dan wappert hij maar met zijn adellijke naam, dat heeft invloed op de heren."

„Daar is Gom Govers niet gevoelig voor..."

Gom Govers, de baas van het waterschap en alles daaromheen. Gom Govers, grijs pak, wit boord, goudkleurige stropdas. Hoe vaker je hem ziet, hoe ongenaakbaarder hij lijkt.

Nors zegt Ward: „Govers en de jonker, dikke maatjes die twee, vooral in het voor- en najaar paffen ze de eenden met bosjes uit de lucht. Nee, als de jonker wil, is het zaakje zo gepiept."

Hè, dat gedram van Ward, het ergert hem. Eerst Fem, nu Ward, die twee moeten hem wel hebben. Nijdig valt hij uit: „Hou er nu eens over op, we staan hier om hout te kappen, en niet om iemand een sneer na te geven!"

„Derdejaars hout, als ze het merken wordt het hele zootje afgekeurd."

Klets... een klap met de kaphaak. „Zijn zaak, niet de onze, niet dat ik het toejuich dat de jonker zo te werk gaat, maar jij schijnt een ding vergeten te zijn, dat hij de boete en schadeloosstelling voor je heeft betaald toen je die vent het ziekenhuis insloeg vanwege die hond. Denk daar eens aan."

Ting… er gaat een belletje in zijn hoofd. Die hele affaire van toen hamert weer door zijn kop. De jonker die naast hem stond en op giftige toon zei: „We zullen die vuile dierenbeul een 'poepie' laten ruiken. „Jij brommen, omdat hij zijn hond half kreupel slaat? Mooi niet, amice, ik werp me op als je beschermengel, alles wat hieruit voortvloeit, neem ik voor mijn rekening."

Hoe groot was op dat moment hun saamhorigheidsgevoel, waarom nu dan weer die onverschilligheid tussen hen, de afstand tussen baas en knecht… Gedachten die hem pijn doen.

Nors zegt hij : „Ik vergeet niks, en wie weet, misschien in de toekomst, is de ene dienst de andere wel waard."

Maarten gaat er niet op in en denkt: de toekomst ligt in het verborgene. Door zijn geest danst Fem…

Er valt een stilte tussen hen met alleen het geluid van snaterende eenden in de kreek en het doffe geluid van de kaphaak, en weer glijden zijn gedachten naar Fem en die plotseling opgedoken onenigheid tussen hen, en de daaruit voortvloeiende hoon en verachting waartegen hij zich pantsert om geen innerlijke wonden op te lopen.

Ward denkt aan het beeldige snoetje van Annechien, die zich in aanzien meet met de burry. Annechien, ze heeft andere namen in haar kladboekje dan de zijne. De zoon van de dokter, die bleekscheet van een notaris, en de pas aangestelde hoofdonderwijzer die zijn scepter zwaait op de school waar Annechien lesgeeft aan de kinderen van de eerste klas. Aap-noot-mies. Het leesplankje staat nog in zijn geheugen gegrift.

Nee, vergeleken met die keurige heren is hij maar een lompe beer die als een stuk wild door de griend sjokt. Een moment staat hij stil en kijkt naar zijn glimmende lieslaarzen, zijn versleten werkbroek, doorweekt van de dauw door het gebagger tussen de uitwaaierende varenplanten, en naar zijn kiel die kil en vochtig aan zijn lijf plakt. Annechien dartelt weer door zijn geest. Annechien, die gestudeerd heeft en belezen is, hoofs van karakter, een dame ten voeten uit.

En hij… een 'grienduil' net als zijn vader. Maar zijn vader had hem wel de kans gegeven toen hij van de lagere school kwam. „Je hebt koppie-koppie jongen, gebruik die gave."

Gave of geen gave, hij had geen zin in leren, zag het heil er niet van in om heel de dag letters te vreten tussen vier muren. Hij verschool zich achter de woorden: "Leren kost geld, vader, en dat hebben we niet…"
Vaders hand op zijn schouder. „Dat geld is er wél, jongen. Toen jij nog in de wieg lag, hebben je moeder en ik een studiefonds voor je afgesloten. Dus de weg ligt voor je open."
Hij wilde die weg niet, maar goed, hij ging. Vader ging de eerste dag met hem mee, nam tegenover de directeur beleefd zijn pet af en zei: „Ik breng u mijn zoon, meneer, ziet u maar wat erin zit, in u stel ik vertrouwen, griendwerker kan hij altijd nog worden."
„We zullen zien, beste man," antwoordde de directeur gevleid en schudde vaders hand. Een knoestige, bruine werkhand, breed als een nijptang.
Ward herinnert zich dat hij in de bank zat, zijn schrift opende en in zijn boek bladerde. De leraar sprak met duidelijke stem, schreef iets op het bord, hij volgde de bewegingen van de man en haatte ze! Hij was een kind van de griend en niet iemand voor tussen vier muren. De atmosfeer benauwde hem en vloog hem naar de keel. Hij keek door het raam, naar het blauw van de hemel en naar een dwarrelende koppel spreeuwen. Toen klonk de stem van de meester: „Bij de les blijven, Kooistra!"
De klank trof hem als een zweepslag, hij veerde rechtop in de bank. „Over mij heeft niemand te bevelen."
Met een paar vlugge stappen stond de leraar naast hem en woedend wees hij in de richting van de deur. „D'r uit Kooistra, van grote monden zijn we hier niet gediend."
Voor hij kon zeggen: „Het spijt me, meneer," greep de leraar hem driftig bij de arm en sleurde hem half de bank uit. „Komt er nog wat van?"
Verwezen had hij de man aangekeken, zijn ogen flikkerden kwaadaardig en zijn kop zag rood van woede. Verwonderd dacht hij: Is dat die sympathieke leraar van zo-even? En hij vroeg: „Waarom gaat u zo tekeer?"
Er klonk een schaterend gelach rondom en toen barstte de bom. De leraar pakte zijn oor, draaide het geniepig om, er ging een pijnscheut door hem heen, even was hij doodsbang, hij had het gevoel dat hij moest kotsen. Angstig keek hij naar zijn klas-

genoten en zocht naar hulp. Maar er was gejoel en getier rondom, plotseling een stevige draai om zijn oren, er viel een woord vol minachting: „Grienduil!"

Nooit heeft hem dat scheldwoord zo getroffen als toen, met al die joelende jongens om hem heen, een razende woede verblindde hem en hij stoof de bank uit. In nietsontziende drift viel hij de leraar aan, als mokers kwamen zijn vuisten op de man neer. Gegil. Geschreeuw. Vele handen probeerden hem van de leraar af te trekken. Nu keert zich alles tegen mij, had hij gedacht. Weg wilde hij. Weg uit die gevangenis! In één stuk was hij doorgerend naar het veilige baken, de griend.

Zijn blouse bleef haken aan een uitstekende tak, doornen van wilde braamstruiken trokken bloedige strepen op zijn armen en benen, maar hij voelde niets. Angst gaf hem vleugels, hij verschuilde zich in de griendkeet waar het gereedschap voor de griend staat opgeborgen, uitgeput bleef hij daar zitten. Aan het eind van de dag vond zijn vader hem. Hij keek verwonderd.

„Wat krijgen we nou, spijbel jij van school?"

Koppig had hij zijn hoofd geschud. „Ik ga niet meer naar school."

Vader gooide de kaphaak en de schop in de kruiwagen, richtte zijn blik op hem en zei: „Vertel."

Hij vertelde zonder zichzelf te sparen, af en toe struikelend over zijn eigen woorden. „Nu weet je het, vader."

„Ja," had vader geantwoord. „Ik weet het. 'Grienduil', doet zeer. Maar ik kan me de reactie van je leraar best indenken, als ik hoor hoe jij je hebt gedragen. En het moet me van het hart dat je jezelf schande aandoet, jongen."

Wat vader zei trof hem diep. Wel verwijten, maar geen enkele toenadering. Vader drong aan: „En wat nu, Ward?"

Loskomend uit zijn beklemming had hij gevraagd: „Hoe bedoel je, vader?"

„Doorleren, of in de griend? Ik zal je nergens toe dwingen, maar denk goed na voor je een besluit neemt. Geloof me jongen, beter een wit boord om je nek, dan de zondagse stropdas om de hals van een griendwerker. Enfin, je zoekt het maar uit en aan het eind van de week kom je het me maar eens vertellen."

Hij had diep nagedacht over de keus tussen het witte boord of de zondagse stropdas. Een goed betaalde baan op een muf kantoor in de stad en zijn vrijheid inleveren, of de griend met zijn kreken en poelen, de vrije natuur, met de wind om zijn kop waarin hij kon ademen. Hij koos voor de griend. En zijn vader zei bedachtzaam; „Zo, zo, dus daar kies je voor, maar weet wel, altijd werkman en in het gareel. Ja knikken en 'dankuwel' zeggen. Dat is ook niet alles. Enfin, jij je zin, mij zul je er niet meer over horen." En hij hield woord, hij had er nooit meer met een woord over gerept. Nu is hij al jaren griendwerker. Hij trekt samen met zijn vader op, overdag lopen ze de percelen na, kappen ze wilgenhout, zetten ze fuiken uit. Ze kennen de kreken en poelen, geulen en rietgorzen als hun broekzak, ze weten waar de meeste vis, wilde konijnen en eenden zitten. Ze leven in de schaduw van de griend, onder het gezag van jonker Friedrich, die met zijn cynische humor hun duidelijk laat voelen wie hier de baas is, en het is zoals zijn vader zegt: "Je hebt bazen en knechten".

Griendwerkers, een volk apart dat hier in de buurtschap slechts wordt geduld. Hij heeft spijt als haren op zijn hoofd dat hij toentertijd niet heeft doorgeleerd. Zijn vader heeft gelijk, hij heeft zijn kansen vergooid. En nooit is hij zich daarvan zo bewust geweest als nu Annechien Aggebach zijn pad kruist. Ze is voor hem even ver als onbereikbaar. Hij weeft zijn droombeelden om dat mooie smoeltje, want geestelijk noch materieel heeft hij haar iets te bieden.

Dan hoort hij plotseling het geruis van water dat door de kreken stroomt. Dat is buitengaats opkomend tij, prompt denkt hij aan het verstoppen van de duiker. Zijn vader denkt schijnbaar hetzelfde, want die zegt opeens: „Ik zal met de jonker weer eens over die duiker praten, misschien is een rooster afdoende."

Ward gromt: „Op de gors een strook riet wegmaaien, dat is beter."

De kaphaak valt stil, Maarten schuift zijn pet achterover, en met het beeld van de jonker op zijn netvlies, zegt hij: „En jij denkt zeker dat ik daar met de jonker nooit een woord over heb gewisseld? Je kent je vader slecht, jongen."

Er gaat een steek door Wards hart. Vader die voor het eerst zoiets tegen hem zegt, toch onder invloed van Fem?

„En?" vraagt hij. „Wat zei hij?"

„Dat ik mijn snavel moest houden, hem niet van advies hoefde te dienen." Maar plotseling op heel andere toon: „Vertel eens, wat moet jij met Wouke in de griend?"
Wouke... wacht even, dat is andere taal. Fem heeft gekletst. Fem, die het hoog zat toen hij zonder meer zei dat hij Wouke eens mee wou nemen de griend in. Prompt stoof ze op; „De griend, wat is daar te zien. Kreken, poelen, modder."
Hij merkte niet alleen haar angst, maar meer nog haar nijd en hij had zich afgevraagd of ze jaloers was op haar eigen dochter? Fem draaide de laatste maanden meer om hem heen dan hem lief was, ze kookte zijn lievelingskostjes en beknorde hem zachtjes als hij 's avonds laat terugkwam van het fuiken zetten in de griend. Fem, die het niet lekker zit dat hij met Wouke de griend in wil. Hij zag haar verstoorde blik en had zacht en spottend gevraagd: „Ben je bang dat ik haar opeet?"Fems gezicht was als een masker, nijdig was ze uitgevallen: „Met een zeven jaar oudere vent door de griend dwalen, noem jij dat een pleziertje?"
Hij had de steek gevoeld, en zei met een grimmig lachje: „Hé, hé, Fem, mag ik je er even op wijzen, dat die vent wel jouw pleegzoon is of had je liever dat ik jou meenam in de griend?"
„Daar!" Een klinkende klap in zijn gezicht. „Wie denk je wel dat je voor je hebt?"
Hij was geschrokken opgesprongen van zijn stoel. Zou je dat wijf niet, als hij zijn gevoel volgde... Zijn woede zakte toen hij tranen in haar ogen zag. O, hij wist het allang, ze zag meer in hem dan alleen haar pleegzoon en dat is juist het beroerde! Hij zei: „Voor me heb ik een vrouw die danig met zichzelf overhoop ligt."
Verschrikt had ze hem aangekeken. „Dus je weet het?"
Hij suste: „Jij weet het. Ik weet het..." Hij had haar diepste geheim geraakt. Fem, een vrouw van melk en bloed. Haar lichaam vraagt, maar zijn vader kan daaraan niet voldoen. Fem, ondanks haar dominantie een goed wijf die staat voor haar gezin en zachtjes drong hij aan: „Dus je vindt het goed dat Wouke en ik...?"
„Je doet maar, je gaat altijd je eigen gang..."
„Ik vraag het je toch beleefd?"

Een honend lachje: „Jij en beleefd..."
„Niet dan?"
Geagiteerd klonk het: „En maar zeuren..." Plots was haar stem uitgeschoten: „Kerel, donder toch op!"
Hij had zijn hoofd geschud. „Moet het nu zo, Fem?"
„Hoe wil je dan dat het gaat, dat ik erbij sta te juichen? En kijk me niet zo aan!"
Hij was in de lach geschoten: „Wil je dan dat ik naar je kijk als naar een lelijke, oude 'totebel'?"
„Als... als..." Er biggelde een traan over haar wang, hij was ervan geschrokken en in een reflex had hij haar naar zich toegetrokken. „Niet doen, Fem, geen kerel is het waard dat je om hem huilt..."
Zwaar leunde ze tegen hem aan, keek hem aan en zei: „Het ligt eraan wat voor kerel! Hoe komt het dat ik me niet voor je schaam, Ward Kooistra, en dit alles zo maar tegen je zeg?"
Hij voelde hoe ze trilde in zijn armen en wist dat zij van hem een antwoord verwachtte. Hij had zijn schouders opgehaald en gezegd: „Ik weet het niet, Fem." Hij voelde hoe haar lichaamswarmte door zijn kleren brandde.
„Daar kan maar een oorzaak voor zijn."
„Welke dan?" Hij vroeg het tegen beter weten in.
„Weet je het niet?" Haar armen gleden om zijn hals. Onrust in hem, waar bleef zijn vader?
„Ward..." Haar stem vol verlangen, haar hart dat tegen het zijne klopte. Een ander beeld zweefde zijn geest binnen. Annechien, zij zag hem niet staan. Deze vrouw, de vrouw van zijn vader, wel. Ze wilde alles van hem, hij voelde haar kus op zijn mond, beelden schoven ineen tot een gezichtje omkranst met blonde krullen. Zijn bloed werd vuur. Waarom niet nemen wat deze vrouw hem bood. Met moeite wendde hij zijn gezicht af, duwde haar weg. „Wat jij van me vraagt, kan niet..."
„Waarom niet? Omdat ik de vrouw van je vader ben die me niet ziet staan? Die als ik mijn vrouw-zijn aan hem toon, zich van me afkeert en al weken op de bank in de kamer slaapt? Wie is hier dan de schuldige? Hij of ik?"
Schuld, was hier sprake van schuld? Mocht hij haar iets verwijten? Zijn gevoel zei hem dat hij meer voor haar betekende dan het middelpunt van een zwoel spelletje.

Gesmoord klonk haar stem. „Ben ik dan zo slecht als ik naar een kerel verlang? Een echte kerel?"

„Zie je in mij die kerel?" Een bittere glimlach deed zijn mondhoeken krullen.

„Dat weet je wel, eerst kwam je me voor als een boze tovenaar, en toen…"

„Als de prins op het witte paard?" Hij streelde haar kroezend haar en voelde haar verlangend lichaam tegen het zijne. Annechiens beeld stond weer op zijn netvlies, zijn hart deed pijn, en Fem die in zijn oor lispelde: „Ik verlang naar je…"

„Helemaal?" Zwoele gevoelsverwarringen. Het kan niet, het mag niet, het gaat tegen alles in, behalve tegen zijn oproerige natuur. Fem, ze mag zijn verlangen naar Annechien in slaap sussen. Plotseling had hij geen rem meer op zichzelf, hij nam haar in vijandige drift, in een gevecht vol wrok tegen zichzelf. Daarna liep hij weg zonder nog een woord aan haar te verspillen en vluchtte de griend in. Wekenlang had hij gewerkt als een bezetene, iedereen afgesnauwd die bij hem in de buurt kwam. Hij ontliep vol schaamte en diep berouw zijn vader, die verwonderd zijn hoofd schudde en zei: „Wat jou de laatste tijd mankeert…"

Wonderlijk genoeg kwamen die woorden hem voor als een gehuichelde meewarigheid en snauwend viel hij uit: „Vraag er dan niet naar!"

Totaal ontredderd bracht hij dagen door in de griend. 's Nachts sliep hij in de griendkeet. Het hele gebeuren met Fem leek hem zo onwaarschijnlijk, net als alles om hem heen. Hij voelde zich onrustig en onzeker, wist maar een ding: liever verzoop hij zich in de kreek dan dat het hem voor de tweede keer zou gebeuren. Maar als duivelsdrek had het zich in hem vastgebeten en die vulgaire vrijage met Fem herhaalde zich nog een aantal maanden. Daarna voelde hij geen enkele behoefte meer om in de kreek te kruipen. Steeds dieper zonk hij weg in eigen machteloosheid, voelde het als 'verraad' tegenover zijn vader. Hij wilde het niet meer, het belemmerde zijn eigen vrijheid en hij besloot het tegen Fem te zeggen.

Ze had hem aangekeken alsof hij haar afwees en begon toen luid te lachen. Hij was kwaad geworden en had onaangename dingen gezegd, driftig er overheen gevloekt. Zij keef terug in termen die voor de zijne niet onderdeden. Plots zweeg ze, wrong de handen ineen en zei: „Daar had je eerder aan moeten denken."

Eerder? Hij schrok. Er viel een beklemming over hem heen. Ze zal toch niet?

Aarzelend vroeg hij: „Hoe bedoel je? Dat je…?"

Ze knikte. „Juist, dat bedoel ik, je wordt vader."

De wereld was om hem heen in elkaar gestort. Fem, zwanger van hem! Het bloed golfde naar zijn hoofd, zijn lichaam trilde als een espenblad. Hij vroeg: „Weet je het zeker?"

„Zo zeker als twee maal twee vier is…"

Hij was op een stoel neergezakt. Duwde zijn vuisten tegen zijn gesloten ogen en dacht aan de schande die straks over het huis zou vallen. Ward Kooistra, die zijn eigen vader de horens opzette!

Haar hand op zijn schouder. „Zit er niet over in."

Niet over inzitten? Hij had naar haar opgekeken. „Je denkt er nogal makkelijk over!"

„Wat wil je dan? Redeneren helpt niet, het feit ligt er, drink wat water, dan kalmeer je wat."

„Donder op met je water!" Woedend had hij het glas uit haar hand geslagen. Het viel op de grond, scherven sprongen naar alle kanten. Glasscherven, waar hij zijn hart en ziel aan opensneed. Hij grauwde: „Hoe moet je dat verklaren?"

Ze had haar hoofd geschud. „Wat praat je toch? Er valt niks te verklaren. Althans, niet voor de buitenwereld. Ik ben getrouwd met een Kooistra, en er komt een 'nakomertje', je hoort het wel eens vaker."

„Wel vaker? Dat is mooi gezegd, maar mijn vader?"

Een harde lach die hem door merg en been ging. „Senior of junior. Het is en blijft een Kooistra, nietwaar?"

Verstard had hij haar aangekeken. Fem Drijfhout, zijn pleegmoeder, wat was dat voor een vrouw? Waar had hij zich aan verslingerd? Ze droeg zijn kind, maar ze moest eens weten hoe hij haar op dit moment haatte. Wat voor gedachten spelen er achter dat gladde voorhoofd. Of zette ze het hem op die manier betaald dat hij toen voor haar huwelijk met zijn vader aan haar zijn eisen stelde, en de verkoop van zijn vaders huis tegenhield? Offerde ze hem daarom op aan haar wellust en wraak?

46

Plots, in een uitbarsting van wanhoop, had hij haar in blinde woede geslagen. Verschrikt was ze teruggedeinsd tegen de kamerwand. Onderuitgezakt. Ontnuchterd had hij op haar neergekeken, bloed druppelde uit haar neus en een rode schram tekende haar voorhoofd. Ze jammerde niet. Ze klaagde niet. Vol schaamte trok hij haar overeind in zijn armen.

„Fem! Ik, ik..." Ze had haar hoofd tegen zijn schouder gedrukt en gefluisterd: „Stil maar, en zwijg erover. Hoe het verder zal gaan? Ik weet het niet, de toekomst zal het leren..."

Juist, de toekomst, die hem angstig maakt en waaraan hij niet durft te denken.

Dan een por tegen zijn schouder. „Is het zo moeilijk om daarover te praten?" Zijn vader die zijn gedachten doorkruist. Oh ja, ze hadden het over Wouke...

„Fem vertelde het aan me..." Weer de stem van zijn vader. Fem, haar naam voelt aan als een marteling. Fem, die de roes over hem bracht, zodat de wereld buiten hem wegviel. Maar aan het eind van het gestolen minnespel wacht voor hem een leven vol schuld en onrust. Maar niet voor Fem, opgewekt lachend en zingend doet ze haar werk, ze verwent hem met een extra kopje koffie en is opvallend lief tegen zijn vader, die zielsgelukkig zijn doorrokertje smoort en Fem met een tevreden glimlach nakijkt. Rust tussen hen, maar voor hoelang? Na een aantal weken zal de waarheid aan het licht komen, want het is geen klontje boter dat smelt...

„Fem is er niet van gediend dat je met Wouke de griend in wil." Nee, vertel hem wat, Fem die nu ze van hem loopt, haar recht op hem doet geleden. Hij vraagt zich wel eens af of het makkelijker zou zijn als hij van haar hield.

Hij schampert. „Fem, moet niet zo zeuren..."

„En jij moet Fem niet zo tegen de haren instrijken, wel drommels!"

Zijn vader met zijn 'groene' hart. Ach, de man moest eens weten. Tranen van razernij kropten zich op in zijn keel, hij gromt: „Fem vergeet dat Wouke op haar eigen benen loopt."

„Kan zijn, maar een moeder houdt altijd zorgen over haar kind." Kind, het woord haakt in zijn oren en in zijn hart. Een driftige slag met de kaphaak. Zijn kind, sombere gedachten benevelen zijn geest. Een abortus. Een breinaald. Engeltjesmakers. Je hoorde er vroeger wel eens over. Vlak voor zijn voeten springt een kikker weg. Hij schrikt, wat voor duivelse spinsels malen er door zijn kop? Wil hij zich op zo'n manier uit die netelige kwestie redden? Ongeboren leven verwoesten? Maar zoiets mag je van een vrouw niet eisen, al is die vrouw honderdmaal Fem. Weer een slag met de kaphaak in het wilgenhout, karekieten tsjilpen hun ijle kreetjes op de rietgors, de wind lispelt in het wilgenblad, en zijn vader kakelt maar over Fem.

„Ja, wat is daarmee?"

„Je moet niet zo stom tegen haar doen, dan gaat ze tobben en dat bezorgt haar hoofdpijn."

„Hoofdpijn, zei je dat?" Hij schudt zijn hoofd als een bokser die een treffer moet incasseren. „Zijn daar geen andere redenen voor?" Zijn vader oordeelt als een blinde over kleuren.

„Ja, dat zei ze." Beroerd hoor, dat Ward zo slecht met zijn pleegmoeder kan opschieten, hoewel het de laatste tijd een beetje beter gaat tussen die twee.

„En daar trap jij in, hoofdpijn?! Wees wijzer, de hele dag loopt ze te kwinkeleren…"

Wijzer… maar als Fem nu zegt…, maar Ward zegt…! Hij ziet Fem op zijn netvlies, lachend, zingend, pratend. Ja, als je daarover doordenkt… Als een poedel schudt hij zijn hoofd, straks heeft híj nog hoofdpijn.

„Verrek, kijk eens, wie eraan komt." Wards stem doet Fems beeld vervagen. „De jonker, die moet ons hebben."

Inderdaad, de jonker baggert in zijn lieslaarzen door de kreek en komt op hen toe.

„Wat jaagt hem zo vroeg uit de veren?" verbaast Maarten zich, en hij schuift zijn pet wat achterover.

„Ouwehoeren over die duiker, wat anders?" gromt Ward. Zijn blik hecht zich aan de lange atletische gestalte van de jonker. Het is bekend dat de man veel aan sport doet. Zeilen, hardlopen, golfen, zwemmen, en met een rotgang in zijn dure Mercedes over de dijk en door de polder rijden. Het heeft hem al menigmaal een boete opgeleverd, maar de 'griendbaron' blijft er ijskoud onder.

„Meneer." Maarten tikt beleefd tegen zijn pet als zijn baas voor hem staat. „U bent er ook vroeg bij, en dat op zondag."

„Had je niet gedacht, hè?" De jonker grijnst voldaan. „Jij dacht, die vent snurkt een gat in de dag, maar mispoes. Schiet je al op met kappen?"

„Vandaag komt het perceel klaar, meneer."

Toch controle?

„Van jou had ik niets anders verwacht, Kooistra. En je zult er niet aan tekort komen, dubbel uurloon, en oud hout mag je voor winterstook gratis uit de griend weghalen."

De jonker is een man van zijn woord en hij doet wat hij zegt...

Maar toch zit dat vroege kappen van dit perceel wilgenhout hem nog steeds niet lekker en hij moet het even kwijt.

Jonker Friedrich grijnst. „Weet ik, beste man, weet ik, maar nood breekt wet." Zie ze daar staan, zijn twee griendwerkers, stoere binken in hun lieslaarzen, vooral Kooistra junior, wat een kracht schuilt er in die vent. Hij heeft nog eens een boete voor hem betaald, om te voorkomen dat die knul de bak indraaide. Maar in de situatie van toen, gaf hij dat jong in zijn hart groot gelijk. Dan vraagt Ward: „U komt zeker controleren voor die duiker?"

„Mis." Hij gooit zijn half opgerookte sigaret weg, trapt erop of hij een groot vuur moet uitmaken en zegt: „Volgens mij wordt hier gestroopt."

„Gestroopt? Waar?" In verwondering kijken ze naar de jonker die nu met een strak gelaat voor hen staat.

„Waar? Verderop in de kreek." Hij richt zijn blik op een half omhoog getrokken fuik. „Het is me al eerder opgevallen. Jou niet, Kooistra?"

„Nee, meneer." Een ontkenning vol schaamte en onverschilligheid.

„Ik moet de fuiken nog lichten, meneer, dan zie ik het gauw genoeg." Maartens antwoord klinkt als een excuus.

Maar de jonker schijnt daar doof voor te zijn. Scherp klinkt het: „Ik wil geen stropers in de griend. Pak die lui in d'r lurven, man, voor ik je visakte intrek."

Bij deze dreiging slaat de schrik om Maartens hart. Geen visakte. Geen paling, geen extra inkomsten! Maar zijn grootste angst is Fem. Als zij het extra geld waar hij mee thuiskomt op de keukentafel uittelt, gooit ze de munten in een oud koekblik en zegt met een tevreden lachje: „Die centjes hebben we gauw genoeg nodig." En met dat beeld op zijn netvlies, zegt hij een tikkeltje angstig: „Dat meent u toch niet, meneer?"

Geen antwoord, slechts een kort: „Loop maar even mee." En tegen Ward die tot nu toe geen woord heeft gezegd: „Loop jij voorop."

Daar gaan ze achter elkaar langs de rietgors, door volstaande geulen, richting kreek. Overal klinkt het geluid van ruisend water en zacht ritselend wilgenblad. De jonker kijkt op Wards rug en denkt: wat stapt die forse, bonkige kerel soepel door het stromende water, alsof er geen oneffenheden op de bodem bestaan.

Ze passeren een pas gezette schakel, de jonker kijkt ernaar, een grijns van oor tot oor, hij tikt Maarten op de schouder en vraagt belangstellend: „Sinds wanneer vis jij op witvis, waarde heer?"

„Ik?" stamelt hij, met een kleur tot aan zijn haarwortels omdat de jonker hem betrapt heeft. Met verwondering constateert hij dat de man er zo ontzettend veel van weet en er nog begrip voor heeft ook!

Met een welwillende glimlach zegt de jonker: „Ja, Kooistra, in mijn studententijd was ik een fanatiek sportvisser, vandaar…"

De jonker plaatst Maarten steeds voor verrassingen. Dan stoot de jonker hem aan, wijst in de richting van de kreek en zegt: „Naar mijn weten zet jij zo geen fuik…"

Inderdaad, hij ziet andermans werk, maar van wie?

Een van de botkloppers misschien, maar hun terrein is de buitengaatse slikken die met eb droogvallen.

„Nou, je ziet het, Kooistra, kapers op de kust. Hou je oren en ogen open, doe je best, grijp ze in hun kladden en onthoud wat ik je heb gezegd over je visakte."

Hij heeft het gevoel of de jonker met die woorden zijn laatste restje vertrouwen wegneemt en zegt benepen: „Ja meneer, u kan op me rekenen."

De jonker grijnst en klopt hem op de schouder. „Zo mag ik het horen, beste man, ik kijk er met genoegen naar uit. *Carpe diem*, heren." En met grote stappen loopt de jonker weg.

Ward, die met gefronste wenkbrauwen hun 'broodheer' nakijkt, zegt heel wat anders. „Laat hem de 'kolere' krijgen, die klier!"

HOOFDSTUK 4

„Eindelijk," denkt Ward, het is er toch van gekomen dat hij samen met Wouke door de griend vaart. Ze zit achter in de vlet en kijkt naar hem. Wouke is een lief kind, maar uiterlijk heeft ze alles tegen. Ze is klein en mager en heeft sluik, blond haar. Van voren is ze zo plat als een dubbeltje. Opvallend zijn haar grijze ogen waarin een donkere iris te zien is en haar diepe, warme stem als ze tegen je praat. Ze praat honderduit over haar werk op het naaiatelier, waar ze elke ochtend met de bus van zeven uur voor naar de stad moet. Over de dijk dwars door de polder, een rit van ruim een uur. 's Zomers gaat het wel, maar 's winters, met mist en ijzel, dan knijpt ze hem soms als een ouwe dief. De laatste tijd gaat haar dat gereis met die bus tegenstaan, ze heeft liever een baantje dichter bij huis.

Hij glimlacht. Voor het eerst is ze zo ongedwongen met hem aan het praten en hij dringt aan: „Wel meid, zoek dan zo'n baantje..."

„Ja, als het zo makkelijk lag."

„Maar hier of daar is toch wel een boer die een stevige meid op zijn bedrijf kan gebruiken?"

„Een meid uit het dijkvolk, wees wijzer."

Dijkvolk, daar valt de slagboom. Griendwerkers en botkleppers wonen aan de andere kant van de dijk, daar houden de boeren in de polder zich niet mee op. Het is in hun oog ander soort volk, dat voor het vaderland wegleeft, in de kerk zie je ze zelden of nooit. Wouke heeft gelijk, een baantje daar in de polder dat zou een wonder zijn, al wat achter de dijk vandaan komt krijgt op voorhand al een stempel opgedrukt. Toch zegt hij tegen beter weten in: „Je kan het allicht proberen."

„Ja, als ik gek ben."

Hij schiet in de lach. „Gek? Jij? Integendeel, zoals ik je ken ben je een pientere meid."

Ze lacht een beetje onzeker. „Dat is troost voor vereenzaamden."

Scherp neemt hij haar op. Wouke zit volledig onder de plak bij Fem. Hij polst: „Voel jij je zo eenzaam onder ons?" Wouke is dol op zijn vader. Even voelt hij een steek door zijn hart, ze moest eens weten dat hij en Fem... O, dat gruwelijke weten, dat heel zijn doen en laten overheerst!

Woukes hand glijdt speels door het water, ze zucht en zegt: „Weet je, soms doet moeder..."

Juist, moeder, zeg hem maar niks... Fem, met haar dominantie en Wouke is altijd de onderliggende partij. Hij adviseert haar: „Je moet eens wat meer van je afbijten, meisje."

Maar een half woord en Ward begrijpt de situatie al! Wouke voelt zich rood worden tot achter haar oren. En moeder is altijd even scherp, plots voelt ze behoefte om het uit te schreeuwen. Ze bijt op het puntje van haar tong, beheerst zich en zegt: „Bij mijn moeder vergeleken ben ik een uilskuiken."

Er zit een kern van waarheid in, denkt Ward. Wouke is een 'doezeldotje', maar als hij dat zou zeggen, is ze helemaal nergens meer. Hij zegt: „Welnee, gewoon, je bent lief."

„Hoor hem, die slijmerd." Ward, een stoere bink, soms vol cynische spot, vader Kooistra zegt wel eens: „Het is een binnenvetter, je kijkt erop, maar niet erin."

En moeder beweert met een geheimzinnig lachje: „Dat is er een die je pas goed leert kennen als je hem tegen je hebt."

Is dat zo, wat moeder zegt? Toen ze na haar huwelijk met vader Kooistra voorgoed in diens huis waren getrokken, was het van het begin af aan geharrewar tussen moeder en Ward, maar de laatste tijd kan moeder met een dromerige glimlach op haar gelaat naar hem kijken. En Ward zelf, hoe denkt hij over moeder? Niets op dat strakke gelaat verraadt wat er innerlijk in hem omgaat, maar plots vraagt ze: „Houd je van mijn moeder?"

De vraag overvalt hem. Hij kijkt naar haar smalle figuurtje, zo lief in die spikkeltjesjurk en dat blauwe vestje, doet net of hij nadenkt en zegt dan: „Het is maar hoe je het bedoelt."

„Nou, gewoon als een zoon van een moeder."

Ja... gewoon in haar oog, maar niet in het zijne. Fem, die zwanger is van hem, een weten dat telkens verbijsterend tot hem doordringt. En Wouke zit naar hem te kijken alsof ze een verklaring van hem verwacht. Hij voelt tegenzin en zegt: „Ik ken die gevoelens niet voor haar, voor mij is ze..." Fem, op zijn netvlies murmelt ze met een schuchter lachje in zijn oor: „Ik weet het, ik ben degene die jou verleid, maar ben ik dan een slechte

52

vrouw als ik bij jou troost zoek omdat mijn eigen man mij niet ziet staan?"

Hij had haar afgeweerd. Maar haar bekoring is sterker en verlamt al zijn bedenkingen, kan hij het helpen dat ze bij hem de troost zoekt die ze zo bitter nodig heeft? Wouke maakt lachend zijn zin af: „Ik weet het, voor jou is ze gewoon een vrouw!"

„Juist," zegt hij, „gewoon een vrouw." Maar hij denkt erbij: een vrouw in grove ontrouw tegenover de man die mij zijn zoon noemt. Dat is de naakte waarheid waar de duvel een scherp oog voor heeft en 'de fijnen' ook als het uitkomt. Ze zullen hem spottend nawijzen en zeggen: „Dijkvolk, er deugt er niet één."

Er valt een stilte tussen hen. Hij roeit met rustige slagen, de riemen maken haast geen geluid, het blauw van de lucht weerspiegelt in het water, verderop scharrelen scholeksters in de modderige oever van de kreek. Met pijn in zijn hart denkt hij aan wat er in de toekomst staat te gebeuren.

„Kijk eens wat een mooie vogel!" Woukes stem rukt hem uit zijn gedachten.

„Waar?" Even houdt hij de riemen in en speurt in het rond.

„Daar."

„Dat daar? Dat is een taling." Vraagt Wouke dat, een kind van de dijk?

„Wat is een taling?"

De griend, hoogopstaande wuivende rietkragen, poelen en kreken, wat weet ze van dit stuk ruige moerasgebied? Geen water, geen land en beheerst door de getijen.

„Een eendensoort."

„Je schiet wel eens op eenden, hè?" Ze denkt aan moeder die een gebraden eend uit de pan vist, op een bord legt en het vlees in drie gelijke stukken verdeelt. Ook zij krijgt een deel. Dan beveelt moeder: "Eten!"

Vader Kooistra en Ward zitten volop te kluiven. Het vet druipt langs hun vingers. Wouke rilt als ze eraan denkt, ze houdt niet van wildbraad.

„En dat vind jij niet leuk?" vraagt Ward.

„Ik vind het vreselijk!"

Dacht hij het niet. Wouke met haar zachte zieltje. Daarin is Fem anders. Ze geeft hem rustig een por tegen zijn schouder en zegt: „We hebben geen vlees in de pan, schiet eens een paar eenden."

Zijn vader moppert dan: „Je moet hem er niet toe aanzetten, Fem."

Fem spottend: „Hoor daar, bange pietje, je hebt toch een vergunning?"

„Een visakte, geen jachtvergunning. Wat jij wilt, hoort onder stropers thuis."

„Wat zou het, de griend is groot genoeg."

De volgende dag, als hij in het schuurtje wat schakels voor het uitzetten van witvis bij elkaar zoekt, schiet Fem naar binnen, kijkt om zich heen en vraagt: „Is je vader er niet?"

„Wat dan, heb je wat op je lever?"

Een minachtend gesnuif. „Die vader van jou is een 'schijtlijster'."

Hij grijnst. Hij weet waar ze op doelt en zegt: „Je bedoelt die eenden?"

Een goedkeurend knikje. „Jij begrijpt het." Ze komt dichter bij hem staan. „Ik hou van wildbraad."

„En ik niet minder." Hij grijpt de schakels in elkaar.

„Nou, wat let je? Ik heb nog wat braadvet in de pan." En dan haastig: „Wanneer kan ik erop rekenen?"

„Ik zal wel zien."

„Aha, meneer is bang voor zijn vader."

Hij hoeft het niet te weten, ziet ze hem aan voor een angsthaas? Nors zegt hij: „Die man is bang voor de jonker, en gelijk heeft hij."

„Ben jij bang voor die kerel?"

„Ik heb niks te verspelen, mijn vader wel: zijn visakte."

Ze sart: „Huh, huh, je bent wel bang."

Hij stuift op. „Waarom die haast, zolang ik kruit en lood heb, eet jij vlees."

Nijdig loopt hij het schuurtje uit, achtervolgd door haar schaterende lach.

Fem, die zich soms laat leiden door hebzucht en jaloezie, lage instincten waar hij weinig waardering voor heeft en toch is hij met haar naar bed geweest. Waar blijft dan de leefregel, die hij zich gesteld heeft?

Waarom heeft hij zijn ziel in een gloed van vurige hartstocht verkwanseld? Een benauwd weten, dat hem voor de toekomst doet beven.

De week daarop had hij her en der in de griend een paar eenden geschoten. Maar het leek of de duvel ermee speelde, want wie liep hij op de terugweg naar huis tegen het lijf? De jonker, op zijn avondwandelingetje met zijn twee Newfoundlanders. Hij had hem koud aangekeken en koel gezegd: „Zo, zo, Kooistra, wat ziet mijn oog, schieten buiten het jachtseizoen om?"

Het leek alsof er een schemering over zijn denken lag, waaruit zich slechts een gedachte losmaakte: ik ben op heterdaad betrapt!

In de vriendelijke avondstilte die over de dijk hing, hadden ze elkaar aangekeken. Het was of er een geheimzinnige kracht tussen hen hing. Nog steeds ontsteld keek hij naar de jonker, die met een diep tevreden gebrom een of ander liedje neuriede, en hakkelde: „Fem heeft trek in eend, meneer…"

„Ach zo," bromde de jonker. „En jij toonde haar je heldenmoed, greep het geweer en nam in de griend een paar eenden op de korrel. Feitelijk moet ik je met die twee gevederde lijkjes om je oren slaan, schlemiel die je er bent!"

En pal daarna op een spottend, minachtend toontje: „Ja, ja, Kooistra, wij mannen hebben heel wat met de vrouwtjes te stellen, maar om daarin te berusten…"

En plots een lachje. „Mits de verwachting zo groot is dat het je geheel vervult. Heb jij dat gevoel wel eens gehad?"

„O ja," had hij willen zeggen. "Annechien." Maar hij zag daarin gelijk de smartelijke ironie van zijn verlangen, boog het hoofd en zweeg. De jonker vervolgde: „Ik merk het al, jij niet, ik wél, maar jouw leven is zo geheel anders dan het mijne. Zoveel stiller en zonder schokken."

Zijn leven zonder schokken? De grootste schok moet nog komen, als het donkere masker van het kwaad afvalt, de verdorven ziel zich splijt als een stinkzwam. Maar wat weet de jonker daarvan? Geen krimp, geen kramp, een leven van weelde…

Ward voelde diens onderzoekende blik op zich gericht, het maakte hem nerveus. Waarom had hij zich door Fem laten opjutten? Nou heeft zij de eenden en is hij het haasje. Schor viel hij uit: „Ik zal de boete wel betalen, meneer…"

„Boete?" Een smalend lachje. „Ik zou je zonder pardon de griend uit moeten donderen, dringt het tot je dikke kop door?

Klinkklare stroperij, wat je me daar flikt."

Er gleed een pijnlijke trek over Wards gezicht. Wat de jonker zegt, is waar. Jonker Friedrich keek hem met gloeiende ogen aan en kraste: „Maar ik zou wel gek zijn als ik dat deed, jij bent een van mijn beste griendwerkers, maar als ik je weer betrap, schiet ik je eigenhandig aan barrels. Begrepen? En duvel nu maar op met je jachtbuit. Eet er met smaak van en stik er niet in."

Weg wandelde de jonker. Hij had meteen een schuldgevoel, keek zijn broodheer na en dacht: die vent is in staat je een zenuwkwaal te bezorgen!

Hij schrikt op uit zijn gepeins als Wouke zich naar hem toebuigt en zegt: „Moeder is het er niet mee eens, wij samen in de griend…"

Nee, vertel hem maar niks, er was heel wat water door de zee gegaan voor het zover was. Even na vieren was hij zijn bed uitgesprongen, hij had het zolderraam opengegooid en de zurige mintgeur van de griend opgesnoven, de geur waarmee hij vertrouwd is en die diep in zijn bloed en botten zit. Hij had zich haastig aangekleed en was vastbesloten iets van deze dag te maken: even langs de palingfuiken en dan Wouke de griend laten zien.

Maar vanaf het begin liep het anders. Hij was in de keuken prompt tegen Fem opgebotst, het was niet tot hem doorgedrongen waarom ze zo vroeg uit de veren was. Meteen vroeg ze: „Waar moet jij zo vroeg naartoe en dat op zondag?"

„Fuiken nalopen en daarna met Wouke uit."Hij had geen zin eromheen te draaien, het zat al zolang in het vat. Fem dacht er echter anders over, terwijl daarover al het nodige was gezegd. Weer zette ze haar stekels op. Fem, die sinds de situatie tussen hem en haar was veranderd, haar recht op hem deed gelden, wat hem erg benauwde. Hoe minder hij zei des te harder foeterde zij, tot het hem verveelde en hij er honend tegen inging: „Knijp je 'm, omdat je dochter vragen gaat stellen?" Hij gluurde naar haar omvang die zich langzaam uitzette. Vorige week had Fem geklaagd: „Mijn rok wordt te krap." Waarop hij had geschamperd: „Zolang het daarbij blijft…"

Dat was natuurlijk tegen de haren in, terstond was ze opgestoven: „Het is allemaal jouw schuld!"

Dat zal wel weer, hij de boze boeman, zij de onschuldige engel. Langzaam gleed zijn blik over haar heen. Hij kende het innerlijk van deze vrouw die een verboden vrucht draagt, en zijn woorden overwegend ging hij nadrukkelijk tegen haar woorden in. „Weet wel dat we beiden even schuldig zijn. Als de waarheid aan het licht komt, dan hebben we beiden geen excuus. En doe me een lol, hou eens op met je gezeur en maak wat eten voor ons klaar."

„Ons?" Driftig had ze haar wenkbrauwen gefronst. „Dus jullie blijven de hele dag in de griend?"

„Nou, en... zoveel heeft Wouke in haar leven niet gehad."

„Natuurlijk, neem het maar weer op voor Wouke, alsof ik haar geen leven geef."

„Leven wel, maar geen lucht om te ademen." Plots ontdekte hij dat Fem ging tekenen in haar gezicht. Ze kreeg groeven langs neus en mond, lijnen in haar voorhoofd. Zou iedere vrouw die zwanger is... Hij voelt zich onrustig en het ergste komt nog. Hoe moet hij dit alles aan zijn vader verklaren? Hij, Ward, zijn bloedeigen zoon. Toen drong Fems stem weer tot hem door: „Dat uitje in de griend, je weet hoe ik daarover denk."

Het irriteerde hem dat Fem er maar op door bleef hameren. Hij zei nors: „Ja, die ken ik, al die bezwaren, je hebt het al zoveel malen in mijn oor gefluisterd."

„Ik had het erin moeten schreeuwen." Ze hield het brood tegen haar borst en sneed er plakken af, gebiologeerd had hij ernaar gekeken. Niemand snijdt zo het brood als zij. Fem, straks een kind. Een onecht kind, al krijgt het de naam Kooistra. Er biggelde een traan langs haar wang. En timide klonk het: „Aan mij heb je het nooit gevraagd."

„Wat?"

„Mee de griend in te gaan."

„Het is nooit in me opgekomen."

„Nee, niet voor mij, wel voor Wouke."

In hem wroeging, die hem onzeker maakte. Had hij Fem hierin iets onthouden? Fems gezicht stond verslagen. Hij worstelde met zichzelf om dat te begrijpen en gromde: „Zoek je spijkers op laag water?"

Fem draaide om de vraag heen. „Moet je kaas of worst op je brood?"

„Doe maar kaas."

„Jij je zin." Ze belegde de sneeën brood met dikke plakken kaas en hij dacht: kaas snijen kan ze, en ze is er ook niet zuinig mee."

Wouke, in een wanhopig verlangen naar begrip, was tegen hem over Fem begonnen, en hoewel de ergernis hierover hem steekt, zegt hij: „Vergeet die narigheid en kijk liever eens om je heen hoe mooi de griend is."

Even kijkt ze hem verrast aan, schiet dan in de lach en zegt: „Jij denkt natuurlijk: Wouke, met d'r gezeur, laat ik het eens over een andere boeg gooien."

„Als jij het zo ziet."

„Ja, zo zie ik het."

Vanonder zijn zware wenkbrauwen schiet zijn blik naar Wouke. Denkt ze werkelijk zo over hem? Ze moest eens weten, al dat geharrewar met Fem om haar. Zacht zegt hij: „Dan zie je het verkeerd."

„Van jou of van mijn moeder?"

„Je vraagt naar de bekende weg." Waarom gaat ze er zo op door? Ergernis is in hem. Plots haar klaterende lach: „Jij en mijn moeder, jullie zijn nogal 'doetjes'." Hij lacht mee, al gaat het niet van harte. Hij begrijpt dat Wouke toch van haar moeder houdt, dat drukt hem en hij zegt: „Laten we erover ophouden, voor we ruzie krijgen."

„Wij, ruzie? Nooit!" Plots springt ze overeind en stapt op hem toe, de boot wankelt, maar voor hij kan zeggen 'pas op!' voelt hij haar armen om zijn hals en drukt ze een kus op zijn wang en zegt: „Je bent toch mijn broer?"

Dat breekt de spanning. „Mis! Je pleegbroer!"

„Niet waar, mijn broer. Weet je dat ik nooit een zoen van je heb gehad?"

„Een zoen, dat is nooit in me opgekomen." Wouke, ze ligt zo ver buiten zijn gedachtewereld.

„Bij mij net zomin, nu wel." Ze tikt uitnodigend op haar wang. „Hier, Ward Kooistra, en durf geen nee te zeggen."

Vuurrood tot aan zijn haarwortels voldoet hij aan haar wens, wendt zich dan ontroerd af, geen betere troost voor hem dan die onschuldige kus van dit lieve kind.

Plots zegt hij: „Laat je moeder dit maar niet weten…"

„Hoe zou ze?" Ze bijt op haar lip in emotie om haar eigen daad. „Als jij maar zwijgt."

Een grimas. „Van mij geen woord."

Ze steekt haar hand uit. „Je hand erop." Koud en nerveus beven haar tere vingers in zijn warme greep. Hij glimlacht tegen haar: „Bang uiltje."

Haar lachende kijkers in de zijne. „Zoiets zeg je vast niet tegen mijn moeder."

„Nee, zeker niet." Fem, zwanger van hem, doet haar rechten op hem gelden. Fem, scheldend, woedend, soms dreigend. Hij blafte terug en zei dat hij subiet zou vertrekken als ze met dit toneelspel door zou gaan en dat ze het dan zelf maar moest zien te redden.

Daar bond ze van in en mompelde: „Ik houd van je."

Haar toenemende verliefdheid verzwaart de last die hij op zijn schouders draagt. Hebben ze door een vlaag van 'waanzin' hun leven al niet in een ondraaglijke positie gebracht, waardoor er in zijn binnenste alleen nog maar onrust en angst heerst?

Een eend vliegt luid kwakend over. Er kletst iets op zijn broek neer. Onthutst kijkt hij ernaar, mompelt dan: „Roteend!" Wouke roept schaterend: „Alle zegen komt van boven."

Hij gromt: „Noem jij het maar zegen, die troep bijt wit uit."Hij roeit naar de kant, plukt een paar rietstengels en wrijft zijn broek schoon.

Ze kijkt naar hem. Toen ze hem kuste, zag ze een eigenaardige gloed in zijn ogen, droef en toch fel. Ward, ze houdt van hem als van een grote broer. Ze vraagt zich wel eens af of hij een oogje op een meisje heeft? Ward praat nooit over zichzelf of over vrouwen.

„Zul je moeder horen..."

„Over die werkbroek? Kom nou, als het je zondagse pak was, ja dan..."

„Zondagse pak? Ik kan me niet herinneren wanneer ik dat voor het laatst aanhad."

„Ik wel, op je vaders bruiloft."

„Dat is zolang geleden."

„Ik herinner me het nog als de dag van gisteren."

Waarom tovert ze met die woorden Fem weer op zijn netvlies. Fem en zijn vader, hun huwelijksleven is een koel langs elkaar heengaan, geen aanraking, geen lief woord.

Zag zijn vader haar niet staan? Had hij daarin een scherper oog voor vrouwen? Hij zag Fem in worsteling met zichzelf versomberen en de boel verslonzen. Zijn vader liep eraan voorbij. En hij had gedacht: als ik eens van man tot man met mijn vader daarover zou praten? Hij had er de moed niet toe, want als zijn vader het aanvoelde als een vernedering en het zag als een ondermijning van zijn huwelijk... Achteraf was het misschien toch beter geweest als hij er met zijn vader wél over had gesproken. Achteraf ja!

Drift slaat door hem heen, een nijdige ruk aan de riemen, de vlet schiet naar het midden van de kreek, een paar meerkoeten gaan verschrikt op de vleugels en Wouke vraagt verwonderd: „Waarom opeens zo'n haast?"

Hij, niet goed raad wetend met zijn houding, gromt: „Ik moet straks even langs de fuiken."

„Waarom?"

„Er schijnt gestroopt te worden."

„Wat, paling?" Haar zonnig gezichtje staart hem verwonderd aan.

„Je vader heeft toch een visakte?"

„Jawel, maar die stroper niet." En hij dan, met die eenden, nog een geluk dat de jonker het door de vingers wilde zien...

„Wie zegt dat?"

„Van die paling? De jonker."

„Wat, struikelt die vent over die paar pondjes paling?"

„Jonker Friedrich," verbetert hij haar en wendt kleurend zijn gezicht af. Ze moest het eens weten van die onverwachte ontmoeting met de jonker en de schrik die hem als het ware verlamde. En dat de jonker, zijn schrik bemerkend, met hem speelde als een kat met een muis, maar toch zijn hand over zijn hart streek en genade voor recht liet gelden.

Wouke buigt zich naar hem toe en zegt een tikkeltje spottend: „Weet wel dat de goden aan de wieg stonden van jonker Friedrich, en voor zo iemand moet jij buigen."

Hij stuift op. „Ik buig voor niemand."

Ze schatert. „Wel, voor de jonker."

„Hij is de beheerder van de griend."

„Ja, en hij geeft jou een betaald baantje als griendwerker."

„Precies."

„En dan moet je stante pede ook even de fuiken controleren."

„Ook dat."

„Voor ík dat deed op zondag..." Weg onschuldige scherts. Zou Wouke dan toch...? Vorig jaar had ze een aantal maanden als huishoudelijke hulp bij de dominee gewerkt. Maar Fem was een en al argwaan, ze zag het niet zitten bij die 'zielenknijper', want voor je het weet komt zo'n kind onder zijn invloed, dacht ze. Fem was er op hoge poten heen gegaan, deed haar zegje, en beval Wouke direct met haar mee naar huis te gaan. De dominee, door Fems agressief optreden totaal overdonderd, liet Wouke gaan. Ze ging mee onder een vloed van tranen. Daarna werd het voor Wouke een baantje hier en daar. Het laatst op het naaiatelier in de stad, wat haar geen enkel vooruitzicht bood, en alle dagen dat heen en weer gereis met die bus. Wouke kon het niet meer opbrengen en kwam weer thuis, tegen de zin van Fem, want 'kale' opvreters die niks in huis brengen, daar hield ze niet van. Nu is Wouke weer op zoek naar een baantje, maar die liggen vandaag de dag niet voor het oprapen. Wouke, achttien jaar en argeloos en onschuldig, een meisje vlak voor de drempel van het volle leven, wie zal de gelukkige man zijn die haar over die drempel mag dragen? Hij in ieder geval niet. Wat een onzinnige gedachte... weg ermee. Wouke met haar ongekunstelde blijheid, nu ze samen met hem is. Wouke, die hij steeds meer vergelijkt, met de voor hem ongrijpbare Annechien. Wat status betreft staat Annechien op één lijn met de jonker, die een paar lui uit zijn geslacht ziet als 'verdoemde zielen', waaronder ook hij, waardoor hij zich niet langer één voelt met zijn 'edele' familie. En waarom niet? "Te nuchter, Kooistra, te nuchter," zei hij dan, "daarom zoek ik zo vaak troost bij een borrel." Tja, jonker Friedrich, een man van stijl en cynisch sarcasme, maar recht voor zijn raap, daarin lijken ze op elkaar, maar met één verschil: de jonker kan schikken, maar Ward zal altijd moeten slikken. Waar heeft Wouke haar mond zo vol over? O, nog steeds over de jonker.

Hij vraagt: „Ken jij hem dan?"

„Nou kennen, ik heb hem een paar maal gesproken hier op de dijk. Hij zat in de kolk te vissen, en een keer bij de drogist in het dorp."

Opperste verbazing. „Jij?" Even hangen de riemen boven het water. „En dat vertel je me nu pas?" Plons, de riemen zakken weer, waterspatten springen omhoog.

„En hoe vind je hem?"

„Hij lijkt me een sympathieke man."

„Ja, ja, een sympathieke man, maar wel één die zegt: 'Als ik je weer betrap, schiet ik je aan barrels...' En hij heeft een paar knapen van honden, ze volgen hem waar hij staat of gaat. Dat zijn Newfoundlanders."

„Zijn dat jachthonden?"

„Welnee meid, mensenredders, mits je ze goed traint, vroeger zag je ze bij strandpatrouilles."

„Trainen is toch africhten?"

„Jacht- en politiehonden richt je af. Andere hondenrassen train je."

„Ik zie het verschil niet." De jonker die naar haar had geglimlacht, toen ze de honden over hun grote kop streelde en zei: „Ik zie het al, je houdt van dieren."

Ze had lachend gezegd: „Maar niet van krokodillen en slangen." Hij had spontaan met haar mee gelachen en zei met een ondeugende knipoog. „Ook ik voel daar een sterke antipathie tegen, maar laten we niet vergeten dat God de wereld schiep en al wat daarop is."

„Kijk eens wat een spreeuwen." Ward wijst omhoog. „Daar boven de rietgors."

Ze volgt de zwerm spreeuwen, als een donkere wolk schieten ze heen en weer omhoog, omlaag, warrelend en zwierend.

„Ze zoeken een slaapplaats voor de nacht," zegt Ward. „Vroeger zag je dit ook veel langs de dijk, maar sinds de meeste bomen daar zijn gekapt behoort dat tot het verleden." Zoals heel veel hier in de buurt tot het verleden gaat behoren, denkt hij erbij, behalve het handjevol dijkbewoners: botkloppers en griendwerkers die hun werk grotendeels achter de dijk vinden.

„Kijk, kijk!" Wouke stoot hem aan. „Zie je dat?" Ze wijst richting rietgors en als op bevel duikt de hele zwerm in het riet. Luid tsjilpend wiegen ze op de toppen van het riet.

„Zo wiegen ze zich in slaap," zegt hij lachend.

„Eerlijk?" Haar lachende blik van dichtbij. Hij strijkt een paar maal door zijn haren. Wat is dat nu? Hij wordt er nerveus van.

„Je denkt toch niet dat ik tegen jou zou durven liegen?"

„O, lieg je dan wel eens tegen een ander?"

Om zijn mond een pijnlijk lachje. „Soms, en jij?" Hij denkt aan zijn vader en aan Fem.

„Ik zou niet durven. Trouwens, moeder kijkt dwars door me heen."

Ja, voor Fems scherpe blik blijft niet veel verborgen, waardoor hij soms het gevoel krijgt, dat hij met bepaalde argumenten tegenover haar een stumperig figuur slaat. Al begrijpt ook zij, dat de tijd heel dichtbij is en dat ze tegenover derden heel wat hebben op te biechten en uit te leggen. Dit besef klopt en bonst in zijn kop en de vraag waarop het uiteindelijk zal uitdraaien. Pffft, opeens slaan de vlammen hem uit. Hij wrijft met de mouw van zijn vest langs zijn voorhoofd en Wouke vraagt verwonderd: „Heb je het zo warm?"

„Jij niet?" Ze heeft gelijk, het is niet zo warm, hoe moet hij die zweetdruppels op zijn kop dan verklaren? Maar Wouke zegt: „Logisch, jij moet roeien en ik zit te zitten. Wacht, ik zal je wat te drinken geven." Ze trekt het broodmandje naar zich toe en slaat het deksel op.

„Bah, koude thee."

Hij ziet haar beteuterde gezicht en schiet in de lach. „Jij had zeker liever limonade?"

„Die zoete troep lust ik niet."

„Wat zeur je dan?"

„Zeuren... ik? Maar 'koude' thee..."

„Meid, voor in de griend is er niet beter, en dat weet je moeder."

„Dan weet ze meer dan ik. Hier pak aan!" Ze reikt hem een beker.

„Dank je." Hij drinkt met langzame slokken en kijkt naar Wouke. Ze rommelt in het broodmandje, opeens klinkt het teleurgesteld: „Jakkes, alleen brood met kaas."

Hij gaat er niet op in, maar roeit met rustige slagen door. Het is wonderlijk stil op het water, hij schiet een zijkreek in en wijst op een oever met knotwilgen en vraagt: „Lijkt het je wat als we daar een stukje brood eten?"

Ze stemt ermee in, hij springt overboord en legt de boot vast aan een dwarstak van een knotwilg. Keert weer terug naar de vlet en zegt: „Wacht, dan til ik je eruit."

„Dat had je gedroomd!" Vlug trekt ze haar schoenen en kousen uit, tilt haar rok op, glijdt over boord en loopt tot haar knieën toe door het water naar de oever.

Ze zwijgen terwijl ze eten, plots zegt ze: „Weet je wat mijn moeder tegen me zei toen ik met je meeging?"

O… wacht even, Fem heeft weer met gif gestrooid. Langzaam vermalen zijn kaken een stuk brood.

„Nee, laat eens horen."

„Denk erom, als je met hem de griend in gaat. Al zie ik het niet, God ziet je overal."

Verbazing. Fem, die nooit het woord God in haar mond neemt en nu opeens wel. En Wouke ratelt: „Jij vindt wat ik daar zeg natuurlijk rare praat."

„Niet uit jouw mond. Maar uit die van je moeder, zij ziet me nog altijd als de duivel in eigen persoon." Zachtjes vervolgt hij: „Waarom rare praat, hierin is de een de ander niet."

„Dus jij gelooft in God?"

De woorden raken bij hem een gevoelige snaar en in hem een groot verzwegen verdriet. God en duivel. Goed en kwaad, het ligt niet zo ver uit elkaar. Als zijn tijd daar is, hoe zal voor hem dan de weegschaal doorslaan, naar vergiffenis of verdoemenis?

„Nou, zeg eens wat?" Wouke gooit een stukje brood naar een paar eenden die snaterend naderbij komen. Met een vage handbeweging wrijft hij langs zijn ogen, veegt hij zijn angsten en zorgen weg en zegt: „Ja, ik geloof wel dat er iets is, maar ik geloof niet in al die poespas eromheen. Maar nu jij, dame, leg jij je gevoelens eens bloot."

„En als ik het niet doe, wat dan?"

„Dan… dan… ja, wat dan?"

Plots springt ze op en rent hard weg, roept lachend: „Pak me dan, pak me dan."

Hij kijkt haar na, schudt wijselijk zijn hoofd en roept: „Dat moesten we maar niet doen."

Teleurgesteld komt ze terug. „Ben je bang voor mijn moeder?"

Dat Wouke hem aanziet voor een bangerik, steekt hem. „Nee," zegt hij, „niet voor haar, wel voor haar jaloezie."

„Jaloezie, hoezo, waarom zou ze jaloers zijn op jou?" Ward, met zijn nurkse ongedurigheid, en toch loopt moeder met hem weg. Het ligt op zijn tong 'dat moet je haar vragen', maar hij haalt zijn schouders op en zegt wrevelig: „Weet ik het!" Plots gehaast springt hij op. „Ga je mee, meid, ik moet nog langs de fuiken." Hij pakt het broodmandje. „Hier pak aan." Voor ze erop verdacht is, tilt hij haar met een zwaai van de grond en zegt schelms lachend. „Zo, nu draag ik je naar de boot."

„Ben je nu helemaal, zet me neer!" In woest verzet trappelt ze heftig met haar benen.

„Straks in de boot." Resoluut stapt hij het water in. Het aflands tij trekt aan zijn benen en spoelt zijn laarzen. Hij grauwt: "Doe rustig voor we onderuit gaan. Zo, we zijn er, dit keer voor jou geen natte voeten." Voorzichtig zet hij haar op de doft neer, waadt terug naar de oever en maakt de vlet los, komt terug, klautert binnenboord, pakt vlug de riemen en zegt: „Voor we de kreek uitdrijven…"

Ze ontwijkt zijn blik in vreemde bange schroom voor dat sterke, mannelijke gezicht tegenover haar, dat meer in haar oproept dan ze voor mogelijk houdt. Koeltjes zegt ze: „Als ik dit aan mijn moeder vertel…"

En weer zegt hij net als de vorige keer: „Dat zou ik maar niet doen." Fem, die in haar felle jaloersheid heen en weer slingert tussen jubelende zaligheid en diepe teleurstelling.

„En als ik het wel doe?"

„Dan heb je veertien dagen lang de poppen aan het dansen."

Ze begrijpt dat hij hierin gelijk heeft, zucht en zegt: „De laatste tijd is ze soms zo onredelijk."

Ward denkt: Fem, met haar eenzame nood. Een schuldbesef waaronder hij diep gebukt gaat. Wrevelig haalt hij zijn schouders op en zegt: „Onredelijk, daar bezondigt iedereen zich wel eens aan."

„Jij ook?"

„Wie niet? Jij niet?" In hem bitterheid en wrok, het is zo stom geweest van Fem en hem, en hij voelt angst dat dit wezentje in dat familiedrama zal worden betrokken, dit tere kind waarnaar je bij wijze van spreken je handen niet durft uit te steken uit angst dat je haar zal breken. En toch heeft hij in een opwelling haar de vlet ingedragen.

Ze strijkt een lokje van haar voorhoofd en glimlacht naar hem. Ward die haar behandelt als een eigen zuster, daarom kan ze ook rustig met hem praten en naar hem luisteren. Ward

Kooistra, die lompe griendwerker, die zoveel van de natuur weet dat hij haar telkens versteld doet staan. Wat zegt hij nu? „Familieperikelen, laten we er maar over ophouden, meisje. Kijk, een aalscholver." Aan het eind van de kade een grote zwarte vogel met uitgespreide vleugels. „Die heeft een visje gevangen en laat zijn vleugels drogen."

Stilte tussen hen. Ze hangt wat voorover en laat speels haar hand weer door het water glijden, paardenbloemen en madeliefjes pronken volop langs de kaai, wilgen en elzenstruiken staan in volle bloei, de zon prikt op haar huid en diep ademt ze de voorjaarslucht in, overal een diepe, bekorende stilte. Zachtjes zegt ze: „De griend is mooi, heel mooi…"

Hij glimlacht. „Dat had je niet gedacht, hè, en dat voor zo'n stuk ruig moerasland." Ze gaan een andere kreek in, meteen schiet de vlet onder een overhangend wilgenbosje. Voor ze iets kan vragen, legt hij zijn vinger tegen zijn lippen.

„Ssst…"

Ze dempt haar stem: „Waarvoor?"

Hij wijst door de takken: „Daar, een stroper!"

Ze ziet een lange, magere man in een wankel bootje, diep voorovergebogen in zijn schouders frunnikt hij aan de stokken van een palingfuik, onderwijl gluurt hij vanonder de klep van zijn pet angstig in het rond. Ward, met een glimp van herkenning in zijn ogen: „Als ik het niet dacht, Nol Doevedans, een botklopper!"

Een snelle greep naar de riemen, een krachtige slag en als een snoek schiet de vlet vooruit. Voor de stroper weet wat er aan de hand is, ligt de vlet al naast zijn wankel bootje en zegt Ward met een grijns: „Als ik het niet dacht, Doevedans op het stroperspad en dat bij klaarlichte dag! Je moet maar lef hebben!" En met een knik naar de mand met paling die in het bootje staat. „Geef dat maar hier, die vangst, die behoort mij…"

„Ik…" stottert de man die over de eerste schrik heen is. „Ik, hè Ward, strijk je hand eens over je hart, ik heb al weken geen botje gevangen en ik heb ook nog eens drie monden open te houden…"

„En toen dacht jij, ik ga andermans fuiken lichten…" Nol Doevedans is eigen dijkvolk. Maar dijkvolk houdt zich aan de code dat je elkaar niet besteelt. Maar die lange sladood van een

Doevedans, met zijn hangsnor en de schrik in zijn ogen, houdt zich niet aan de regels. Je zou eigenlijk medelijden met de man moeten hebben. Nol is weduwnaar, hij heeft twee jonge bloedjes van kinderen, waarvan de oudste net vier is.

Nors zegt Ward: „Wees voorzichtig, man!" En plots met zijn gedachten bij die eenden van toen: „Als de jonker je betrapt, jaagt hij een kogel in je kont!"

„De jonker," klinkt het smalend, „die steek ik in mijn zak."

„Pas maar op dat hij jou niet in zijn zak steekt! Hij was degene die ons erop wees dat er in de griend gestroopt werd. Hij zei erbij dat wij naar stropers moesten uitkijken, en als het ons niet lukte hen bij hun kladden te grijpen, zou mijn vader zijn visakte kwijtraken. Wat zeg je daarvan?"

Deze opmerking valt rauw op Nols dak. Maar ach, het zal allemaal zo'n vaart niet lopen, griendwerkers en botkloppers, ze kennen elkaar toch? Hij krabbelt onder zijn vormeloze petje en gromt: „Als hij in de griend komt, zie ik hem eerder dan hij mij."

„O, dacht je dat?" Hij denkt aan de jonker die op die bewuste zondagochtend plotseling als een duveltje uit een doosje voor zijn neus stond. „Hij beheert de griend, hij kan jou het stropen beletten, en als hij kwaad wil, hang jij!"

Een minachtend gesnuif. „Ik loop hem niet voor de voeten..."

Drift slaat door Ward heen. Zou je die lamstraal niet met zijn zwetserige gepraat! Hij waagt hem en zijn vader eraan en nijdig valt hij uit: „Je loopt mij voor de voeten, Doevedans, en onthoud een ding, jouw werk ligt buitengaats op de slikken, het mijne hier in de griend, en als ik je nog eens bij de fuiken betrap, leg ik de roeispaan in je nek, begrepen?"

Begrepen... Nol ziet het gezicht van Ward Kooistra, dat alleen maar minachting uitstraalt... Ward, een dijker zoals hij en hij stamelt: „Dat meen je toch niet, wat je daar zegt, wij als dijkers...?"

„Of ik het meen, en neem die mand paling mee, van die paar pondjes lig ik niet wakker, maar als ik je weer in de griend aantref, dan weet je wat ik je heb gezegd..."

Nol Doevedans krijgt opeens grote haast. Godzijdank, het loopt voor hem met een sisser af. Het is bekend dat Ward Kooistra niet zo'n 'lekkertje' is, kort van stof en snel met de vuisten. Hij verschuift de mand met paling en grijpt de riemen, kromt zijn rug, trekt de roeispanen aan en roept vanuit zijn bootje:

„Bedankt Ward, dat je het zo voor me opneemt, als ik wat voor je terug kan doen…"

Een giftig „Donder maar op!" is het antwoord, en met zijn blik op de snel wegroeiende man: „Die zal het voortaan wel uit zijn hoofd laten andermans fuiken te lichten…"

„Moest dat nu zo?" Wouke, die al die tijd haar mond heeft gehouden, maar die zich nu laat horen.

„Wat had je dan gedacht?"

Ja, wat had ze gedacht? Op haar netvlies ziet ze nog die sjofel geklede, broodmagere man met een angstige blik in zijn ogen, die haar ontroerde…

„Dat ik dankjewel zou zeggen? Wat is dat voor praat, Wouke?!"

„Nou in ieder geval niet zo…"

Geërgerd fronst hij zijn wenkbrauwen en zegt nors: „Sta je aan zijn kant en trek je partij voor die vent?"

„Ik sta aan niemands kant, maar die arme man, zag je niet hoe bang hij was?"

„Doevedans bang, ik weet wel beter, hij met zijn zogenaamde gedweeheid, pas maar op…"

„Toch ben ik het niet met je eens, je had jezelf eens moeten horen, net een boeman!"

Wat nou, scherp neemt hij haar op. Beticht ze hem van grove onredelijkheid? „Hij mag blij zijn dat ik het was en niet de jonker!"

„De jonker is de baas en jij bent de knecht."

„Met andere woorden: hou je erbuiten!"

„Juist, de jonker hoort achter de stropers aan te gaan, niet jij."

„Ach klets," valt hij geërgerd uit. „Zijn taak, mijn plicht, hier is alleen van belang dat mijn vader zijn visakte houdt, en als Doevedans denkt…"

„Doevedans is een dijker, net als jij. Die vallen elkaar niet af."

„Mis, hij is een botklopper." Ward fronst. Waarom valt ze hem toch zo af?

„En een dijker, bovendien weduwnaar met twee kleine kinderen."

„Zo ken ik nog wel een paar mannen met hun verleden." Driftig trekt hij aan de riemen. Wouke met haar zorgzame hartje, waarom neemt ze het zo voor die kerel op, dat hindert hem. Wat zegt ze nu?

„Jawel, maar een verleden zonder kinderen."

„Dat is waar," geeft hij met tegenzin toe. Tegelijk zoekt hij naar het juiste woord voor het ongewone op haar gezicht en geprikkeld valt hij uit: „Alleen daarom zou je hem willen troosten, om die bloedjes van kinderen, is het niet?"

„Ik?"

„Ja, jij. In dat soort situaties zijn de gevoelens van een vrouw anders dan die van een man..."

„Dus jij denkt dat ik alleen voor die kinderen..." Ze hapert.

„Ja, zo denk ik. Vind je het raar? Kinderen is het meest zwakke punt voor elke vrouw." Tegelijk denkt hij aan Fem en hij voelt hoe een hete gloed naar zijn wangen stijgt.

Opeens haar klaterende lach. „O, wat gek dat je alleen zo kunt denken."

„O, vind je dat gek?" Straks, Fem van hem in de kraam! Hoe zal Wouke dan over hem denken? Veel stelt hij zich er niet van voor.

Klauterend over de doft komt ze naar hem toe. Voor hij erop verdacht is, slaat ze beide armen om zijn hals en fluistert: "Malloot..." en ze kust hem op beide wangen.

Hij wrijft met zijn tong langs zijn lippen, kijkt haar aan en fluistert: "Nu doe je het weer..." Wouke, zijn pleegzusje, maar er knakt iets in hem alsof zijn hele innerlijk instort... Hij bijt op zijn lip, dan heeft hij zichzelf weer in de hand en gromt: „Je bent een harde dame. Nu zeg ik je het voor de tweede keer, als je dit weer doet, neem ik je niet meer mee de griend in, verstaan?"

„Puh! Hoor daar, opa! Ik ben Doevedans niet waar je tegen praat."

„Nee, jij bent Wouke Drijfhout, dat geldt voor mij zwaarder." Plots voelt hij zich moe en oud tegenover die zachte glans in haar ogen, die jonge veerkracht in haar gebaren.

Ze stuift op. „Ach, vent, je bent stapelgek." Ward die zo tegen haar praat, heeft haar moeder dan toch gelijk? Is hij een lompe beer die op twee benen loopt? Ze zou het hem op de man af willen vragen, maar heeft er de moed niet voor. Kijk, nu lacht hij weer vertrouwelijk tegen haar en is alles tussen hen weer vanouds. Toch voelt ze een pijn in haar binnenste, die ze met geweld moet onderdrukken.

HOOFDSTUK 5

Het is vroeg in de ochtend. Ward Kooistra loopt met lange passen over de kaai, hij is op weg naar zijn vader, die verderop de laatste hand legt aan de houten duiker die het waterpeil regelt tussen de verschillende percelen. Even blijft hij staan, hij kijkt naar de overkant waar de wilgenpercelen na de regen van vannacht er fris en monter bijliggen. Hun leven is verweven met dit stuk ruige moeras met poelen en kreken vol vis en paling. Hier mogen zij hun fuiken uitzetten en een aardig zakcentje bijverdienen, onder het goedkeurend oog van de jonker bij wie hij geen kwaad meer kan doen sinds hij Nol Doevedans op heterdaad betrapte bij het clandestien lichten van de fuiken. Hoe de jonker daar achter was gekomen, daarover prakkiseert hij zich suf, hij had er zelf met geen woord over gerept. Gisteravond had hij weer mot met Wouke over Doevedans. Wouke stoof op: „Precies, die kinderen en als jij dat niet begrijpt…!"
Hij zag de spot op haar gezicht, wat hem naast angst ook afkeer inboezemde… Dat nooit aflatende denken, hij had wijzer moeten zijn, maar zwoele gevoelsverwarringen hadden zijn nuchter denken belet en was dat dan zijn schuld of de hare? Oh, het denken maakt hem zo moe.
Wouke had aan zijn arm getrokken. „Nou, zeg eens wat, die arme man."
Hij wilde iets zeggen, hield zich in, had zich losgerukt en was naar buiten gelopen. Ze moest eens weten hoe moe en rampzalig hij zich voelde. Wouke, zo lief en zo oprecht, dat het hem een warm en vertrouwelijk gevoel gaf. Hij speelde wel eens met de gedachte om het haar allemaal te vertellen, ze zou het in haar vroege, vrouwelijke wijsheid begrijpen. Maar sinds zij zo begaan is met Doevedans, heeft hij die gedachte weer laten varen. De vertrouwelijkheid tussen hem en haar glipt steeds meer weg.
Vanuit de polder slaat een windvlaag over hem heen. "De wind gaat noord," mompelt hij. Hij trekt zich wat dieper in de schouders terug en beent snel door.
Hij nadert zijn vader, die op vijftig meter van het eind van de kaai voorovergebogen op zijn knieën de laatste hand legt aan het plaatsen van een rooster in de houten duiker.

„Lukt het een beetje?" begroet hij hem en hij kijkt neer op zijn vaders kromme, knokige vingers, die de laatste pinnen in het hout slaan. Hij klakt waarderend met zijn tong en zegt: „Die gozer schuift het weer mooi op jouw nek."
Die 'gozer' is de jonker, weet Maarten. De jonker en Ward zijn twee grommende honden die elkaar niet zullen bijten.
Al zal Ward in zijn eenvoudige komaf altijd de onderliggende blijven bij jonker Friedrich.
„Ja," zegt hij, terwijl hij overeind komt en met zijn handen zijn rug ondersteunt. „Wat dacht je. Gom Govers en de jonker, grote heren onder elkaar…"
Ward grijnst. „Die het samen op een akkoordje gooien, dat bedoel je."
„Ik bedoel dat Gom Govers gratis in de griend op wild mag schieten, zodat de jonker zijn portemonnee dichthoudt."
„En jou het werk laat doen. Handige jongen, hij het geld en jij het zweet."
Maarten veegt zijn handen af aan zijn werkbroek, kijkt een overvliegende taling na, zucht en zegt: „Weet wel, zoon, hij is de baas en wij de knechten, en de paling brengt goed geld op."
„Juist, en daarom slik jij, zit jij op en geeft pootjes…"
„Ik zie het anders." Verdraaid, dat jong volk van tegenwoordig, altijd maar afgeven en nooit goed. De schaduw van een wolk glijdt voorbij, somberheid is in hem. Er is wat met Fem, al zegt ze niks, hij is niet op zijn achterhoofd gevallen. Zachtjes zeg hij: „We moeten straks eens praten, Ward."
Ward schrikt. Zijn vader is altijd rustig, gebruikt nooit geweld, maar hij heeft een stille koppigheid in zich waarvan hij – indien hij een besluit heeft genomen- nooit afwijkt. Vader die in zijn huwelijk met Fem niet vond wat hij zich op voorhand ervan had voorgesteld. Vader teert weg in eenzaamheid, en dat zal in de toekomst, als hij alles weet, nog erger worden. Flarden neveldampen zweven over de kaai, nemen grillige vormen aan. Oude Kaatje Slot zegt dan altijd: „Witte wieven, ze zoeken naar verdorven zielen, wee degene die in hun handen valt!" Kaatje, de kinderen zijn bang voor haar, noemen haar een toverheks, maar de ouderen schudden hun hoofd en hebben medelijden met haar. Haar man en zoon werden beiden tijdens het botkloppen door de vloed overvallen en ze verdronken. Dat leed

kun je nooit meer vergeten, daar word je toch wel knots-kiere-
wiet van…

Dat hij daar nu aan moet denken, hier in de griend, botkloppen
ligt ver van zijn bed. Hij tikt zijn vader op diens schouder, wijst
naar de nevelflarden. „Kijk, witte wieven."

Verontwaardiging. „Klets, wie daarin gelooft is de grond onder
zijn voeten kwijt."

Is dat zo? Is Ward de grond onder zijn voeten kwijt, soms heeft
hij het gevoel of hij in een diepe donkere kuil rondtast en ver-
geefs zoekt naar houvast. Vanuit een oude, jute tas diept hij een
thermosfles op. „Koffie, vader?"

„Graag, jongen."

„Fem heeft het voor je meegegeven." Hij schroeft de dop los,
schenkt het bekertje vol. „Alsjeblieft, vader."

Hij neemt een slok en smakt met de tong. Fem kan lekker kof-
fiezetten en hij zegt: „Dat is lief van haar."

Fem en hij, ze zaten tegenover elkaar aan tafel en hij dacht: ze
ziet de laatste tijd wat grauw in haar gezicht met diepe kringen
onder haar ogen. Scherper dan gewoonlijk had hij haar opgenomen. Ze werd onrustig en schuifelde op haar stoel heen en
weer. Ze vroeg: „Is er wat, je zit maar naar me te koekeloeren!"

„Nee, wat zou er moeten zijn?" Wat suffig was hij achter zijn
krant gedoken. Plots, als een heldere, verblindende bliksem
drong het tot hem door en hij zei: „Als ik niet beter wist, zou ik
zeggen dat je zwanger bent…"

Uitdagend had Fem geantwoord: „En als dat zo is?"

Onder tafel telde hij af op zijn vingers en dacht: zo warmbloe-
dig ben ik niet, dat is het grote struikelblok tussen ons. Wat de
een als volmaakt beleeft, ervaart de ander als afschrikwek-
kend. Twee keer per week had hij gezegd, maar daar was niks
van gekomen. Hij voelde lust noch verlangen.

Maar hoe moest je dat aan een warmbloedige vrouw als Fem
uitleggen? Hij was al vroeg een oude man. Wanneer zou het
gebeurd zijn tussen hen, vier, vijf maanden geleden? Fem had
zich verlangend tegen hem aangedrukt. Hij voelde een afkeer
en had haar hand weggeslagen. „Laat dat!"

Een grauw. „Droogstoppel."

Hij begreep het wel, ze voelde zich in haar vrouw-zijn door hem
beledigd en teleurgesteld, maar zijn dromerige, passieloze

natuur deinsde terug voor haar heftige, opdringerige hartstocht. Dit weten drukte als een kleine pijn in zijn borst.

Fem, er is weer een vrouw in zijn leven, een meelevende vrouw, goedgeefs en zuinig op de centjes. Zij mag van alles van hem eisen. Ook dit... Maar hij voelde zich zo moe en oud tegenover haar hunkering, hij had de dekens over zich heen getrokken en gemompeld: „Welterusten..."

Fem had haar kussen opgeschud en gesnauwd: „Jij jaagt je wijf naar een ander..." Plots een harde stomp in zijn rug. "Donder op kerel, wat doe je hier nog?"

Geschrokken was hij overeind geveerd. „Wat doe je nou?" Hij was uit bed gestapt en had gezegd: „Ik slaap wel op de bank." Daarna was hij de kamer uit gestrompeld.

„Hier vader, een stuk boterkoek." Ward rukt hem terug in de werkelijkheid.

Er glijdt een glimlach om zijn mond. „Van Fem?"

„Van wie anders?" De 'hemelse'glimlach van zijn vader ergert Ward. Je zou hem toch? Fem heeft zijn vaders leven kaal geplukt en het zijne erbij. Fem, in een onbewaakt ogenblik had ze zijn hand gepakt en die tegen haar buik gedrukt. „Ik voel leven!"

Verschrikt had hij zijn hand teruggetrokken en gesnauwd: „Een hoerenjong..."

Een smalend lachje. „Maar wel een met de naam Kooistra."

„Ze weet dat ik van boterkoek hou." Smakelijk hapt zijn vader in de zoete lekkernij.

Hij gaat er niet op in, kijkt naar de kreek, het water ligt onwezenlijk glad. Zonnestralen weerkaatsen in het water. Maarten knijpt zijn ogen dicht tegen de felle glinstering en vraagt: „Schenk je vader nog eens een bakkie in..."

Zijn vader is een koffieleut. Hoe zegt Fem het ook alweer? "Ze moeten jou de pot om je nek hangen, Maarten Kooistra."

Hij werpt een blik opzij. Zijn vader is al vroeg een oude man, pijpje lurken en liters koffie naar binnen slurpen.

„We gaan, zoon." Maarten zet zijn petje recht en komt overeind. Ze gaan in de vlet, zijn vader zit tegenover hem. Ward roeit, ze lichten de eerste fuik, de glibberige aal valt in de mand, een blik van tevredenheid glijdt over Maartens gezicht. „Een goede vangst, als het overal zo is."

„Afwachten." De tweede fuik, weer raak, de derde fuik, ietsje minder, de vierde fuik weer een goede vangst. Maarten schuift een tweede mand bij, schat met het oog en zegt: „Zeker twintig pond."

Zo te horen komt zijn vader in een goede bui, hij neuriet: 'Scheepje onder Jezus' hoede' bij het vooruitzicht van een goede prijs voor de paling. Ward geeuwt een paar maal luid en prompt vraagt Maarten: „Ben je zo moe?"

Nors zegt hij: „Wat dacht je? Gisterenavond ben ik tot diep in de nacht aan het peuren geweest, ik heb amper een paar uur geslapen…"

Zijn vader lacht. „Dat is een gezonde moeheid, zoon." Hij schudt de laatste fuik leeg en plaatst de stokken, zet ze opnieuw uit. Een vogel schiet op uit de griend, schiet klapwiekend over hem heen, met nauw toegeknepen ogen kijkt hij hem na. Plotseling vleugelslagen van alle kanten, het lijken wel spookvogels die voor iets op de vlucht gaan. Ward denkt: toch niet die lange sladood van een Doevedans waar Wouke in haar hart zo'n medelijden mee heeft? Hij tikt zijn vader op diens schouder, wijst in de richting van de wilgenstruiken en zegt: "Volk in de griend."

„Op dit vroege uur?" verwondert Maarten zich. Beweging aan de overkant, een paar korte schoten achter elkaar, eenden tuimelen uit het luchtruim en plonsen neer in de kreek.

Een kort commando "Apport!" Zwarte schimmen die het water inspringen. Verbluft staren ze naar de overkant. Stropers…?

Maar wie komt daar uit het wilgenbosje te voorschijn? Met zijn jagershoedje op een oor? Jonker Friedrich… Opgewekt roept hij naar de verbaasd starende mannen in de vlet: „Morgen heren, zo te zien ook al vroeg uit de veren?"

De honden klauteren tegen de wal op, de jonker pakt ze de buit af en stopt het in zijn jagerstas. De honden schudden zich uit, snauwend zegt de jonker: „Donder op, jullie maken me zeiknat!" Met een verstoord gezicht veegt hij de waterdruppels van zijn jas, en weer met zijn blik op de mannen in de vlet: „Valt de vangst mee?"

Maarten, met voorname kraakstem, vraagt: „Als u een maaltje wil?" Meteen roeit hij naar de wal.

De jonker zegt bij het zien van het glibberig goedje: „Beste vangst, Kooistra. Dat is voor jou geld in het laatje."

„U hoort mij niet klagen, meneer."

„Nee, jou niet, maar je zoon wel."

Ward richt zijn hoofd op. Hoort hij daar sarcasme? Moet die vent hem hebben? Hij zegt: „Mijn vader heeft een visakte en ik sta overal buiten."

„Dat is waar," geeft jonker Friedrich ruiterlijk toe. „Jij bent een griendwerker en vaart in je vaders bootje mee."

„Als u mij ook eens een visakte geeft?"

„Jou?" De jonker kijkt zijn griendwerker peinzend aan. Ward Kooistra, zo anders dan zijn vader, senior heeft hij in de hand, maar die nurkse woesteling…Hij is wel een dierenvriend, dat moet gezegd worden, dat schept dan enigszins een band tussen hen. Plots zeg hij: „Goed, ik geef je een visakte voor een halfjaar, daarna zie ik het wel weer…"

Ward zegt opgetogen: „Dank u, meneer!" Hoor, nu is het net een blij kind…

Hij grijnst, even dimmen dat te veel aan enthousiasme. „Weet wel, voor een halfjaar, Ward Kooistra, en vis in een teveel aan hebzucht de griend niet leeg."

Hoor, daar krijgt hij op voorhand al een veeg uit pan, want Ward zegt: „De griend raakt nooit leeg."

„Kan wezen, maar je moet toch maar eens goed over mijn woorden nadenken. Wat zeg je, Maarten? Een maaltje paling? Graag man, maar vil ze voor me, wil je?"

„Goed meneer, paling villen dat hoort er zo bij…" Fem is dol op paling. Wouke gruwt ervan, ze noemt ze 'lijkenvreters'.

„Kooistra, we moeten even praten."

„Over de paling?"

„Nee, nee, over geheel andere zaken." De jonker klautert bij hem in de vlet, zet zich op de doft en zegt: „Volgende week moet er riet geladen worden."

„Riet laden?" De jonker heeft goed praten, maar Maarten heeft andere plannen.

Een vertrouwelijk tikje op zijn knie. „Ik overval je ermee, is het niet, makker?"

„Dat kunt u wel stellen, ik wilde nieuwe paaltjes langs de kaai zetten."

„Dat moet je dan maar even uitstellen. Eerst riet laden, dat gaat

voor. Er ligt al een schip in de kolk, morgen kun je beginnen."
Hoor daar, het schip ligt er al, het mes wordt hem wel weer op
de keel gezet. Op slag heel zijn plannen in de war!
„Wat trek je nu een bezopen gezicht, man. Wat moet, dat
moet."
„Maar meneer…" aarzelt hij, onder de indruk van het autoritai-
re toontje dat de jonker aanslaat. En opeens is het vertrouwen
tussen hen weer weg, is er weer de afstand tussen baas en
knecht. En de baas beveelt en de knecht gehoorzaamt. Toch
voelt hij die wezensverandering als een grief en hij zegt op
voorzichtige toon: „De kaai moet hoognodig onder handen
worden genomen, dat weet u net zo goed als ik, en dat perceel
rijshout moet ook nog gekapt. Nu dit er weer tussendoor, mijn
zoon en ik kunnen het niet meer aan, we komen handen
tekort."
„Is dat een klacht, Kooistra?"
O, die geaffecteerde stem die hem in elkaar doet krimpen!
Heftig schudt hij zijn hoofd. „Nee meneer, eerder een grief."
Het gezicht van de jonker is net een strak masker. Een ogenblik
hangt er een beklemmende stilte tussen hen. Plots een vriendelijk lachje met iets ongedwongens erin. „Kijk eens, beste
man, wat jij daar zegt is me bekend, dus ik heb na lang aarze-
len de knoop doorgehakt en een derde mannetje in dienst genomen."
Wat? Een derde man? Verbazing en verbijstering. Het is Ward
die het eerst zijn spraak terugkrijgt. „Het ligt eraan wat voor
mannetje, heeft hij een beetje verstand van de griend?"
„Laten we zeggen een beetje…"
Dacht hij het niet, de jonker met het inhuren van een goedkope
halve kracht, een meeloper waar ze meer last dan plezier van
hebben.
„Nou, je lijkt er niet blij mee, Ward Kooistra."
„Nee," zegt hij korzelig. „Waarom zou ik, een halve kracht geeft
meer last dan plezier."
Maarten vraagt: „Kennen we die man?"
„Een 'dijker'… Nol Doevedans, weduwnaar met twee jonge
kinderen."
Doevedans, de botklopper en stroper! Diepe verontwaardiging
stijgt in Ward op, hij zal… wat kletst zijn vader nou?

76

„Hoe komt u erbij… een botklopper, die man is thuis op de slik-ken, maar niet in de griend…"

„Aha… dus in jouw ogen is hij een miskleun?" De jonker, die hem dat op de man af vraagt! De vraag blijft hangen. Hij tuurt in het water, waar het zonlicht in een platinakleur overheen zweeft. De rieden, de plompen, de ruimte en de eenzaamheid, de griend is een stuk ongerepte natuur, zijn leven, zijn sterven. Zou de jonker het begrijpen als hij dat tegen hem zou zeggen? De jonker is een telg uit een adellijke familie die als erfenis de griend in de schoot kreeg geworpen en de jonker aanstelde als beheerder. De jonker die wel iets weet van de griend, maar lang niet alles…

„Kom op, Kooistra, zeg je mening eens."

„Mijn mening, wat doet die ertoe? Uw mening, de griend is van u."

„Nou, als je zo kletst…" klinkt het teleurgesteld. En gelijk daar-na: „Jij denkt misschien dat het een goede geste was, maar het ging beslist niet van mezelf uit…"

„U bedoelt?" De jonker is even ongrijpbaar als onbegrijpelijk.

„Je pleegdochter, beste man. Zij kwam naar me toe, vol kom-mer en zorg over een zekere Doevedans, een weduwnaar met twee kinderen waarvoor raad geschaft moest worden. Ik moet je bekennen, het deed me niet veel, maar hoe ze voor die armoedzaaier pleitte… Zo vol warmte, dat het zelfs het hart van een cynische en sarcastische jonker week maakt. Haar woor-den haalden het beste in me naar boven, zodat ik bij mezelf te biecht ging en me bewust werd van mijn menselijke plichten tegenover de minderbedeelden. Vandaar die Doevedans."

„Wouke?" stamelt Maarten onthutst. „Wouke heeft u…?"

„Ja, beste man, je pleegdochter. Enfin, ik denk dat je het wel begrijpt. En wees eerlijk, Kooistra, dat lieve smoeltje en die stralende sterretjes in haar ogen… Een kind om je ziel en zalig-heid aan te verliezen. En als je het zo ziet, liefde tot je naaste, dan is het leven toch waard geleefd te worden, nietwaar Kooistra?"

Ja, als je het zo ziet, maar ziet Maarten het zo? Hij denkt aan Fem, en zijn ongewilde wreedheid tegenover haar 'hunkerend' vrouw-zijn. Zij wil, hij kan niet, ze huilt en scheldt hem uit voor 'droogstoppel'. Hij weet dat ze gelijk heeft, onder haar hoon en minachting was hij de slaapkamer uit gevlucht...

Ward denkt ook, zijn gedachten gaan terug naar de boottocht in de griend samen met Wouke, haar vragende meisjesogen op hem gericht. Wouke die zich zorgen maakt over Nol Doevedans, verbazing en afschuw wisselen elkaar af. Hij schudt zijn hoofd, wil de gedachten van zich afschudden, maar het lukt niet, nijdig valt hij uit: „Ik geloof er geen snars van."

Een ironisch lachje. „Waarom zou ik daarover liegen?" Wouke, haar liefdevolle warmte, een verademing voor verdoemde zielen. En Ward Kooistra, de laatste tijd ziet dat jong er moe en afgetobd uit, dan zou je toch mogen verwachten dat die kerel blij is met een extra mannetje erbij. Maar Friedrich krijgt juist het idee dat het tegen het zere been is en hij zegt: „Zo te zien ben jij er niet content mee."

„Ach..." Een wrevelig schouderophalen. „Het is net wat mijn vader zegt: u bent de baas en wij zijn de knechten."

Peinzend glijdt Friedrichs blik langs de stugge griendwerker, met zijn scherp getekend profiel en de brede, verweerde kop, maar de ogen staan niet fel zoals vroeger, er valt alleen ergernis in te lezen. Ergernis, alsof iemand Ward Kooistra's pad heeft gekruist en hem het leventje belet dat hij voor zichzelf had uitgekozen. En hij vraagt zich af wie van de drie dat zou kunnen zijn? Hijzelf, Doevedans of dat lieve kind Wouke? O, hij kent vergulde flikflooiers genoeg, maar dit lieve, spontane kind, met een paar ogen waarin de hemel is te lezen, qua karakter zo geheel anders als die koele, vriendelijke dames uit zijn eigen milieu, met hun ingeboren minachting voor al wat kleinburgerlijk heet. Zachtjes dringt hij aan: „Voor de dag ermee, Ward, het zint jou niet, is het Wouke of die Doevedans?"

Ward voelt zich wat rustiger nu de man toch daarover wil praten, en stroef zegt hij: „Wouke in ieder geval niet..." Plots jaagt de onrust weer door hem heen, waarom neemt ze het op voor een kerel die nog wel hun paling stal? Dit weten steekt hem als een pijl.

„Dus Nol Doevedans." De jonker doorkruist zijn gedachten.

„Ja, ja, zeg het gerust, het zint je niet..."

„Nee," knalt Ward los. „Weet u nog dat u tegen mijn vader zei dat hij de stroper moest vangen en dat u anders zijn visakte in zou trekken?"

„Ja, en jij, greep jij die kerel?"

„Per toeval."

„Verklaar je eens nader."

„Ik was die dag samen met Wouke in de griend."

Op slag is jonker Friedrichs belangstelling gewekt. Ward, samen met dat lieve kind... „Dus je zag meer dan vogeltjes vliegen?"

Wat denkt die vent wel van hem! Ward snauwt: „Nee, ik zag Doevedans die paling gapte!"

„Aha, en jij greep hem in zijn kraag."

„Zoiets ja."

„En hield toen de hand boven zijn hoofd."

„Ja, meneer." Onrustig kijkt hij naar zijn broodheer, hoe zal de man reageren, met de jonker weet je het maar nooit.

„Zo, zo, amice." De jonker schudt zijn hoofd. „Dus jij grijpt de stroper en laat hem vrij. Een zelfstandig optreden dat me lang niet zint, eigenlijk moet ik je met een welgemikte schop onder je achterste de griend uitdonderen."

Schrik slaat door Ward heen, haastig zegt hij: „Ik deed het uit medelijden met Doevedans, meneer."

„Ja, ja, dus als ik het goed begrijp, handelde jij ook uit medelijden, net als Wouke. Een karaktertrek die onze zogenaamde 'hogere' stand totaal vreemd is, waaronder mijzelf. Enfin, maak er wat van, heren, pak die Doevedans niet te hard aan. We zullen maar zeggen: leven en laten leven."

Ze zwijgen. De frisheid en de kleuren van de zilverige kreken, het groen van de uitbottende wilgen, het treft de jonker als een grote verrassing.

Het wuivende riet, het groen van het blaasjeskruid, het geel van de dotterbloemen, de geur van mint en fluitenkruid, het is hem of hij de schoonheid van dit stuk moeras voor het eerst ziet. Hij, jonkheer Friedrich Jüngemann-von-Emmerich, een vage herinnering glijdt door zijn bloed, iets wat droevig en blij tegelijk maakt. Een heimwee, naar wat? Naar dat lieve, onschuldige kind Wouke?

Of is bij hem – de stadsmens – die jarenlang zo ver van de natuur heeft afgestaan, het zintuig voor schoonheid weer gewekt? Zachtjes zegt hij: „Dit hier is een knipoog van Onze-Lieve-Heer."

Verwonderd kijkt Maarten naar de jonker. Wat heeft hij opeens? Hij zegt: „Ziet u dat nu pas? Dat weet ik allang.”

„Ja, jij,” antwoordt de jonker. Hij tuurt naar een aantal citroenvlinders die boven het fluitenkruid dansen en fladderen. Eensklaps lacht hij luidop, een geluksgevoel doorstraalt hem. Friedrich, de beheerder van de griend, buigt zich naar Maarten en zegt: „Jij bent maar een geluksvogel, Kooistra, alle dagen in dit vrije stukje natuur, geloof me, er zijn er genoeg die je benijden.”

„Zo zie ik het niet, meneer, de griend is hard werken.”

„Werken moet je overal, maar vertel eens, vriend, is het karwei geklaard?”

„U bedoelt het rooster?” Hij kijkt naar zijn duim waarop een stevige bloedblaar is ontstaan en knikt. „Het is voor elkaar, meneer.”

Een tevreden lachje. „Ik had van jou niet anders verwacht, Kooistra.”

Hij heeft achteraf makkelijk praten. „Het was nog een hele klus met die schroeven, meneer.”

„Heel het leven is een 'klus' Kooistra, maar de aanhouder wint.” Juist, de aanhouder wint, jawel. Hij en Ward. Vader en zoon, ze staan tegenover elkaar als steen en ijzer en Maarten wordt verpulverd, maar om dat de jonker aan zijn neus te hangen... Een tikkeltje ironisch zegt Maarten: „Als u het zegt, zal het wel zo zijn.”

De jonker grijnst en knikt. „Ja, en is dat niet dolkomisch? Bedenk wel, Kooistra, het leven is zowel voor arm als rijk geen droom, eerder een nachtmerrie waaruit we proberen wakker te worden, liefst voor het te laat is, maar of het ons lukt...”

Juist, als het je lukt. Nou, Maarten wel, met een schok is hij eruit wakker geschrokken. Ward en Fem... Een gloeiend weten dat in zijn hersens brandt en zijn hart ondraaglijk pijn doet. Hij zucht en zegt: „Als een mens alles vooruit wist...”

„Zo is het maar net, Kooistra, dan hadden we geen advocaten en rechters meer nodig.” Hij werpt een blik op zijn horloge: „De tijd gaat snel, gebruik haar wel! 't Wordt tijd dat ik opstap.” Op een geforceerd vrolijk toontje zegt hij tegen Ward: „Doe me een plezier, makker, houdt je een beetje gedeisd tegenover die Doevedans, dan vallen er geen brokken.”

Op een vaderlijk, waarderend toontje zegt Maarten als hij de vlet naar de kaai roeit: „Op de keper beschouwd, valt de jonker altijd weer mee…"

Ward gromt nijdig: „Die vent met zijn onzinnig gepraat, helemaal fris is die kerel niet. En die Doevedans op ons dak, daar zijn we mooi klaar mee!"

„Doevedans, die zit je hoog, hè?"

Geen antwoord, met een nors gezicht leegt Ward de inhoud van de twee manden in de bun.

„Dat rust," zegt Maarten, terwijl hij uitpuft van het rietladen. Beiden zitten met hun rug tegen een rietschelf. Ward knikt en denkt aan Nol Doevedans, de botklopper die met hem meeloopt in de griend, hout kapt, paaltjes punt voor de kaai, fuiken leegschudt boven de bun en 's avonds een gratis maaltje mee naar huis neemt. Doevedans is er eentje van stroop, stroop, lekkere stroop, hij praat zijn vader naar de mond. Doevedans vindt dat hij 'spekkoper' is sinds hij in de griend werkt, want welke botklopper houdt vandaag de dag de armoe uit zijn huis? Om deze tijd van het jaar is de bot mager en heeft hij een grondsmaak, je raakt ze aan de straatstenen niet kwijt. De paling zou het goed kunnen maken, maar dat is een aflopende zaak, behalve in de griend waar ze nog goed loopt, geen wonder dat buitendijkers daar met jaloerse blik naar kijken.

„O!" was Ward boos opgestoven. „Gapte je daarom onze paling?"

Doevedans boog schuldbewust zijn hoofd en zei: „Ik had het liever niet gedaan Ward Kooistra, maar als de lamp voorover hangt, en je hebt drie monden open te houden, dan moet je wel eens wat."

En juist die man schudt nu hun fuiken leeg, en dat zit hem lang niet lekker en met een schuine blik op zijn vader zegt hij: „Dat jij die kerel vertrouwt."

Maarten geeft geen antwoord, stopt zijn pijp en blijft in gepeins zitten. Dat Ward niks met Nol Doevedans op heeft, weet hij vanaf het begin. Hij tuurt in de verte, purperen vegen tekenen zich af in het westen. Avondrood klaar water in de sloot. De boeren in de achterliggende polder vouwen hun handen en smeken om regen, zondags zingen ze de stenen uit de kerk.

Doevedans is ook een 'fijne', maar naar de kerk, ho maar. Hij zegt dan: "Voor mij leggen ze het lopertje niet uit, en na de dood van mijn vrouw heb ik in de kerk niks meer te zoeken."

Hij strijkt een lucifer af en zuigt de brand in zijn pijp, blaast de rook in de richting van een wolk zoemende muggen en luistert naar het gekwaak van kikkers en padden. Hij gluurt opzij naar Ward, die een grassprietje om zijn vinger draait en zegt: „Heb jij me niks te vertellen, zeun?"

„Over Doevedans?"

„Daar is genoeg over gezegd, goed en lelijk. Nee, ik bedoel tussen jou en mij."

Een schamper lachje. „Ik zou niet weten wat, de hele dag zitten we op elkaars lip."

Fronsend kijkt hij naar zijn zoon, de zekerheid die hij heeft over wat er gebeurd is tussen Ward en Fem vergalt zijn dagen niet meer en houdt hem niet meer uit de slaap. Slechts een ding houdt hem op de been, het weten dat er veel kwaad is geschied, maar dat uit kwaad ook goed kan groeien. Na veel innerlijke strijd kon hij zich erbij neerleggen. Ook hij ging niet vrijuit in deze situatie. Fem is nu eenmaal een warmbloedige vrouw die veel geeft maar ook veel eist, hoeveel malen had hij haar in haar hunkerende wanhoop teleurgesteld door haar met koele houding van zich af te stoten. Hoe kan een vrouw dan van een man blijven houden? Geen wonder dat ze dan naar een ander keek en staat er niet geschreven: *Ga en vermenigvuldig u…*? Maar dat dat zijn eigen zoon moet zijn... Met moeite houdt hij een zucht in, hij kijkt uit over de griend met zijn ruige schoonheid. Gods schepping. God die ook Ward schiep, zijn zoon, bloed van eigen bloed. Leven van eigen leven. Ward, een forse, vlotte vent, en Maarten de onnozele sukkelaar, die er in het begin aan voorbij liep, een vriendelijk woord, een veelbetekenende knipoog, tot hij het begreep en het inmiddels te laat was. Zijn zoon, een prima mannetjesdier, die hem te schande heeft gemaakt en de horens heeft opgezet. Schande, is hier sprake van schande? Of heeft dit alles een bedoeling, horen ze gedrieën bij elkaar, heeft het lot hen op deze manier aan elkaar gesmeed?

Een stoomfluit buitendijks doorkruist zijn gedachten, plaatst hem weer in de werkelijkheid. Hij ziet het strak vertrokken gezicht van zijn zoon. Ward, altijd meer het kind van Dieuw dan van hem. Zachtjes dringt hij aan: „Kom er eens mee voor de dag, jongen…"

Schuw kijkt Ward naar zijn vader die geen tekst of uitleg vraagt, maar er rustig over praat alsof hij – met dat kunstje dat zijn zoon hem heeft geflikt – vertrouwd is en weet wat er komen gaat.

Hij pakt zijn shagdoos, zet hem op zijn knie en rolt met trillende vingers een sigaret, steekt de brand erin, gluurt opzij en zegt: „Hoe lang heb je al dat vermoeden?"

„Vermoeden?" herhaalt Maarten. Hij fronst zijn wenkbrauwen, voelt de pijn in zijn hart en tuurt over de griend. Een door God gegeven paradijs waarin voldoening schuilt en troost bij al die verdrietigheden op dit moment en hij herhaalt: „Vermoeden, jawel, maar aan jouw praat te horen, weet ik het nu zeker."

Met een bungelende sigaret op zijn onderlip staart Ward naar de zwaar bepluimde rietstengels, hij voelt de ernst van de zaak en vraagt zich verwonderd af waarom zijn vader dit alles zo gelaten slikt. Juist die berusting van de man jaagt Ward angst aan voor zijn verdere leven.

Plots schiet in hem een felle razernij omhoog over alles wat er gebeurd is. Hij kwakt zijn sigarettenpeuk in de kreek en slaat met gebalde vuist op zijn knie en grauwt: „Dat wijf!" Slechts twee woorden vol gramschap.

Maarten zuigt aan zijn pijp, hij denkt terug aan het gesprek met Fem. Hij zag haar buikje en de donkere vlekken in haar gezicht en of hem dit alles niet aanging, zei hij rustig: „Je bent zwanger."

Ze wilde iets zeggen, maar haar lippen trilden zo hevig dat ze geen woord kon uitbrengen, opeens een schrille kreet: „Het is niet van jou."

Hij tuurde in het lamplicht en het getik van de klok klonk hem als mokerslagen in zijn oren en rustig zei hij: „Dat weet ik."

Nerveus friemelden haar vingers aan haar halsketting. „Vraag je niet van wie?" Haar kleur werd dieper en ze knipperde een paar maal met haar ogen.

Zijn mannelijk instinct zei hem wie het was en hij schudde zijn hoofd en zei: „Als ik het weet, zijn we dan dichter of verder van huis?"

„Ik weet het niet," had ze gestameld. Plots sloeg ze haar armen om zijn hals, drukte zich tegen hem aan met haar ogen vol tranen en dwingend stamelde ze: „Vraag het me, vraag het me alsjeblieft…"

Wat had hij zich moe gevoeld, dit ongrijpbare, ongelooflijke. Zijn vrouw, zijn zoon, een verboden liefdesspel, een poel van verderf waar alles in verstikte. Weg moest hij, weg! Hij had haar in een stoel geduwd en gesust: „Kalm, kalm, je maakt je zenuwen kapot."

Een schrille kreet: „En als het uitkomt?"

Hij dacht: dat is haar grootste angst, de buitenwereld, met zijn wreed spotten en plagen. Tegelijk voelde hij de droefheid van dit trieste. Hij had zich van haar afgekeerd en was naar buiten gelopen. Hij vroeg zich af of hij het falen van zijn huwelijk niet bij zichzelf moest zoeken?

Ward praat nog steeds over Fem. Het lijkt wel of die jongen met al zijn praat uit een beklemming loskomt. Zachtjes gaat hij erop in: „Vergeet niet, ondanks heel deze situatie, dat Fem mijn vrouw is en jouw pleegmoeder."

Pleegmoeder, in gedachten ziet hij haar vurig lijf. Een verdorven heimelijkheid en hij ging erin mee.

„Of moet ik zeggen, je minnares?" Fem, als een sidderend vlammetje kleeft haar naam aan Maartens hersens. Fem, ze heeft zijn naam te grabbel gegooid en toch voelt hij geen haat tegen haar. Fem, het eerste huwelijksjaar trouw als een hondje en bedelend smekend. Fem, ze verdiende beter.

Maarten voelt het bijna als een opluchting nu het eindelijk tussen hen ter sprake is gekomen, hij haalt er zelfs ruimer adem door. Maar wat kletst Ward nu?

„Ik ga hier weg."

Fluks slaat hij een blik opzij. „Hoezo, weg?"

Ward spuugt de grasspriet uit, doet weer een greep naar zijn shagdoos, rolt een sigaret en likt aan het vloeitje. Hij blijft met de sigaret tussen zijn vingers een poosje voor zich uit staren en zegt dan: „Weg uit de griend," steekt de brand in zijn sigaret en inhaleert diep.

Maartens kijkt naar Ward, maar er staat niets op dat ondoorgrondelijke gelaat te lezen. Met een triest lachje vraagt hij: „Voel je je niet meer op je gemak in mijn nabijheid?"

Er valt een zwijgen tussen hen, je hoort alleen het klaterend geruis van het water en geroezel van de wilgenbladeren.

Ward neemt nog eens een haal aan zijn sigaret en drukt hem daarna uit. Hij hoort in zijn vaders stem de teleurstelling. Smart en woede wringen in zijn hart. Hij heeft de liefde van zijn vader verkwanseld voor bedrieglijkheid en genot. Hij schudt zijn hoofd en zegt: „Nee, niet daarom. Ik knijp ertussenuit, omdat ik na alles wat hier gebeurd is mezelf niet meer onder ogen kan komen, laat staan een ander."

„Ik draag je geen kwaad hart toe, jongen, en als het tussen vier muren blijft, stoot niemand zijn neus eraan."

„Je kunt toch moeilijk alles tussen ons wegredeneren!" Hij springt op en ijsbeert heen en weer, zijn vader is een edelmoedige sukkel en Fem en hijzelf zijn giftige angels in diens vlees.

„Jouw plaats is hier bij mij in de griend."

„Je hebt Doevedans..."

„Klets, je bent en blijft mijn zoon, en Doevedans – al draagt hij een paar laarzen aan zijn benen – is nog lang geen griendwerker. Jij weet net zo goed als ik dat je daar kennis en inzicht voor nodig hebt."

Ja, vertel hem wat! Eerste, tweede, derde en vierdejaars wilgenhout en 'geschild rijshout' voor de zinkstukken, bovendien staan griendwerkers vrijer tegenover Gods geboden dan die fijne 'poepen' van botkloppers. Toch hoort hij zichzelf zeggen: „Dat komt wel, die lange sladood is lang geen sufferdje, hij wist Wouke met zijn listige praat voor zijn karretje te spannen en jou te lijmen."

Maarten hoort de verbittering achter die woorden, schudt wijselijk zijn hoofd en zegt: „Als ik jou zo hoor... maar ja, de griendwerkers waren nooit vrienden met de botkloppers, maar we zijn allemaal mens. En we hebben het over jou, niet over hem en blijf niet zo ijsberen, want ik word er tureluurs van. Ga alsjeblieft zitten."

Boem, hij zit, en zijn vader begint heel gewoontjes over het werk te praten, alsof er niets aan de hand is. „Ik denk morgen nieuwe paaltjes in de kaai te slaan..."

„Dat is jouw zaak, niet langer de mijne."

Hij stuift op. „Die harde kop van jou... voor je die klein krijgt! Ik kan je niet missen en ik wil je niet missen!"

Zijn vader babbelt door: "Morgen met laag tij…" Weemoedig sluit hij een moment zijn ogen, vader die – alsof het om een bagatel gaat – alles wegwuift en zijn 'gevallen' zoon in bescherming neemt. Zijn vader, zo'n harde werker, een goed hart en begrip voor iedereen, ook voor Ward, die na het gebeuren met Fem de laatste tijd leefde als in een andere wereld. Een rode roes, strakgespannen als een veer, gebukt onder schuldgevoelens maar zonder zondebesef, waarvan hij zich nu pas bewust wordt, na het gesprek met zijn vader. De man voelt geen enkele wrok, integendeel, wat moe en triest aanvaardt hij zachtzinnig de situatie zoals die nu is. Vader die gewoon tegen hem zegt: „Zit er nog wat in die thermosfles?"

Hij schudt de fles met een zacht, klokkend geluid. „Ik denk het wel…"

„Schenk me nog maar een bakkie in, en is er nog boterkoek?"

„Die is op."

„Jammer…" Maarten slurpt van zijn koffie en tuurt in de verte. Dan rolt het van zijn lippen: „Fem weet wat een man toekomt."

Ward werpt een vluchtige blik op zijn vader. „En dat zeg jij."

„Ja, dat zeg ik, en ik zeg ook wat gebeurd is, is gebeurd, al sta ik er niet bij te juichen, maar er is niets meer aan te veranderen, alleen het aanvaarden blijft ons over."

Aanvaarden, ja als het zo makkelijk lag, maar Wards geweten zegt heel wat anders, hij heeft toegegeven aan opgezweepte zinnen, genomen wat niet van hem was, gehoereerd met de vrouw van zijn vader en daarbij de verdoemenis op zijn hals gehaald. Het geloof zegt hem niks en de kerk is hem vreemd, maar nu voelt hij angst, zijn hart roept benauwd om genade. Hij wil weg uit de griend in een vlucht voor zichzelf… Op zoek naar ander werk, zijn gedachten worstelen met varende schepen, stinkende fabrieken, en met Annechien, het meisje dat voor hem net zo onbereikbaar is als de zon. Zijn vader zegt iets tegen hem, woorden die van ver tot hem doordringen.

„Misschien is dit alles wel voorbestemd. Weet je hoe ik het zie? Al doen we elkaar de das om en halen we de stomste streken uit, mensen kunnen niet langs elkaar leven, we vormen schakels in een groot geheel. Fem, ik, jij, Wouke, het is ondenkbaar dat hierin de een de ander laat vallen. Hoe denk jij daar over?"

„Ik?" Wards handen grijpen in een wanhoopsgebaar naar zijn hoofd, zijn kop voelt aan als een gloeiende bol, zijn gedachten buitelen over elkaar heen en geven geen enkele houvast, en zijn hart is zwaar van schuldbesef. „Het is mooi gezegd, maar alleen ik zal die misstap moeten verantwoorden."

„Jij alleen?" Er glijdt een ironisch glimlachje om Maartens lippen. „Zo moet je niet praten, jongen. Fem, jij en ik. Een vicieuze cirkel en van een fatale afloop wil ik niet horen."

„Kan zijn, maar al het water van de zee wast het er niet af." Ward spreekt gejaagd en de tranen springen in zijn ogen, nerveus frutselt hij aan de knopen van zijn werkkiel. Zijn vader die er zo rustig over praat en de schuld bij zichzelf zoekt. Vader, geen kerkloper, maar in zijn hart een vroom mens die nooit met een vinger naar een ander wijst. Vader die zegt: "Ik houd mijn geweten liever in eigen hand." Hij gluurt naar zijn vaders bleke, bedroefde gezicht, ondanks al diens vergevende gepraat is deze situatie hem niet in de kouwe kleren gaan zitten. Plots rollen de tranen langs zijn wangen, hij legt zijn hoofd voorover op zijn knie en snikt het uit.

Maarten vecht met eigen gevoelens over goed en kwaad, kijkt er stilletjes naar en vraagt zich af of Ward nu huilt om zijn zondige gedrag of om het verlies van vertrouwen tussen vader en zoon. Ward, zijn eigen zoon, eigen vlees en bloed verloochent zich niet. Hij buigt zich naar hem toe, legt zijn hand op Wards schouder en sust: „Maak je niet zo overstuur, jongen, een ieder struikelt wel eens over zijn eigen benen."

Verward kijkt Ward door zijn tranen heen, zegt zijn eigen vader dat?

„Dus je wist het?"

„Ik had een vermoeden."

„Waarom heb je ons dan niet tegengehouden?"

„Ja, waarom niet? De eerste keer toen ik het vermoeden had, was het te vroeg en toen ik het zeker wist, was het te laat. Van Fem kan ik het begrijpen, maar jij, zo'n woesteling, maar in sommige opzichten zo onnozel. Ja, kijk me maar niet zo verbaasd aan, onnozele Ward."

Onnozel, ja, ja. Hij, Ward Kooistra, een onnozele, bij het stomme af. Maar ze had hem er toch maar mooi ingeluisd. Of was hij aan eigen erotische gevoelens ten ondergegaan? Hoe het ook

zij, hij heeft er een dubbele zwarte veeg op zijn ziel aan over-
gehouden.

Verslagen vraagt hij: „Doet het je dan helemaal niks, vader? Me
dunkt, je eigen zoon, samen met je vrouw…"

„Meer dan je denkt." Met een blik naar het eind van de kaai:
„Daar hebben we Doevedans." Waarschuwend zegt hij tegen
zijn zoon: „Denk erom, zwijgen geboden."

Doevedans die door de jonker als los-vaste kracht voor het
werk in de griend is aangenomen. Misschien is die botklopper
juist op tijd… Een pijnlijke trek op Wards gezicht, opeens is hij
al zijn zekerheid kwijt en hij gromt: „Van mij geen woord."

HOOFDSTUK 6

Buiten staat een zware storm, windkracht negen raast over het land over dijken en rivieren, geselt de griend, rukt aan deuren, en doet het venster in zijn sponningen trillen, geweld en gevaar. Binnenshuis is licht en koesterende warmte. Fems uur is gekomen, ze ligt in de 'arbeid', voelt angst en lijdt pijn. Angst om Ward, de vader van haar kind, die als 'tremmer' op een vrachtboot ergens buitengaats aan God en de natuur is overgelaten. En pijn omdat de bevalling niet zo vlot verloopt als ze hoopte, een nieuwe perswee doet haar adem stokken. Ze hoort de stem van Coba Sprang, de baker, die in de buurt de meeste kinderen haalt. „Persen meid, persen, ik zie het koppie al!" Ze veegt het zweet van Fems voorhoofd. Fem, die de smarten van een geboorte al een aantal uren doorstaat en huilend zegt: „Jij hebt makkelijk praten, zelf heb je ze nooit gekregen."
„Ik wou dat ik er zes had, maar daar moet je met z'n tweeën voor zijn. Persen! Waar zit die kerel van je?"
Een nieuwe perswee, een smartelijke kreun die uitschiet in een schreeuw. Ze hapt een paar maal naar adem. „In de griend."
„Wat... terwijl jij hier?" Coba schudt haar hoofd. „Het is God geklaagd."
„Hij is bang dat de fuiken kapot slaan." Weer een snerp die haar naar adem doet happen.
Een minachtend gesnuif. „Bang voor zijn fuiken, maar zijn vrouw... Bah, kerels... Hier, een kussen in je rug, dan heb je steun. Wat? Kun je niet meer, je zal toch moeten."
Weer een wee, ze bijt op haar lippen en houdt een schreeuw in, Fems vingers krommen zich om de bedrand. Een heftige windstoot giert om het huis en buldert in de schoorsteen. Ward zit op zee, haar hart bonst van angst. Op zekere dag was hij voor dag en dauw vertrokken zonder afscheid te nemen. Maarten was er door aangedaan, dagenlang kwam er niks uit zijn handen, liep hij een beetje verdwaasd rond, was het Nol Doevedans die zo goed en kwaad als het ging al het werk deed. Het waren moeilijke en bittere dagen, ze had gepoogd er met Maarten over te praten, maar hij liep bij haar weg. Een paar weken daarna begon hij er geheel onverwachts zelf over. „Dat drommelse jong weg uit de griend, dat ik dat

dwaze plan niet uit zijn kop heb kunnen praten."

Ze greep hem bij zijn arm. „Dus je wist het?" Ze zag zijn gekweld gezicht en drong aan: „Waarom?"

„Waarom? Omdat hij schande over de familie heeft gebracht, daarom!"

Ward die? Maar zij had ook een zwaar besneden kerfstok en daar tegenover Maarten met reinheid van hart en ziel...

Ze had hard gelachen en gezegd: „Senior of junior, het is en blijft een Kooistra."

Onthutst had hij haar aangekeken, driftig had hij zijn pet van de stoel gegrepen en gesnauwd: „Je snapt er helemaal niks van." Toen was hij de keuken uitgelopen.

Een snerpende wee, het is of haar lichaam openscheurt, ze gilt het uit en Coba zegt: „Meid, je hebt het gehad, rust maar even uit."

Opgelucht ligt ze met gesloten ogen in het kussen, en dan hoort ze Coba's stem: „Een nakomertje, en wat voor een, een flinke zoon, tien pond schoon aan de haak, dat heeft Maarten 'm goed geleverd!"

Ze hoort een sterk schreien, als een triomfkreet van het leven omdat het kind is gaan ademen, en dan Coba weer: „Die mankeert niks aan zijn longen, hoor hem eens blèren." Fem licht haar hoofd op uit het kussen. „Laat hem eens zien?" Op haar netvlies ziet ze het beeld van Ward, die ergens op zee dobbert.

Pas na drie maanden, tegen Pasen, kregen ze zijn eerste brief, met daarin slechts een paar regels: 'Het is een mooie schuit, heb goed te eten en te drinken. Vader en Wouke de groeten.'

Niets aan haar, geen woord. Ze had de brief aan Maarten laten lezen en daarna aan Wouke en gevraagd: „Wat moeten we hem terugschrijven?"

„Doe hem de groeten en zet er wat in over de paasdagen," had Maarten haar aangeraden.

In Wards volgende brief had hij niet op haar woorden gereageerd en weer was er geen boodschap voor haar. Wel een klacht: 'We hebben ratten aan boord'.

„Dus geen enkel verschil met de griend," had Maarten laconiek opgemerkt. En tegen Wouke: „Staat er nog een lettertje voor jou in, kind?"

Maarten en Wouke, ze praatten honderduit over Ward, maar

voor Fem voldoen die brieven niet. Ze had wat anders verwacht, al weet ze niet precies wat. Zij, de moeder van zijn aanstaande kind, ze kan er met niemand over praten en Maarten zwijgt.

„Hier, je zoon, Fem. Het is er een met lood aan zijn gat, je mag er trots op zijn."

Is ze trots op dit kind? Zenuwachtig bewegen haar handen over het dek: „Geef hem eens hier."

„Alsjeblieft, Maarten en jij hebben eer van je werk!" Coba duwt het kind tegen haar borst. „Hier de melksalon, en drinken, je blèrt als een verlaten lam."

Verlaten lam, de woorden haken in haar oren. Ward, hij is voor smaad en schande gevlucht en Maarten keert haar de rug toe. Scherp neemt ze het kind op, het heeft blonde haren, tussen de knipperende, gezwollen oogleden ziet ze een glimp van blauwgrijze pupillen. De ogen van Ward... Wouke komt binnen en drukt een kus op haar wang: „Gefeliciteerd, mam!"

Ze pakt haar bij de hand en trekt haar naar zich toe. „Kijk eens, je broertje."

Heel voorzichtig streelt Wouke het zachte wangetje. „Wat een schatje."

„Jij was ook een schatje." Plots voelt ze de behoefte iets liefs tegen haar dochter te zeggen.

„Vroeger ja, maar nu?" Moeder die vanaf haar kinderjaren de teugels strak houdt en zich voor haar dochters idealen niet interesseert.

Er slaat een buitendeur. Blij springt Wouke overeind: „Dat is vader," en holt de kamer uit. In de keuken valt ze hem lachend om de hals. „U heeft een zoon!"

„Zo, zo." Hij streelt haar haren. „En jij een broertje."

„Wat zegt u dat koeltjes..." Peinzend neemt ze hem op. Vader ziet eruit als een zwerver met een stoppelbaard van drie dagen. Zijn te lange haren piepen onder zijn pet uit, zachtjes merkt ze op: „Zo kunt u toch niet bij een kraamvrouw aankomen?"

Gemompel: „Ja, ja, je hebt gelijk, ik stink naar de griend." Hij hangt zijn pet en werkkiel aan een spijker, verontschuldigt zich tegenover die ogen met sterretjes die hem zo wijs aankijken. „Ik moest de griend wel in, voordat die storm de fuiken kapot zou slaan."

Een hevige windvlaag bevestigt zijn woorden, doet de ramen rinkelen en de pannen van het dak kletteren. Een zware dreun achter het huis doet haar ineenkrimpen van schrik.

„Dat is de oude vlier," zegt Maarten, ploeterend met water en zeep onder de kraan.

„Dat spaart me werk, dat ding moest er allang uit. Geef me die handdoek eens aan, kind."

„Alsjeblieft, vader." Vertederd kijkt ze naar hem, hij is altijd lief voor haar, liever dan moeder.

„Dank je, kind." Met veel gesnuif droogt hij zich af, pulkt met een punt van de handdoek zijn oren uit. Vader wordt oud de laatste tijd. De scherpe neus springt als een vogelsnavel naar voren uit zijn sterk vermagerde gezicht, de kleren slobberen om zijn lijf en 's middags zegt moeder: „Eten, Maarten, straks waai je je kleren uit," en dan schept ze zijn bord nog eens vol. Vader moppert dan: „Mens, ik ben geen hollebolle-Gijs." En traag bewegen zijn kaken.

Moeder narrig: „Je werkt je een slag in de rondte in de griend."

Vader: „Daar zit het niet in, Doevedans is er ook nog."

Moeder weer: „Waar zit het dan wel in?"

Vader: „Moet ik jou dat vertellen?"

Moeder plotseling fel: „Dat weten we beiden. Ward. Hij kneep ertussenuit en liet jou in de steek."

Strak bleef vader moeder aankijken. „Ben je zo onnozel, of houd je je zo onnozel?" Hij schoof zijn stoel achteruit en stond op. „Ik ga de griend in."

Moeder met hoogrode wangen: „Zo'n haast, je hebt toch Doevedans."

Vader schoot in zijn werkkiel en zette zijn pet op. „Die kan ook niet alles alleen!"

Prompt was moeder ertegenin gegaan met woorden aan Wards adres. Veel goeds was het niet, het leek wel of ze over hem haar hart wilde luchten. Vader zei met nadruk: „Ja, ja, schuif het maar weer in zijn schoenen." Met een klap had hij de deur dichtgeslagen en zij had verwonderd gevraagd: „Wat bedoelt vader daarmee?"

Moeder kribbig: „Vader, vader, je vader heeft een zeemansgraf. Het is een Kooistra en Kooistra's trekken op eigen bloed."

„O, is het dat?" lachte ze.

„Dat is het," had moeder gesnauwd. Ze wreef met beide handen over haar buik en commandeerde: „Ruim die tafel af, of laat je je moeder alles alleen doen?"

Maartens stem rukt Wouke uit haar gepeins: „Op naar de kraamkamer, ga je mee, meid?" Vader steekt zijn arm door de hare.

„Zo, met die baard? Dat is geen entree."

„Geen wat?"

„Zo kun je niet binnenkomen. Foei, u bent net een baardaap!"

„Vooruit dan maar, dan scheer ik me wel."

„Is het dan zo'n opgave? U, op uw leeftijd nog zo'n pracht van een zoon, velen zullen jaloers op u zijn."

„En dat moet ik geloven?" Vader fronst zijn voorhoofd, knijpt haar heel even in haar wang. „Misschien denken ze wel: hoe ouder hoe gekker."

„Welnee, je hoort het toch wel meer, een nakomertje?"

„Gefeliciteerd, Maarten!" zegt Coba, als ze samen de kamer binnenkomen. „Je verstaat je vak, een wolk van een jongen, in gelijkenis precies je oudste zoon."

„Zo," gromt hij, „vind jij dat? Dan zal het alleen het watermerk wezen."

„Hè, wat?" Even is Coba verbluft, dan gierend van de lach: „Het watermerk... man, man, hoe kom je d'r op."

„Hoe moet ik het dan zeggen, Coba?" Maarten buigt zich naar Fem. „Gaat het een beetje, Fem?"

Pats. Coba met d'r waffel er weer tussen. „Welke vrouw ook, Maarten, het gaat er lachende in, en komt er huilende uit."

Vader geeft er geen antwoord op, en moeder vraagt: „Hoe moet hij heten?"

„Naar zijn vader, Maarten." Coba weer.

Vader lacht een beetje krampachtig, schudt zijn hoofd, kijkt naar moeder en zegt: „Noem jij hem maar zoals je hem noemen wil, maar beslist geen Maarten." Hoort Wouke een tikkeltje ironie in vaders stem?

Moeder buigt zich over het hoopje mens, frutselt een beetje aan zijn truitje en zegt: „Dan maar Daan, naar mijn vader, vind je het goed, Maarten?"

„Naar opa Drijfhout!" roept Wouke teleurgesteld uit. Opa die het toentertijd weinig zinde dat de ooievaar hem een kleindochter had gebracht in plaats van een kleinzoon, en toen ze ook nog naar opoe van moeders kant werd vernoemd, waren de rapen helemaal gaar. Nee, aan opa Drijfhout heeft Wouke geen leuke herinneringen. Trouwens, moeder net zomin, heel haar huwelijk door heeft opa Drijfhout zijn misnoegen hierover aan moeder laten voelen. „Dus is het Daan," zegt Coba, breeduitstaand met beide armen in haar zij. Ze voegt er lachend aan toe: „Daniël in de leeuwenkuil."

„Ja," gromt vader. „En toen trok hij hem aan zijn staart... En hoe..."

Coba schatert: „Hoor je hem brullen?"

„Tot in het heelal toe, en misschien nog wel verder," en tot moeder: „Dus Daan Daniël Kooistra. Al zal ik er wel aan moeten wennen."

Moeder kijkt schuchter naar vader op, verlegen vraagt ze: „Wil je hem even zien?" Ze slaat het dekentje iets terug, twee zwaaiende, dichtgeknepen handjes, een wazige blik die in het rond tast. Coba zegt: „Dat belooft wat, Maarten, hij steekt nu al zijn vuisten tegen je op."

Vader zet zich op de rand van het bed en zegt: „Dus is het Daan, als jij dat graag wil."

„Ja," antwoordt moeder. „Heel graag, Maarten."

Vader streelt met een voorzichtige vinger over het bolronde wangetje, en Coba – als altijd met haar neus vooraan – zegt: „Ze heeft er wat voor moeten doen, hoor."

„Wie niet?" Vlug komt vader overeind. „Een vrouw wordt het niet gegeven."

„Zo is het maar net," is Coba's mening. „En Fem is niet meer zo piep."

Moeder pakt vaders hand. Er staan tranen in haar ogen. „Dank je, Maarten."

En Coba verwonderd: „Wat nou, je hebt het eerder dan de honderdduizend."

Vader strijkt een paar maal met zijn hand door zijn kalende haardos, kijkt Coba aan en zegt op een ongemakkelijk toontje: „Co, ik vergeet niet wat jij voor Fem doet en nog zal moeten doen, maar wat je daar zegt, gaat tussen man en vrouw. Hou je erbuiten."

„Wat krijgen we nou?" verbaast Coba zich. „Moet je mij hebben, Maarten Kooistra?"

94

„Nou ja," antwoordt vader. „Zo streng bedoel ik het nu ook weer niet, en ik ben reuze dankbaar voor wat je voor ons doet."
'Ons,' denkt Wouke, iets wegslikkend. Eindelijk zegt hij 'ons', dat is moeder, mij, Daantje... en Ward. Maar Ward zit op zee, in vliegend stormweer. Na een laatste ansichtkaart uit Zuid-Amerika hebben ze niks meer van hem gehoord. Moeder zei: „Ik zeg maar zo, uit het oog, uit het hart."
Traag ging vader erop in: „Ik heb je al meer gezegd, dat ik niet wist dat hij met dat plan in zijn kop rondliep."
En moeder voor de zoveelste keer: „Jammer, want dan had je het uit zijn kop kunnen praten."
„Ward?" Vader had zijn hoofd geschud. „Die laat zich nooit wat uit zijn kop praten."
Moeder stoof op: „Hoe jij toch met je hebt laten sollen, maar ik had hem teruggehaald, desnoods met geweld."
„Hè, ja, de politie..." Vader had een beetje strak voor zich uit gekeken. „Ik vraag me af wie hier met zich liet sollen. Enfin, we moeten maar afwachten of hij uit zichzelf terugkomt..."
Moeder haalde haar schouders op, begon over iets anders. „En nu stel je al je vertrouwen op Doevedans?"
Vader stopte zijn pijp en streek een lucifer af. Het knisperende vlammetje beefde in zijn hand en hij zei: „Doevedans staat buiten dit alles, schenk me nog maar een bakkie in."
Moeder schonk koffie, vader – met een diepe frons in zijn voorhoofd – lurkte aan zijn pijp. Zij had zich verbaasd over de kalmte die hij uitstraalde als er over Ward werd gepraat... Vooral als ze samen over hem praatten en vader met een gemoedelijk lachje zei: "Je mag die woesteling wel, hè?"
Een vraag die tot op de dag van vandaag haar niet loslaat. Ja, ze mag haar pleegbroer, die haar in zijn oprechte vriendschap zo vriendelijk tegemoet kwam, maar haar ongenadig afblafte toen hij erachter kwam dat ze een balletje had opgeworpen bij de jonker voor die stroper. De jonker, die met zijn edele gevoelens zelf buiten schot bleef, en het heel handig in de schoenen van de Kooistra's schoof.
Ze kleurde toen Ward haar daarover had aangevallen en viel driftig uit: „Kan zijn, maar toen ik hem de situatie uitlegde, toonde hij meer begrip voor de dwalingen van de zwakke mens, dan jij!"

„Natuurlijk," hoonde Ward. „Als ik jou zo hoor zijn de Kooistra's de kwaaie pier en is de jonker de goeie meneer."

Ze had zich opeens doodmoe gevoeld. Verlegen stond ze voor hem, wat Ward over Doevedans zei was waar en toch had ze het voor die man opgenomen. Zachtjes zei ze: „Ik had gewoon medelijden met hem."

Stroef zei hij: „Met die lange sladood." Plots lag er een schaduw van een glimlach om zijn mond: „Daar moet je vrouw voor zijn."

„En nu ben je kwaad op mij?" Het klonk als een kreet, Ward, na vader, haar steun en toeverlaat. Tranen sprongen in haar ogen en vlug had ze haar hoofd afgekeerd, maar niet vlug genoeg. Zijn boosheid was op slag weg, hij sloeg zijn arm om haar schouder en zei: „Wat nu, ik kwaad op jou? Nooit!"

Maar nu is hij toch maar met stille trom vertrokken, zonder van iemand afscheid te nemen. En dat gaf deining onder de 'dijkers'. Ward Kooistra, die ervandoor was, en dat zo plotseling. Maar dat jong was altijd een woesteling geweest, gaf om God noch gebod. Vader werd van alle kanten diep beklaagd, maar die wimpelde al dat medelijden af. „Praat er maar niet meer over, het is gebeurd en we zullen wel zien."

Die reactie ging van mond tot mond, Maarten die over zijn zoon geen kwaad woord wilde horen, integendeel, dat jong voor zijn wangedrag nog in bescherming nam!

„Vind je het geen schatje?" Coba's stem verjaagt haar gedachten.

„Wie?"

„Nou zeg, sta je te dromen, je broertje…"

„Een schatje," zegt Wouke.

Coba buigt zich voorover en pakt het lieve jochie uit Fems armen en zegt: „Het is te wensen dat hij niet zo'n woesteling wordt als je pleegzoon, meid."

„De een is de ander niet," antwoordt moeder. „Ward is van Dieuw, deze is van mij."

„Maar wel van dezelfde vader." Coba slaat een blik op de nieuwe wereldburger, blond haar, grijsblauwe ogen, een scherp getekende neus. Alle kenmerken van een Kooistra, en ze voegt eraan toe: „Precies jouw gezicht, Maarten."

„O, vind je?" klinkt het droog. „Het is me niet eerder opgevallen."

Verbazing. „Man, dat je het niet ziet, je eigen kind!" En met een blik naar de kraamvrouw: „Wat is jouw mening, Fem, die dikke bos haar, dat neusje?"

Een vluchtige blik naar vader. „Ik zie het niet zo."

„Wat? Jij en je man?"

„En al zou ze het zien, dan zal ze het mij niet zeggen," zegt vader weer.

Coba kijkt naar vader en moeder en schudt haar hoofd. „Wat een praat, wat een praat, wat moet je daarvan denken?"

Coba's praat kwetst Maarten diep, hij bromt: „Dat moet je zelf weten." In hem het groeiend besef van zijn verantwoordelijkheid voor dit ongewenste kind, 'de horens' die hem door zijn zoon zijn opgezet. Ward, die in de vliegende storm weer ergens op zee zit. Een kirrend geluidje vanuit de wieg, Wards zoon. De woesteling met zijn gouden hart, maar wier zinnen oppermachtig heersten over zijn betere ik. En hij, Maarten, met zijn mild begrip voor menselijke dwalingen, al is die mens zijn eigen zoon. Ward, met zijn oprecht berouw, die deze misstap ondergaat als de zwaarste zonde in zijn leven. Ward, tegen wie hij had gezegd: „Blijf hier, dat kind komt toch wel groot, en ik kan en wil je niet missen…" Ward was toch gegaan, maar kan een mens zijn eigen geweten ontvluchten? Het kan een sterk gestel zoals dat van Ward ondermijnen en verwoesten. Plots valt een diepe moedeloosheid over hem. De dijkers zijn van geslacht op geslacht geen 'gelovigen', de botkloppers wel… Maar door dit aan hem opgedrongen kind bedelt hij diep in zijn hart om Gods gunst en genade, maar bovenal om zijn Vaderlijke goedheid en vergiffenis voor zijn eerstgeborene die met dit noodweer op zee zwerft. O, het was zo vol van goedheid en verbijsterende heerlijkheid geweest toen hij pal na de geboorte Ward in zijn armen mocht houden. Een geluk zo groot, maar nu weet hij beter: elk geluk is maar tijdelijk. Hij buigt zich naar Fem en zegt: „Morgen koop ik rozen voor…" even zwijgt hij en dan: „voor jou en de jongen."

Rozen, Fem voelt zich als een bedelaarster die een geldstuk krijgt toegeworpen, en als ze het strakke, verbeten gezicht van haar man ziet, zegt ze alleen maar: "Dankjewel, Maarten."

„Rozen, en dat voor uren martelen, dat is niet veel, Maarten," zegt Coba.

Hij wil zeggen dat ze zich er niet mee moet bemoeien, want dat ze er niks van weet, maar als hij haar misprijzende blik ziet, zegt hij vlug: „Ze mag ook nog een kinderwagen uitzoeken."

„Dat is andere praat," zegt Coba tevreden, die altijd haar hand boven de kraamvrouw houdt, want welke kerel kent de pijn van de barensweeën waarmee een vrouw nieuw leven op de wereld zet?

Maar Fem, die de doornen van de rozen als het ware in haar hart voelt prikken, zegt een tikkeltje ironisch: „Een wagen, wat moet ik ermee, langs de dijk flaneren?"

En Maarten – boos noch verwonderd – zegt: „Ik dacht dat je er blij mee zou zijn?!"

Fem wendt haar hoofd af en zegt: „Die wieg is me genoeg…"

Gelijk klinkt er een bulderende windvlaag, die zich met volle kracht op het huis stort en de fundering doet trillen. Huiverend merkt Coba op: „Allemachtig, het is of de wereld vergaat."

Maarten sust: „Het huis kan tegen een stootje."

Wouke, met de schrik in haar hart, zegt: „Ward zal toch wel in een veilige haven zitten?"

„Alle schepen zoeken bij zwaar weer een veilige haven op," weet Maarten. In een opwelling van tederheid loopt hij naar Fem en in een vertederend gebaar legt hij zijn hand op haar hoofd en zegt: „Maak je geen zorgen over Ward, die is als een kat met zeven levens."

„Dat zeg jij!" Ze wringt haar samengeknepen handen. „Een kat kan ook verdrinken en de oceaan is diep en nat."

Met gefronst voorhoofd kijkt hij op haar neer, ziet haar oprechte zorg om Ward, de vader van haar kind. Het is een gedachte die hem martelt, toch sust hij: „Je maakt je veel te veel zorgen, denk liever om jezelf."

„Zo is dat," valt Coba hem opgelucht bij. Wat is dat voor zwaarwichtig gepraat bij een kraambed? Ze pakt Maarten bij zijn arm en duwt hem resoluut in de richting van de deur: „En nu opgehoepeld, Fem moet rusten."

Ze schudt het hoofdkussen nog eens op en stopt de dekens achter haar rug. Terwijl ze de gordijnen dichtschuift, zegt ze: „Geen gepieker over dit of dat… pitten! Over een uur kom ik wel eens bij je kijken."

Jawel, slapen, makkelijker gezegd dan gedaan. Fem kan niet

slapen, achter haar ogen spelen zich hele taferelen af, van schrik en ontzetting, vreugde en vertedering, en altijd op de achtergrond het verlangen naar hem die – op de vlucht voor zichzelf – haar had losgelaten. Losgelaten, ze heeft hem nooit bezeten.

Ja, dat ene moment, toen hij in een ogenblik van zwakte aan haar alles verschroeiende hartstocht onderdoor ging, haar gaf wat zijn vader haar onthield. Op dat moment dacht ze samen met hem het paradijs te bezitten, maar pal daarop had hij haar ruw van zich afgestoten. Hij zag hen beiden als het grootste kwaad van de wereld en toen begreep zij, met nuchter onderscheidingsvermogen, dat ze niets voor hem betekende al droeg ze zijn kind. En Maarten ging elke dag zwijgend met een verstrooide glimlach aan haar voorbij, hij had zo zijn vermoedens. Maarten, die toen ze het eindelijk aan hem bekende, het moe en triest aanvaard had en zei: „Geen van ons drieën gaat hierbij vrijuit, maar wees gerust, dit geheim blijft tussen vier muren, en dat kind is en blijft een Kooistra."

Tranen glijden uit haar ooghoeken langs haar slapen. Goeie, lieve Maarten, makkelijker dan ze had gedacht kreeg ze zijn vergiffenis, en juist daardoor is alles des te moeilijker.

Een hevige windstoot buldert in de schoorsteen, angstig krimpt ze in elkaar. Ward in de storm, de kolkende zee. Ward, haar pleegzoon en de vader van haar kind en Maarten die zegt: „Wat God je oplegt, moet je dragen." Maarten die vroeger nooit het woord God in zijn mond nam. Ze rilt… Een zacht geluidje uit de wieg doet haar hoofd uit het kussen opheffen. Daantje Kooistra. Hoe zeggen die 'fijnen' het ook alweer, een kind verwekt in zonde. Maar die 'fijnen' kennen de situatie niet, en zullen het ook nooit weten. Ze zal dit kind niet voeden, ze zal haar borsten opbinden en het met de fles grootbrengen.

De tienjarige Daan is opgegroeid tot een mooi, schrander joch, een echte Kooistra. Zijn dikke, blonde haar valt in een natuurlijke golf rond zijn hoog voorhoofd en zijn heldere blauwgrijze ogen kijken open en eerlijk de wereld in. Ogen die warm stralen in genegenheid, koud glinsteren als hij boos is en bleek glanzen als hij onverschillig langs je heenkijkt, vooral bij zijn moeder. Hij houdt niet van haar en zij niet van hem, vanaf dat hij nog een 'pissebroek' was, houdt ze hem met straffe hand binnen de perken, en mocht hij in een opwelling kattenkwaad uithalen dan krijgt hij 'billenkossie' en niet zo zuinig ook. Vorige week was het wel heel bar, toen kreeg hij een paar gevoelige tikken met de mattenklopper op zijn achterste.

„Zo," zei ze daarna met een boos, vertrokken gezicht. „Nu weet je het, en voortaan sla ik aan jou mijn handen niet meer zeer…"

Met een nors gezicht had hij zijn straf in ontvangst genomen, Wouke die net langs kwam lopen kreeg ook een veeg uit de pan. „Kun je niet beter op je broertje letten? Ik kan mijn hielen niet lichten of het gaat hier fout."

Wouke zweeg net als hij, en toen moeder met kletterende muilen in huis verdwenen was, trok Wouke hem naar zich toe, streek over zijn haren en zei: „Heeft ze het weer op de heupen?" en drukte hem troostend tegen zich aan. Toen pas voelde hij de pijn van de slagen, rolden de tranen over zijn wangen en vroeg hij zich voor de zoveelste maal af waarom ze niet van hem hield. Ze gaf hem wel mooie kleren en nieuwe schoenen en zei altijd: „Zolang ik leef, jij geen dijkkind."En toch… Dagen worstelde hij met die vraag en hij durfde het haar niet te vragen tot hij op een dag weer eens een mep om zijn oren kreeg die hem deed suizebollen, en hij – overtuigd dat hij onrechtvaardig werd behandeld – al zijn moed bij elkaar raapte en het haar vroeg.

Stil had ze voor zich uit gestaard, alsof ze hem was vergeten. Hij had haar hand gegrepen en zijn vraag herhaald. Ze had haar hand in zijn hals gelegd en gezegd: „Ik niet van je houden, hoe kom je daarbij?"

„Omdat u me met de mattenklopper slaat."

„En daarom zou ik niet van je houden?" Ze streelde zijn schouder.

„Christelijke mensen slaan niet," antwoordde hij.

Verrast had ze hem aangekeken. „Wie zegt dat?"

Hij zag het 'ongewone' in haar gezicht, hoorde de ernst in haar woorden, en opeens was hij niet meer zo op zijn gemak, want zo kende hij haar niet. Gedwee zei hij: „Doevedans zegt: 'Als christelijke mensen slaan, dan is dat zonde. Dat is duvels-werk'."

„O," antwoordde moeder, zichtbaar opgelucht. „Praat van die botklopper, we zijn niet van het 'kerkie' zoals hij," en plots in oplaaiende drift: „Hij in de griend en je broer eruit…"

Zijn grote, onbekende broer, een weten dat hem al jaren bezig-houdt. Liggend in bed, met zijn kop over de bedrand, luisterde hij soms met gespitste oren naar de murmelende stemmen beneden in de huiskamer. Een enkele keer had hij iets over hem opgevangen, maar meestal liep het tussen vader en moeder op een twistgesprek uit waarin moeder smeekte en pleitte en waarin vader haar verzoeken afwimpelde. „Ik heb met hem gepraat als Brugman. Hij wilde weg, hij is weg en wat geweest is, is geweest…"

Moeder: „Als ik dat maar kon…" Hij luisterde scherper. Huilde moeder?

En ja hoor, vaders stem met die zachte, geduldige klank erin: „Het is en blijft een Kooistra, en jij moet je eroverheen zetten." Moeders stem heel zacht. „Man, man, als er een de hemel ver-dient…"

Vader plots ongeduldig: „Klets, ik doe het voor hem, niet voor ons. Weet wel, een kroon wordt zo vlug van iemands hoofd gestoten."

Daan viel dan terug in het kussen en dacht na. 'Hem', zou dat die onbekende broer zijn? En wie verdiende de hemel? Hij grin-nikte, hoe zei Doevedans het ook alweer?

„Als de hemel op ons valt, dragen we allemaal een blauwe muts." En zijn laatste gedachten voor hij in slaap viel, waren: 'morgen vraag ik het aan Wouke'.

Maar als hij het haar vraagt, haalt ze haar schouders op en zegt: „Gewoon, Ward wilde varen en er was niemand die het uit zijn kop kon praten en verder weet ik het ook niet."

Hij vist door. „Maar je kent hem toch?"

„Nou en?"

Nieuwsgierigheid prikkelt hem. „Vertel eens wat over hem?"

„Wat valt erover te vertellen, ik ben een keer met hem in de griend wezen varen."

„En toen?"

Weten wil hij, heel veel weten, over die onbekende broer die op een groot vrachtschip over de zee zwerft, en al tien jaar niks van zich heeft laten horen, alsof hij zo floep van de aardbodem is verdwenen, en weer vraagt hij: „En toen?"

Wouke zegt kribbig: „En toen en toen, hou eens op met je en

toen... Gewoon, we zijn wezen varen en anders niet."

„Huh? Waarom bloos je dan?"Wouke heeft een kop als vuur en zachtjes vraagt hij: „Ben je verliefd op hem?" En plots verwonderd:„Hoe kan dat nou, op je eigen broer?"

Wouke snibt: „Je bent hartstikke gek, jij, wie wordt er nu verliefd op zijn eigen broer?"

„Pleegbroer,' verbetert hij met nadruk.

„O, dus dat weet je," antwoordt Wouke. „Waarom ga je er dan zo op door?"

Ja waarom, hij weet alles en feitelijk weet hij niks, en als hij het eens aan moeder vraagt, is het van: „Begin je weer, vervelende zeurpiet?" En weg is moeder.

Vorige week had hij het nog bij Doevedans geprobeerd, die zat in het schuurtje aan een palingfuik te boeten. Prompt viel hij met de deur in huis: „Heb jij mijn broer gekend?"

Nols handen vielen stil alsof hij over die vraag moest nadenken en zei toen: „Gekend, gekend, je praat over hem of hij dood is."

„Is hij dan dood?" Op zijn netvlies ziet hij de foto van zijn onbekende broer die in een bruinhouten lijst op het buffet staat. Een stoere kop, een wilskrachtige mond, een dwingende oogopslag. Hij had eens de foto van het buffet gepakt en er met aandacht naar gekeken. Mensen die zijn broer kennen zeggen dat hij op zijn broer lijkt. Hij kijkt van de foto in het buffetspiegeltje, dezelfde kleur haar, dezelfde kleur ogen, dezelfde mond, maar toch net iets anders. Onverwacht had moeder naast hem gestaan, de foto uit zijn hand gerukt en 'm teruggezet op het buffet. „Afblijven!" snibde ze.

Hij sputterde tegen: „Waarom? Ik wil alleen maar kijken..."

„Waarom? Daarom! Als je hem laat vallen is het glas kapot."

Hij voelde zich gekwetst. „Ik ben geen klein kind meer."

Moeder had geknikt. „Dat weet ik."

O, dus ze weet het, waarom doet ze dan zo kribbig? Het griende in hem, nauwelijks hoorbaar had hij gefluisterd: „Hij is toch mijn broer?"

„Ook dat weet ik. Maar toch heb ik liever dat je met je handen van die foto afblijft."

In hem nieuwsgierigheid. Moeder die het hem verbiedt, maar waarom? En als hij het vader vraagt doet die ook of zijn neus bloedt. Alsof er een geheimzinnige waas om zijn broer hangt en

weer had hij gevraagd: „Waarom moeder?"
„Omdat..." Moeders gezicht staat opeens zo somber en bezeerd
dat hij ervan schrikt. Ze pakt hem bij de schouders en duwt
hem de kamer uit. „Eens zal hij je alles zelf vertellen," had ze
gezegd. Zijn gedachten stonden op scherp, dan is er toch wat...
'Eens', het woord blijft haken, dan is er toch wat aan de hand
met die voor hem onbekende broer. Misschien heeft hij een
bank overvallen. Of misschien nog erger, is hij een moordenaar,
wordt hij in alle landen gezocht, en is hij voortvluchtig. Heel
voorzichtig had hij het zijn moeder gevraagd.
Scherp viel ze uit: „Wat jij allemaal in je zotte kop haalt...
Gewoon, hij is gaan varen, dat is alles."
„Wat moet hij me later dan vertellen?"
Moeder beet op haar lippen en schoot uit haar slof:
„Zeemansverhalen, en doe me een lol, ga buitenspelen of aan je
huiswerk, maar houd op met dat gezeur en doe wat!"
Ja, dat antwoord kent hij inmiddels. Als je nog een 'pissen-
broek' bent, is het 'kleine potjes hebben grote oren'... Maar als
je tien bent, is het 'houd op met dat gezeur en doe wat!' Zo trek
je altijd aan het kortste eind.
„Hé, sta je te dromen?" Doevedans rukt hem uit zijn gedachten.
„Wat ik ervan weet, is dat je broer niet dood is." Niet dood.
Gefascineerd kijkt Daan naar de behendige vingers van
Doevedans waarin de boetnaald op en neer door de maas gaat
en wordt aangetrokken.
Hij drukt door. „Dus je kent hem?"
De boetnaald valt stil. „Gekend. Dat is wel een heel groot
woord. Hij betrapte me met stropen."
Verbazing. „Stropen? Jij? En je bent botklopper."
„Was... dat is zo'n tijd geleden. Ruim tien jaar."
„En wie betrapte jou in de griend?" Nu wil hij het naadje van de
kous weten.
Doevedans grinnikt. „ Wie me betrapte? Je broer, dat zei ik
toch. Rázend was hij, en gelijk had hij...! Als je andermans
paling gapt..."
Wacht even, nu wordt het spannend. „Gaf hij je d'r van langs?"
„Van langs? Gewoon een grote bek en aan het eind van het lied-
je mocht ik zelfs de paling houden."
„Van mijn broer?"

„Ja, van wie anders?"

Doevedans stopt zijn pijp in zijn broekzak, alsof het gesprek hem niet langer interesseert en begint weer met boeten. Maar Daans nieuwsgierigheid is gewekt, hij wil nog meer weten.

„Was hij aardig, mijn broer?"

„Begin je nu weer? Aardig, wat is aardig. Hij heeft me laten gaan, dat wel... Zeg, vertel eens, hoe oud ben je Daan?"

„Dat weet je toch, tien jaar, net als Anneke."

Juist, net als zijn Anneke, de oudste van de twee. Coby, de jongste, is negen.

„Nou, zo oud als jij bent, zo lang is je broer van honk."

„Dus hij is niet dood?"

„Welnee..." Hup, weer een halve steek, vader zegt altijd: „Nol heeft het boeten in zijn vingers."

„Waarom schrijft hij dan nooit?"

„Je moet maar zo denken, geen bericht is goed bericht."

„Dat zegt mijn vader ook."

Nu zijn de rollen omgedraaid en is het Doevedans die aan hem vraagt: „En je moeder?" Hij ziet Fem op zijn netvlies, even liggen zijn handen stil. Fem, lang geen makkelijke tante, maar goedgevig en ruim van hart, en als hij een keer omhoog zit met zijn meiden, kan hij bij haar altijd terecht. Ze stellen je vragen waar je niet goed raad mee weet, en daar zit je dan als vader met het rood op je kaken, en vraag je je af hoe je het je dochters moet vertellen...

Toen hij in zorg bij de Kooistra's zijn hart daarover luchtte, zei Fem: „Breng je meiden hier, dat is vrouwenpraat."

Daan denkt ook aan zijn moeder. Het is voor het eerst dat iemand van buitenaf hem die vraag stelt. Ja, wat zei moeder, niet veel, feitelijk niks. Moeder die als hij wel eens wat over vader vraagt, haar schouders optrekt en zegt: „Je vader die...," maar die nooit haar zin voltooit. Oom Gijs, een broer van moeder, zei wel eens: „Je vader zit te veel onder de plak, maar misschien dat het tij nog eens keert." Zachtjes zegt Daan tegen Doevedans: „Ze zei niks en liep de kamer uit."

En weer zegt Doevedans: „Zo, zo, ja, ja," en zijn kop gaat daarbij op en neer als een jaknikker, en dan: „Dat is wijs gezegd van je moeder, ik zeg maar zo, over en weer is het geven en nemen, zo houd je de vrede in huis."

Echt Doevedans, hij spuit wel meer van dat soort wijsheden, waarvan moeder zegt: „Het is mooi gezegd van de man, maar je kijkt er wel op, maar niet in."

Wat kraamt Doevedans nu weer voor wijsheid uit?

„Ja, jongen, een ieder heeft zijn dromen naast zijn leven, maar meestal vertillen we ons daaraan."

„Waaraan? Aan de dromen of het leven?" Moeder heeft gelijk, Doevedans heeft soms van die onbegrijpelijke praat, die kun je maar moeilijk volgen.

„Aan beide." Doevedans neemt zijn verkleurde hoedje af en wrijft de zweetband droog met zijn zakdoek. Hij zet zijn hoedje weer op en zegt: „Ja, jongen, als alle dromen die we ons wensen tot waarheid konden komen, hadden we een paradijs op aarde, maar wat God ons opgelegd heeft, moet een mens dragen, snappie Daan?"

Doevedans, een gewezen botklopper, en botkloppers zijn van het 'fijne' kerkie, maar moeder zegt: „Na de dood van zijn vrouw houdt Doevedans het voor gezien en gelijk heeft hij. De kerk is meer van nemen dan van geven."

Hippend van zijn ene been op het andere zegt Daan kregel: „Ik snap er niks van."

„Zo zijn er wel meer. Maar in de loop der jaren kom je er wel achter."

Mooi gezegd van die botklopper, maar Daan wordt er niet wijzer van.

„Doevedans."

„Ja?"

„Wat denk je, zal mijn broer nog eens een keer thuiskomen?"

„Dat is een goeie." Doevedans tovert zijn pijp weer tevoorschijn, begint hem met veel omhaal te stoppen. „Misschien wel, misschien niet."

„Wat denk jij?"

„Wat ik denk, doet er niet toe. Afwachten Daan, vandaag is het zus, morgen is het zo, dat is hier en overal anders."

Ja, daar heeft Doevedans gelijk in, neem alleen maar Annechien Aggebach, ze scharrelt met de hoofdonderwijzer, en naar men zegt heeft de jonker ook een oogje op haar.

Moeder zei: „Praat me niet over de jonker, net een scharrelhaan, dan die, dan die…"

Maar vader zei stroef: „Waar zie jij die man voor aan, ik zou maar eens een beetje op mijn woorden letten."

„Hoor daar!"

Vader maakte een vaag gebaar. „Dat verdraaide dorpsgeroddel..."

Moeder weer: „Er is geen praatje zo raar of er is iets van waar, trouwens, ik heb hem nooit anders gekend dan een liefhebber van de jacht en van vrouwen."

Vader had zijn schouders opgehaald. „Nou ja, laat er iets van waar zijn, en wat dan nog? En poets de vrouwtjes niet uit..."

Op slag werd moeder zenuwachtig, keek schichtig naar vader en wilde iets zeggen, scheen zich te bedenken en liep de kamer uit.

„Doevedans?"

„Ja, zeg het maar."

„Wat voor een schip is het?"

„Naar ik meen een vrachtboot, maar ik heb het ook maar van horen zeggen."

„En de naam van die schuit?"

Doevedans wrijft met zijn vinger een paar maal langs zijn neus, schijnt na te denken, schudt zijn hoofd en zegt: „Al sla je me dood, ik zou het niet weten. Wil je hem een brief schrijven?"

Wil hij zijn broer een brief schrijven... daar heeft hij nooit over nagedacht, een beetje timide haalt hij zijn schouders op: „Ach."

„Nou moe," verwondert Doevedans zich. „Je vraagt me het hemd van mijn lijf, en nu is het 'ach'."

Daan peinst hardop: „Misschien, als ik het aan mijn vader vraag?"

Nu wordt Doevedans ernstig, krabt zich bedenkelijk achter zijn oor, en zegt: „Zou je dat wel doen, Daan? Wat haalt het uit jongen, het is allemaal zo lang geleden."

Wat bedoelt Doevedans met 'het is zo lang geleden'? Voordat Daan geboren werd, of dat zijn broer de benen nam om... Ja om wat, omdat hij van hem niks wilde weten? Het doet pijn om zo te denken, een broer die je niet kent en niks van zich laat horen, niet leuk hoor.

„Hoe gaat het op school, Daan?"

O, wacht even, Doevedans gooit het gesprek over een andere boeg. Hij is het geprat over de 'onbekende' broer meer dan zat

zeker... Doevedans mijmert hardop: „Geschiedenis, dat lag me het best, en eh, aardrijkskunde."
Daan vraagt gelijk: „Waar ligt Halifax dan?"
Halifax, volgens moeder het laatste levensteken van zijn broer, daarna niks meer, en dat al ruim tien jaar.
„Halifax," bromt Doevedans, en krabt weer eens onder dat vettige hoedje. „Tja, wacht eens, Halifax. Het is een tijdje geleden, jongen, dat ik in de schoolbanken zat."
Dacht hij het niet, de man houdt zich groot. Moeder zegt van Doevedans: „Die is te stom om voor de duvel te dansen."
En vader meteen: „Laat Nol maar schuiven, leep als een vos en het geduld van een kat."
En omdat Doevedans het antwoord schuldig blijft, zegt Daan: „Halifax ligt..."
„Buiten de deur," valt de man hem lachend in de rede.
„Je wist het niet," zegt Daan minachtend. Doevedans is net zo'n stommerd als zijn dochter Anneke, ze is dit jaar blijven zitten, dan moet je toch je ogen uit je kop schamen? Maar ze heeft mooi krullend haar, enne ze krijgt al een beetje buste. Bij de laatste gedachten voelt hij zich rood worden tot achter zijn oren, zwaait voor de schijn met zijn hand en zegt: „Pfff... het is warm in de schuur."
„Nou, warm?" meent Doevedans, zittend in het vierkante lichtvlak dat de zon door het bovenraam in de schuur werpt. „Behaaglijk, dat wel." En plots op serieuze toon. „Zeg Daan, ik wil je wat vragen."
Verwonderd kijkt Daan op. Meestal is het andersom, loopt Daan met de vragen op zijn lippen, tot het de man verveelt en hij zegt: „Duvel nou maar eens op."
„Wat wil je vragen?"
„Jij bent toch zo'n 'bolleboos' op school, naar wat ik hoor negens en tienen voor bijna alle vakken?"
„En een klas overgeslagen..." Trots stroomt door hem heen.
„Juist Daan, jij hebt koppie-koppie, jij wordt vast nog wel eens iets hoogs in de maatschappij. En nu vraag ik jou, zou jij Anneke een beetje met haar schoolwerk willen helpen, zodat ze niet weer blijft zitten? Alsjeblieft, Daan?"
Alsjeblieft, een woord met een eigen betekenis voor beiden. Voor Nol Doevedans een openhartige belijdenis over het min-

der intellectuele van zijn dochter tegenover die 'snotneus'.

En voor Daan een eer, waardoor hij zich voelt groeien. Anneke is een reuze suffie, snapt geen steek van taal en rekenen, en beweert vrolijk dat Haarlem de hoofdstad van Zeeland is, maar lief is ze wel en ze deelt altijd haar snoep met hem.

„Nou, Daan?" Verdikkeme, Doevedans dringt wel aan, maar die heeft lekker praten met zijn Anneke. Als de jongens uit zijn klas erachter komen dat hij haar helpt, dan zul je ze op de speelplaats horen: 'Huh…huh, hij heeft verkering met die sufferd van Doevedans…'

„Nou, ik zie het al, je loopt er niet warm voor." Doevedans' blik dwaalt door de schuur, keert bij hem terug, twee blauwe ogen die hem ernstig aankijken. Opeens begint de man te vertellen, over zijn vrouw die zo vroeg het tijdelijke voor het eeuwige moest wisselen, en daar zit je dan als weduwnaar met twee kinderen. En alles lief en goedheid wat er aan zijn vrouw Daantje zat, zuiver en eerlijk twee 'gouwe' handen, zuinig op de penning en ze stond voor d'r man en kinderen," en hij eindigt zijn relaas: „en Anneke wordt precies zo."

Daan ziet haar bos blonde krullen voor zijn ogen en vraagt: „Hoe weet je dat nou?"

„Ja…" gnuift Doevedans. „Zal ik mijn eigen dochter niet kennen. Geen leerhoofd, dat geef ik toe, maar een hartje van goud. En als jij mijn Anneke een beetje op weg wil helpen, ben ik je dankbaar, Daan."

Doevedans, met zijn loflied over wijlen zijn vrouw en over Anneke, het maakt Daan een beetje verward. Zachtjes en een beetje bedeesd zegt hij: „En als de jongens uit de klas me najouwen voor 'meidengek'?"

Doevedans schudt zijn hoofd: „Als ik het niet dacht, daar zit de kneep, je schaamt je er gewoon voor, maar een ander dienen, is niet iedereen gegeven. Enfin, Daan, dan niet."

'Dan niet…' hoort hij verdriet in Doevedans stem? Daan hoort in gedachten zijn moeder zeggen: „Hij draagt een last met zich mee…"

„Wat zou je denken met die twee opgroeiende meiden?" Dat is vader.

En moeder weer: „Het zou voor die man een verademing zijn als er een vrouw kwam die zijn leven vult."

Vader: „Moet zo'n vrouw ook maar willen."

„Als het de ware Eva maar is." Moeder weer.

Vader gluurt door het horretje, schijnt over dat antwoord na te denken en zegt dan: „Na al die jaren, misschien is het beter dat hij alleen blijft."

Moeder: „Wat is een man alleen, een eenzame, en dat met een paar van die opgroeiende meiden."

Vader kijkt wat bedenkelijk naar moeder, krult zijn lippen en zegt: „Nou als ik zo achterom kijk, valt hij op bepaalde punten toch wel te benijden."

Moeder bromt wat binnensmonds, pakt de koffiepot van het lichtje en vraagt: „Moet je nog een bakkie?"

Vader knikt. „Doe maar." Hij kijkt naar moeder en zegt: „Je hebt misschien wel gelijk, na al die jaren versluierd licht waarin je de verhoudingen niet meer doorziet, zodat je je er ook niet meer over hoeft te verbazen."

Moeder gaat er niet op in, ze zegt: „Het wordt tijd dat Daan in de lange broek gaat, het wordt zo'n knul."

Juist, een lange broek, maar daar breekt hij zijn hoofd niet over, wel over 'versluierd licht', wat bedoelt vader daar nu precies mee? Even stokken zijn gedachten. Vaders spaarzame haren zijn spierwit, en moeder begint nu ook grijs te worden. En hij is – zoals de dijkers zeggen – een nakomertje. Niet leuk hoor een nakomertje, met een 'ouwe' vader en moeder.

Maar Doevedans met zijn magere grauwe kop, is ook niet meer zo 'piep'.

Een eenzame Doevedans, een grauwe schaduw in het zonlicht, opeens heeft hij met de man te doen, de jongens uit de klas verdwijnen naar de achtergrond en hij zegt: „Ik zal Anneke helpen."

Verrast springt Doevedans overeind en in een paar stappen staat hij voor hem. „Daan, je meent het?" Zijn stem trilt een beetje.

Hij knikt. „Ja, ik meen het." Anneke is wel lief.

„Jongen, wat maak je me daar blij mee, geef me de vijf!" Doevedans knijpt zijn vingers haast fijn.

„Au!"

De man verontschuldigt zich: „Dat was niet de bedoeling, Daan, maar jongen, ik ben toch zo blij dat je dat voor mijn Anneke wil doen. Je bent... eh, een schoolmeester in de dop. Daan Kooistra, we zullen nog grote dingen met jou gaan beleven."

Hij ziet Doevedans' dankbare snoet glimmen en schiet hardop in de lach. Doevedans steekt hem veren in zijn gat, maar de woorden 'schoolmeester' en 'grote dingen' blijven in zijn kop haken. Deze woorden doen zijn hart sneller kloppen.

HOOFDSTUK 7

Daan hangt half uit het open zolderraam en kijkt naar de griend aan de overkant, waaruit de bomen opsteken als zwarte ragebollen, die met hun kale takken een donker netwerk vormen tegen de nevelige dag. De griend waar hij – met de lieslaarzen aan – samen met vader en Doevedans, langs rietgorzen, poelen en door kreken baggert, fuiken licht en af en toe een eend de nek omdraait, tegen de regel van de wet in. Doevedans zegt dan profetisch: "God schiep de griend en het wild, en het wild is van iedereen", waarop vader zegt: „En daar heb jij geen enkele moeite mee, is het niet, Nol?"
Nol haalt zijn schouders op. „Als het bij die ene blijft."
En vader weer: „Pas maar op dat de jonker er niet achter komt."
Nol lacht: „Die heeft andere plannen aan zijn kop."
En wat voor plannen, volgens horen zeggen is de kogel door de kerk en gaat de jonker trouwen met Annechien. De dijkers die altijd ieders lek en gebrek denken te weten, zeggen dat het een 'moetje' is.
Nol ziet het anders. „Als de pap wordt opgediend, zul je moeten happen."
En moeder meteen: „Het was voor jou te wensen dat je ook zo aan de vrouw moest."
„Ik een vrouw als Annechien, met opgedraaide vlechten?" lacht Nol. "Mij niet gezien, ik heb wel een ander op het oog."
„Wat?" roept moeder verbaasd. „Heb jij een vrouw op het oog?"
„Al jaren," klinkt het zacht, alsof hij over zichzelf een geheim verraadt.
„Ken ik haar?"haakt moeder erop in, want iedereen kent elkaar aan de dijk. Maar Nol gaat er niet op in. "Dat benne eigenste zaken, vrouw Kooistra," en hield verder zijn mond.
„Daan!" Moeder roept hem. Daan trekt zich uit het raam terug. „Ja, wat is er?"
„Kom naar beneden, boven is het veel te koud."
Hij licht het luik een kiertje op. „Ik moet mijn Engels nog maken, moe."
Moeder leunend tegen de trap: „Dat kun je in de keuken ook, en hier is het warm."

111

Ja, dat verhaal kent hij. Moeder scharrelend achter het aanrecht, vader mompelend achter zijn krantje.

„Komt er nog wat van, ik schenk alvast koffie in."

Hij zucht, vooruit dan maar, naar beneden, tegen moeders wil is moeilijk op te boksen. Nauwelijks staat hij in de keuken of hij moet het al horen.

„Hoe vaak moet ik je nog zeggen dat je wat warms aan moet trekken als je aan je huiswerk gaat, boven is het te koud."

„Ach, een beetje fris," antwoordt hij luchtig. Hij kent z'n moeder, al stond hij te rillen als een juffershondje, dan nog zou hij zeggen dat het boven best meevalt.

„Ja," bitst moeder. „Ik zie het aan je rooie neus, hier koffie."

„Is mijn neus rood?" Een vluchtige blik in de spiegel, ja hoor, een rooie 'kokkerd' alsof hij aan de borrel is geweest. Er hangt warempel een druppel aan, vlug pakt hij zijn zakdoek, maar niet zo vlug of moeder ziet het en prompt is het: „Nou, wat zeg ik je, straks een kou op je hals."

„Valt wel mee." Met beide handen rond de kom slurpt hij genietend van de hete koffie, moeder heeft niet helemaal ongelijk, het is fris op het zolderkamertje. Het zolderkamertje waar moeder een fleurig behangetje op de muren heeft geplakt en vader het houten tafeltje en de stoelen een likje verf heeft gegeven, en tegen hem grapte: „Zo, meneer de directeur, naar uw zin?"

Hij lachte, die vader toch, hij heeft liever met hem te doen dan met moeder. Ze is wel goed, daar niet van, maar ook zo van: zo moet het en zo zal het, zelfs Wouke heeft na al die jaren nog niks in de melk te brokkelen. Na elke woordenwisseling met moeder staan Woukes ogen hard en koud en zegt ze tegen hem: „Ze geeft alleen om je broer, en om ons geeft ze geen lor."

„M'n broer?" herhaalde hij dan. „Een broer die ik niet ken, en die nooit schrijft."

„Moet je nog een bakkie?" Moeder doorkruist zijn gedachten, maar voor hij iets zegt, schenkt ze al in en stopt de koektrommel onder zijn neus. „Hier, janhagel, daar houd je toch zo van?" Zeker! Als het een berg was dan at hij zich er nog door. Hij zet zijn tanden erin: „Mmm… lekker."

Moeder legt nog een koekje op het schoteltje, glimlacht naar hem. „Alsjeblieft, op een been loopt een mens mank."

Tevreden knabbelt hij op de lekkernij, moeder schrapt de worteltjes bij het aanrecht. Rechtopzittertjes, zegt vader als hij in een lollige bui is, maar de laatste tijd is vader wat stilletjes en duikt hij achter zijn krantje of zit te prakkiseren. Totdat moeder daardoor geïrriteerd uitvalt: „Je zit daar maar als een houten klaas, zeg eens wat."

Zijn vader kijkt dan verbaasd op. „Wat moet ik zeggen?"

„Weet ik veel," snibt moeder dan. „Zit je soms wat dwars?"

Een veelzeggende blik. „En dat vraag jij?"

Moeder krijgt dan plots een kleur als vuur en zwijgt... Op zo'n moment voelt hij vaag de spanning tussen zijn ouders en pijnigt hij zich suf over het waarom... Of zou het oud zeer zijn uit het verleden, waar hij geen weet van heeft?

„Daar komt je vader met Doevedans." Moeder werpt een blik uit het raam.

Dan doen ze werk dicht bij huis, weet hij, want als ze diep in de griend zitten, dan nemen ze voor de hele dag brood en drinken mee. Moeder wast vlug haar handen en zet een pannetje melk op het gas en zegt: „Koffieleuten, die twee."

Dat is waar, ze drinken in een keer de hele pot leeg, Doevedans prijst moeder daarbij de hemel in. „Vrouw Kooistra, of er een engeltje over je... nou ja, je weet wel."

Daar piept de buitendeur, hoorbaar vegen de mannen hun voeten op de mat, anders krijgen ze direct de wind van voren van moeder, ze is akelig schoon en kan geen smetje zien. Vader komt binnen, op de voet gevolgd door Doevedans. Nauwelijks is hij binnen of het is van: „Je mag die scharnieren wel eens smeren."

„Morgen," belooft vader, zakt in zijn rieten stoel neer en zucht: „Hè, hè, dat zit." Oud wordt vader.

„Morgen is bij jou van elastiek."

„Let op de melk," waarschuwt vader. „Nog even en ze kookt over."

Vlug draait moeder de vlam wat lager en schenkt de kommen vol. Doevedans drinkt zijn koffie zwart, zonder melk en suiker, vader met veel melk en drie scheppen suiker, en daar heeft moeder ook weer wat op te zeggen: „Kindertjeskoffie."

Doevedans propt een snee brood in elkaar, sopt het in de koffie, smakt het naar binnen en zegt met een ondeugende knipoog naar moeder: „Het is je bekend hè, dat verhaal over het engeltje…"

„Maar al te goed,"lacht moeder. „Nog een bakkie, Nol?" Hup, een greep naar de koffiepot. „Bij jou is het ook van pappen en nathouden."

„Zo is dat," een brede grijns. „Jij weet het, vrouw Kooistra," en met een blik op Daan. „Hoe gaat het op school?"

Doevedans, steevast dezelfde vraag, en dat al jaren, vanaf de lagere school tot nu in de laatste klas van het gymnasium en altijd is zijn antwoord: „Prima, ik doe dit jaar eindexamen."

„En dan?" Doevedans glijdt terug in het verleden, waarin Daan met engelengeduld Anneke 'de geleerdheid' probeerde in te pompen, waarvan ze geen steek begreep Ten einde raad had Daan het uiteindelijk opgegeven.

'Suffie' had Daan tegen Anneke gezegd en dat zette kwaad bloed. Anneke was hem zomaar aangevlogen…

Maar ach, het waren nog kinderen, en even gauw was het weer vergeten. Anneke, in de loop der jaren is ze opgegroeid tot een vrolijke, vlotte meid met een humeur als een zonnetje. Als ze lacht, heeft ze een rij parelwitte tanden. Een enkele keer speelt Nol wel eens met de gedachte: 'als mijn Anneke later met Daan…' Maar dat zal wel een illusie zijn, wel een geluk dat dat jong zijn gedachten niet kan raden.

„Dan… ja, wat dan? Eerst maar naar de universiteit?" vervolgt Daan.

„Weet je nog," gaat Doevedans erop in, "wat ik vroeger tegen je zei? 'Ik zie jou tot grote dingen in staat'."

„Ja," gaat moeder er een tikkeltje trots in mee. „Hij heeft een leerhoofd, twee keer een klas overgeslagen, op de lagere school en op het gymnasium."

„Word onderwijzer," raadt Doevedans hem aan. „Heb je veel vrije dagen en vakantie."

„Ik hoor het je zeggen," valt moeder Doevedans weer bij. „Probeer dat maar eens in zijn kop te prenten." Moeder ziet een baan als schoolmeester als een beschavingscommissie, nou, hem niet gezien. Schoolmeesters moeten orde houden in een klas vol blèrende kinderen, een rotbaan die hem gestolen kan worden.

Vader zegt niets, hij houdt zich buiten de discussie, stopt een pijp en hult zich in een rookwolk. Daan zegt hardop mijmerend – meer tegen zichzelf dan tegen de anderen -: „Misschien ga ik wel naar de Hogere Zeevaartschool, ga ik varen, vele landen zien, net als mijn broer."

Het is voor het eerst dat hij zich 'spiegelt' aan de voor hem onbekende broer en het slaat in. Moeder schuift haar stoel met een ruk over het zeil en snauwt: „Je weet niet waar je over praat."

Vader blaast een rookwolk uit en zegt: „Ik zou me maar drie keer bezinnen."

Doevedans zegt niks. Hij kijkt van de een naar de ander, neemt gehaast een slok koffie en kliedert op zijn kiel. Moeder, meteen weer bij het moment van nu, spot: „Zul je je vrouw straks horen."

„Ik heb geen vrouw, dat weet je, vrouw Kooistra." Doevedans wrijft de koffie van zijn kiel.

Moeder opeens vol vuur: „Zoek dan een vrouw, je hebt er al een op 't oog, toch?"

„Ja," bekent Doevedans opeens volmondig.

En prompt waarschuwt vader: „Pas op, Nol, trouwen is houwen."

Moeder, opeens gehaast, grijpt weer naar de koffiepot, tilt het deksel op en tuurt erin, dan zegt ze: „Er zitten nog een paar bakkies in... Jij Nol?"

Ja, die zal 'nee' zeggen, en vader schuift ook zijn kom toe en zegt: „Schenk maar vol."

De koektrommel gaat ook nog eens rond en moeder toch een tikkeltje nieuwsgierig naar wat Doevedans opeens zo openhartig zei, vraagt: „Kennen we haar?"

Nols blik zweeft door de keuken en hecht zich aan het bordje waarop de wandtekst 'Tel uw zegeningen één voor één' staat, kijkt naar moeder en zegt: „Ja, je kent haar heel goed, nog wel van dichtbij."

„Eentje van de dijk?" Pas op, moeder gaat vissen...

„Je wordt warm." Nol neemt een hap uit z'n janhagel en spoelt het weg met een slok koffie. Moeder laat in haar geest alle jonge meiden die ze kent de revue passeren en komt tot de slotsom: „Guurtje Dekker."

Met een harde tik komt vaders kom op het schoteltje terug.

„Die haaibaai? Van d'r eerste kerel gescheiden, en d'r tweede is ervandoor."

„Toe, toe," stuift moeder op. „Smeer nog meer met pek! Weet wel, we hebben onszelf niet gemaakt en naar het volmaakte moet je lang zoeken."

„O, dat weet ik al zolang," gaat vader erop in, „en dat dat pijn doet, kan ik je verzekeren."

Plots zegt Doevedans schuw: „Het is Wouke."

„Hè?" Moeders mond valt open van verbazing. „Wouke?"

En vader, bedachtzaam knikkend: „'t Is een lieve meid en je keus is niet slecht, maar zij moet nog willen."

Een diepe zucht en dan aarzelend: „Zou ze willen?"

Vader legt zijn pijp in de asbak: „Dat vraag je mij?"

Doevedans zegt met een diepe zucht: „Ik loop er al jaren mee op de tong, maar durf het niet te vragen."

Vader glimlacht: „Je zal toch moeten en niet achter jezelf weg-kruipen."

Doevedans zit op zijn stoel te draaien alsof hij op brandnetels zit en vader zegt: „Zo te zien, zit je er nogal mee."

Doevedans strijkt bedenkelijk een paar maal langs zijn kin, kijkt van vader naar moeder, van moeder naar vader, en vraagt aarzelend: „Wat denk je, Maarten, zou ik een kansje maken?"

Maar voor vader iets kan zeggen, schiet moeder uit haar slof: „Wouke, een 'ouwe' vrijster van ruim over de dertig?"

Doevedans met een halve lach: „Nou en? Ik ben al over de veer-tig."

Moeder plots fel: „Ze heeft geen mannenvlees, geloof me."

Opeens begint Doevedans te lachen. „Hoe weet jij dat nou, vrouw Kooistra?"

Ja, hoe weet een moeder dat? Maar Daan heeft Wouke ook nooit met een vrijer gezien. Wouke, van voren net zo plat als van achter en dan die houterige loop. Nee, voor een man zit er niet veel aardigheid aan.

„Hoe ik dat weet, zal ik mijn eigen dochter niet kennen?" zegt moeder.

„Zeg Nol, hou je van Wouke?" Vader, rustig als altijd.

„Houden van?" Doevedans kijkt stilletjes voor zich uit en schijnt over die vraag na te denken. En komt tot de conclusie:

„Ja, wat moet ik daarop zeggen? Houden van, ik zie het zo, de eerste liefde is voorbij, al jaren. Wat rest, is nog een gezamenlijk leven en wat geborgenheid, zowel voor haar als voor mij, meer valt er niet te wensen, al laat Wouke me lang niet onverschillig." Dan hoopvol: „Zou ik een kansje maken?"

„Trek de stoute schoenen aan en vraag het haar," zegt vader.

„Ze zal het goed bij me hebben..."

Vader knikt. „Ja, je hebt nu vast werk in de griend, af en toe een braadje paling en een genekte eend naar huis, dan kom je er wel."

„Ach, wat een onzinnig gepraat toch," zegt moeder. En met ingehouden drift zet ze de vuile kopjes in elkaar. „Wouke, is dat een type om te trouwen?"

Er komen fronsrimpeltjes in vaders voorhoofd. „Waarom een ander wel en zij niet?"

„Omdat, omdat..." Spinnijdig valt moeder onverwacht Doevedans op zijn huid: „Hoe moet ik het aan je verstand praten, Nol? Jij jarenlang weduwnaar en nu opeens..."

„Niet opeens, vrouw Kooistra, ik loop al lang met dat plan in mijn kop."

„O, nou, ik zeg je, Wouke is geen vrouw voor een huwelijk. Koud als ijs."

„IJs kan smelten." Doevedans weer.

„Jij, jij..." Moeder maakt de zin niet af, stap-stap, ze loopt door de keuken. Moeder is altijd in de weer, is het niet in huis, dan wel in de tuin.

Vader daarentegen wordt zichtbaar ouder, hij telt de jaren af naar zijn pensioen, soms komt het voor dat hij tegen het werk opziet in de griend en het dan aan Doevedans overlaat.

Moeder, nog steeds zichtbaar uit haar humeur, drentelt heen en weer tussen het aanrecht en de tafel, doet een graai naar de koffiepot, spoelt hem onder de kraan schoon en zegt met een blik in het hangend spiegeltje boven de gootsteen, waarin ze de twee mannen ziet: „Wordt het niet langzamerhand tijd?"

'Dat is om zo te zeggen precies een dolkstoot naar vader,' denkt Daan. Ze staan al overeind, drinken haastig de bakkies leeg, zetten hun petje op en dan zegt vader quasi-vrolijk: „Orders van hogerhand, dan gaan we maar, Nol."

Maar ze gaan niet, want wie stopt er met veel remgeknars voor het huis? De jonker in zijn zilverkleurige Mercedes. Maarten vraagt verwonderd: „Wat komt die hier rondsjouwen?"

„Dat hoor je zo wel," zegt moeder. „Die maakt van zijn hart geen moordkuil."

'Die' is de edele jonker Friedrich, die met een kop vol zorg en de smoor in zijn lijf op een stoel neerploft en gelijk met de deur in huis valt: „'t Is weer 'hommeles'." De jonker trommelt met zijn vingers op het tafelblad.

„U bedoelt?" polst vader zeer voorzichtig, want het gezicht van de jonker staat op onweer.

„Hoe ik het bedoel, Kooistra? Het waterschap, dat bedoel ik."

O jee, het is weer een keertje mis, de jonker ligt in de clinch met de heren van de Heemraad. Het hangt als een dreiging in de keuken, en zijne edele gebruikt daarbij zijn griendwerkers als bliksemafleider.

Maartens gedachten draaien op volle toeren, wedden dat het gaat over de aflevering van die partij rijshout, die niet bepaald geschikt was voor een zinkstuk. Dat vraagt dikke wiepen van eerste klas Hollands rijshout, dat geschikt is voor het onder- en bovenrooster. Als je dat hout niet hebt, dan hoef je het niet te proberen. Maarten waagt het tegen zijn 'broodheer' te zeggen: „Ik heb u er van tevoren op gewezen, meneer."

„Ja, ja, je bent de tweede die me daarvoor op m'n 'vessie' spuwt," bromt de jonker. „Maar goed, je hebt gelijk en de hoge heren staan in hun volste recht, maar toch is het dubbel zo beroerd dat ik heel die partij terugkrijg. Dat me dat niet lekker zit, dat zul je wel begrijpen?"

En of hij het begrijpt, hij loopt al menig jaartje mee, maar als zijne 'edele' nu eens naar een oude griendwerker had willen luisteren, had het hem een hoop 'soesa' bespaard. Maarten moet dat even kwijt, als man tegen man. Hij zegt het heel voorzichtig, want al is de jonker een oprechte kerel, af en toe kan hij raar uit de hoek komen, dan weet je het maar nooit.

Maar de jonker heft zijn hand op en zegt: „Genoeg Kooistra, genoeg. Het probleem lost zich wel weer op, ik zal Gom Govers eens opbellen. Vorig jaar kwamen we het ook overeen, toen hadden ze net een partij rijshout nodig om de border langs een kanaal op te vullen. Je mag wel stellen dat ik toen mazzel had om in één keer heel de partij van de hand te kunnen doen. En het moet gezegd worden dat ze goed zijn van betalen."

Zo, zo, dus de jonker had mazzel, de jonker heeft altijd mazzel. Zo zie je maar weer dat de jonker en Gom Govers, dat de hoge heren elkaar niet in de steek laten. Ze houden elkaar de hand boven het hoofd.

Jonker Friedrich tovert zijn zilveren sigarettenkoker tevoorschijn, steekt een sigaretje op en presenteert zijn werkvolk er ook een. Doevedans zegt met een grijns: "Dank u, meneer", maar steekt de sigaret achter zijn oor. Hij gruwt van die 'stinkstokken', geef hem maar een stukkie 'negeret', daar houdt een mens het leven bij.

Maarten toont meer moed: „Het is goed bedoeld, meneer, maar ik hou me bij mijn pijp."

„Zo heeft een ieder zijn voorkeur," meent de jonker. Hij legt zijn ene been over de andere, plukt een denkbeeldig pluisje van zijn broek en tipt de as van zijn sigaret in de glazen asbak. Fem denkt: „Aristocratische handen, slank en goed verzorgd, maar geen verlovingsring, wat moet je dan van al die praatjes denken? De jonker is in het oog van menige vrouw een begerenswaardige partij... En plots valt uit haar mond: „Wat hoor ik, meneer, heeft u trouwplannen?"

Meneer strijkt met zijn hand over zijn gladgekamde haren, fronst zijn wenkbrauwen en zegt peinzend: „Zo zo, ja ja, nieuws gaat altijd vlugger dan je benen je kunnen dragen. Nu, mevrouw Kooistra, het is waar, binnenkort ga ik de grote stap wagen... Niet dat de vrouwen me vreemd zijn, ik heb ze altijd gezien als aangenaam gezelschap, maar nu ik om en nabij de veertig ben, wil ik de huwelijksstaat toch eens van dichtbij meemaken."

Jonker Friedrich, die zo cynisch over het huwelijk praat, dat moet Fem toch even verwerken en met een blik op zijn vinger zegt ze een beetje schuchter: „Trouwen, u draagt niet eens een ring?"

„Een ring, daar zie ik het nut niet van in."

„Maar meneer, dat is toch de gewoonte?"

De jonker lacht wrevelig: „Zo'n martelband, voor mij totaal overbodig, gewoontes waaraan ik voorbij loop, begrijpt u?"

Ze schudt haar hoofd, nee, ze begrijpt die koele, cynische praat niet. Je zou toch denken, de jonker een telg uit een adellijk geslacht... Maar een voorbeeldig leven, ho maar. Ze werpt een blik op haar trouwring, voelt zich onrustig en gaat bij zichzelf te biecht. Ward, Daan, en haar 'trouw' aan Maarten. Maarten, een frigide man die de hunkering en de lust in het leven niet kent, zodat zij naar Ward was gegaan. Is een ring dan toch een martelband?

De jonker dooft zijn halfopgerookte sigaret uit in de asbak, strijkt weer eens over zijn glad gekamde haren en richt zich nu uitsluitend tot Maarten. Hij zegt: „Waarvoor ik feitelijk kom, is dat er weer riet moet worden geladen, Kooistra."

Maarten sputtert tegen: „Alweer?"

„Hoezo?" klinkt het plotseling hard, want die griendwerker moet nu niet denken dat hij...

„Riet laden moest vorige week ook al, meneer." De jonker altijd met die onverwachte akkefietjes, net nu hij bezig is met het punten van paaltjes.

„Nou en? Als ik zeg laden, dan wordt er geladen. Drommels nog aan toe, wie is hier de baas?"

„U meneer, maar die paaltjes moeten hoognodig worden klaargemaakt voor de kaai."

„Jij loopt altijd met die kaai op je nek, is het niet, Kooistra?"

„Ja meneer, want als die het begeeft..."

„De kaai, man die ligt daar al jaren."

„Omdat ik hem goed onderhoud, meneer, en dat weet u."

„Daar betaal ik je extra voor, Kooistra, buiten al het griendwerk om."

„Daar ben ik u dankbaar voor, meneer, maar de kaai is van groot belang voor de boel hier onderloopt, vooral dat achterste stuk, in de richting van de kikvorskil."

Ja, vertel hem wat, maar liever een beetje meer water in de griend dan minder, want dan droogt alles wat groen is onmiddellijk uit. En dat extra centje voor het laden van het riet, dat moet dan maar, dan kijken de heren wat vrolijker. En ach, hij is nog niet geheel platzak, maar rijk is hij allang niet meer, al schat Annechien hem hoger in en kijkt ze met glanzende ogen naar het goudkleurige familiewapen. Ja, ja, een goudkleurig wapen van verarmde adel, maar dat weten de dijkers niet. Nog niet. En straks die dure bruiloft met al zijn glans en glitter, die uit zijn portemonnee betaald moet worden... Valse schijn die de status hooghoudt, maar de ontgoocheling daarna zal des te bitterder zijn.

En Kooistra houdt maar vol over die kaai en tot overmaat van ramp doet Doevedans ook nog een duit in het zakje. Kooistra en Doevedans, twee paar handen op een buik. Maar ze hebben gelijk en dat maakt hem onrustig. Toch zegt hij stroef: „Geen woord meer, Kooistra, morgen eerst riet laden, daarna ga je maar paaltjes punten."

„En als daardoor het overige werk achterloopt?"

„Achterloopt?" Plots als bij inval: „Dan haal je dat toch op zondag in?"

„Op zondag?" Twee paar ogen in door weer en wind verweerde gezichten kijken hem verbaasd aan. Nol Doevedans zegt bedenkelijk: „Zondag, da's de dag des Heren."

Er trilt iets in de jonker, dan heb je hem de hand boven het hoofd gehouden en nu hij omhoog zit met dat riet laden, hoor je dat.

„Ik betaal jullie er toch extra voor?"

Ja, da's een waarheid als een koe, maar het is wel op zondag. Maarten zegt aarzelend: „Werken op zondag? Dat is een tijd geleden, meneer." Hij denkt terug aan de lange uren van zwaar en vermoeid werk om die paar gulden extra te verdienen, toen was hij nog in de kracht van zijn leven, maar nu dankt hij God als aan het eind van de dag het werk erop zit. Het werk in de griend dat nooit ophoudt, omdat het de griend is.

De jonker heeft ook zo zijn gedachten hieraan en zegt: „Ja, toen met Ward, ik weet het nog." Plots op heel andere toon: „Hoelang is die knaap nu al van huis?"

Als door een adder gebeten veert Daan overeind, alles wat tot nu toe is gezegd, interesseerde hem niet, maar wat de jonker nu vraagt, dat zet zijn oren op scherp. Voor de zoveelste maal speelt hij met de gedachte dat Ward misschien wel wat op zijn kerfstok heeft en dat hij daarom niet meer terug kan komen, zoals de lui bij het vreemdelingenlegioen die soms voortvluchtig zijn. Hoe vaak heeft hij het er niet met Doevedans over gehad, maar die wimpelde het af met: „Landloper... dief... of overtuigd christen, we wurmen allemaal voor ons broodje, en daarbij blijven we allemaal kinderen van één Vader."

Maar Doevedans, ondanks dat hij al jaren niet meer naar de

kerk gaat, heeft God in hart en gebeente. Geen wonder dus dat de man altijd zo reageert en toch kon Daan het niet nalaten een tikkeltje hatelijk te zeggen: „Jij denkt zeker terug aan vroeger toen je volop paling stroopte."

„Krek," lachte Nol. „Maar als je geen cent hebt te makken, en je hebt twee hongerige spreeuwen op het nest, dan moet je wel eens wat."

„En dan zet je het op een gappen."

„Jongen, jongen toch…" Nol schudde zijn hoofd. „Wat kom je d'r telkens weer cru mee aan, ik geef toe, het was verkeerd van me, maar nood breekt wet."

„En daarom werd je een dief?" vroeg Daan. Hij keek in Nols goedige ogen, Nol die nooit iets voor zichzelf verlangde, maar alleen voor zijn twee meiden. De lieve Anneke en die haaibaai van een Coby. En plots, met zijn gedachten bij zijn onbekende broer, zei hij: „Ward, die begreep het, hè?"

„En je vader, Daan. Vooral je vader, van hem geen woord van verwijt." Maar Nol had iets vreemds over zich terwijl hij dat zei, en Daan vroeg zich voor de zoveelste maal af of Nol meer over de familie Kooistra wist dan hij zei. En vlug vroeg hij: „Mijn vader? Hoe dan?"

Maar Nol, moe van al die opgerakelde herinneringen zei: „Laten we erover ophouden, Daan. Oordeel niet, dan zul je niet geoordeeld worden."

Gekrenkt stoof Daan op: „Ik oordeel niet."

Nol glimlachte: „Houden zo, Daan. Houden zo."

Wat zegt vader nu tegen de jonker?

„Ward… zo oud als Daan, pakweg zestien jaar."

„En geen 'hang' naar het ouderlijk huis? Dan zou je toch denken…"

Vader zegt slechts één woord: „Zeelui."

Een ironisch lachje: „Zo is dat, ze hebben hun eigen vermaak en vertier en in ieder stadje 'n ander schatje."

Vader knikt verlegen en zegt zachtjes: „Ja, dat moet wel."

Moeder zegt niks, ze zit erbij met een ondoorgrondelijk gelaat en staart stilletjes voor zich uit. Daan begrijpt haar stemming, haar oudste zoon al zestien jaar van huis, en hij heeft nooit iets van zich laten horen, dat moet heel erg zijn voor een moeder. Medelijden beroert zijn hart, hij strekt zijn hand naar haar uit.

„Moeder."

Ze schrikt op uit haar gepeins, hij buigt zich naar haar toe. „Is er wat?"

„Wat zou er zijn?"

„U kijkt zo somber."

Om moeders mond glijdt een glimlach. „Ach, jongen dat verbeeld je je maar."

„U denkt vast aan Ward," ontvalt hem, want hoe vaak heeft hij haar stilletjes betrapt als ze in het voorkamertje naar Wards foto stond te turen.

Ze weert af: „Welnee."

„Ik geloof er niks van."

„Doe het toch maar." Zijn beeld weerkaatst naast het hare in het keukenspiegeltje, hoe wreed in zijn gepolijste dienstbaarheid. Daan, in evenbeeld Ward, en zij in de loop der jaren een oudere vrouw, maar door haar heen stroomt nog steeds het bloed van haar jeugd, donkerder, zwaarder, lomer, maar nog steeds bezield met het verlangen naar die ene man. Naar Ward... haar pleegzoon, haar minnaar en de vader van haar kind. Ward is gevlucht voor een verzwegen schande, maar het meest voor zichzelf. Ward en zij, beiden tegenover derden een schuld zo zwaar en niemand is onsterfelijk.

Bam, de oude hangklok barst los in heldere slagen, het zware koperen gewicht zakt ratelend naar beneden. In de natrillende stilte komt de jonker op zijn vraag terug: „Nou Kooistra, vertel eens, wat doe je zondag?"

Vader schuift wat heen en weer op zijn stoel, voelt zich in een hoek gedreven en mompelt: „Ik weet het nog niet, meneer."

De jonker houdt echter vol. „Maar ik weet het wel, die schuit moet geladen worden en het is krap dag, maar als jij het anders weet te regelen?"

Nee, vader weet het evenmin, die zit nog steeds in over de kaai en Doevedans – die het op zondag al helemaal niet ziet zitten – weet zich plots te herinneren dat één van zijn meiden op die dag jarig is.

De jonker strijkt met zijn hand langs zijn voorhoofd, kijkt van Doevedans naar vader en weer terug , het lijkt wel of hem iets hindert, of er iets knapt in zijn hoofd. Plots springt hij overeind en slaat met zijn vuist op tafel en schreeuwt woest:

„Potverdikkeme, zijn jullie griendwerkers of niet?"

Doevedans schrikt, bijt op zijn lippen en tuurt naar buiten, maar vader zegt heel rustig: „Jawel, meneer, we zijn griendwerkers, en we werken van 's morgens zes tot 's avonds zes, dat is twaalf uur per dag, maal zes, dat is tweeënzeventig uur in de week. Begrijpt u nu waarom de zondag voor ons griendwerkers heilig is?"

„Stil toch, Maarten," roept moeder geschrokken met een blik op de grote baas.

Maar jonker Friedrich voelt zich opeens niet meer zo zeker bij het zien van Kooistra die de laatste tijd zo hard aftakelt. Hij gaat bij zichzelf te rade en vraagt zich af of hij door al die tegenslag van de laatste weken het gevoel voor verhoudingen is verloren.

Hij heeft tenslotte met levende zielen te doen en niet met stukken hout... al doet hun weigering hem pijn. Nu kan hij zich wel groot houden en zeggen 'opgedonderd' voor jullie tien anderen, maar waar haalt hij zo'n goeie griendwerker als Kooistra vandaan?

Hij toomt zich in en zegt: „Werken op zondag, ik weet dat ik je ermee overval, maar toon eens een beetje begrip voor de moeilijkheden aan mijn kant. Als dat schip voor maandag niet geladen is, gaat me dat veel geld kosten, en wat die kaai betreft, die ligt er volgende week ook nog."

Ja, daar heeft de jonker gelijk in, na de volgende week lig hij er ook nog en die volgende week daarop ook nog, maar vader loopt zogezegd met de kaai op zijn nek.

„Nou, wat doen we?" Opnieuw dringt de jonker aan. „Ik betaal jullie extra, of laten jullie me bakzeil halen?"

Vader kijkt onderzoekend naar 'zijne edele' en zegt nadrukkelijk: „U mag het niet als staken zien."

Dan gooit moeder er een woordje tussendoor. „Koppige ezels, jij en Nol Doevedans, de jonker betaalt jullie er toch goed voor?"

De jonker voelt dat hij moeder op zijn hand heeft en zegt: „Zondag, het stoot ook mij tegen de borst, maar ondanks dat moet er geladen worden."

Vader zucht en geeft zich gewonnen, en Nol – voor wie de zondagsrust zo heilig is, maar die vreest voor ontslag -, laat zijn

principes varen, zucht en mompelt: „Arm zal altijd voor rijk moeten buigen…"
Verbijsterd kijkt de jonker hem aan, schiet dan hardop in de lach. Hij slaat Doevedans op de schouder en zegt: „Arm dat voor rijk moet buigen, mag ik je er even op attenderen dat hier rijk voor arm een knieval doet? Heb je het ooit zo kras op de viool horen spelen?"

„Het houdt maar niet op met dat riet snijden en riet laden," moppert Maarten tegen Nol. „Dat is heel de maand al zo en de kaai raakt in het vergeetboek."
Nol schokt met zijn schouders, bromt: „De wet van de meester geldt, en de meester is zijne doorluchtige edele Jonkheer Friedrich Jüngemann-von-Emmerich." Uit betrouwbare bron wordt vernomen dat de bruilof hem goudgeld heeft gekost, en nu voelt hij de krimp in zijn portemonnee. Maar het geluk zit als een engeltje op de schouder van 'zijne edele', want laat het waterschap nu net een groot karwei langs de kanalen in de regio uitvoeren en karrenvrachten gesneden riet nodig hebben voor opvulling achter de boorders en bij de jonker aanbellen. Dat was kassa voor de beheerder van de griend, en voor zijn griendwerkers onverwacht handen vol werk. Om de dag is het riet snijden en riet laden en Maarten die het niet zint moppert wat af, de kaai zit hem op z'n nek, want het werk daar raakt nu achterop.
Nol sust: „De jonker is niet gek, die weet drommels goed hoe het er in de griend bij staat."
Gesputter. „Nou, je zou anders denken."
Maarten, soms een zeurpiet, hij zaagt er maar over door dat het je soms op je zenuwen werkt, maar hij heeft gelijk wat de kaai betreft, en dat met het najaar in zicht.
Daar begint Maarten weer met zijn gezeur, Nol wordt er ture-luurs van en zegt kribbig: „Jij met je klaagliederen van Jeremia, al staat de kaai op doorbreken, des jonkers wil is wet!"
De jonker baggert met lieslaarzen aan meer door de griend dan voor zijn trouwen en hij is niet te beroerd zijn blanke handjes uit te steken om een arbeidskracht uit te sparen. Gisterochtend stond hij – bij het eerste hanengekraai – plotseling voor hun neus, en de hele dag hielp hij actief mee met het laden. Soms

schoot zijn geaffecteerde stem jolig en spottend boven de hunne uit: „Vooruit knapen, geef hem van jetje, het luie zweet moet eruit! Wat sta je toch te klungelen, Kooistra. Geef hier die bos, dan draag ik hem wel. Man, man, je hijgt als een blaasbalg."

Maarten hief zijn magere, witte kop. „Het werk valt me vandaag zwaar, meneer." Hij wreef daarbij over zijn knieën.

Prompt had de jonker hem aangeraden. „Rust maar even uit, kerel. Nol en ik laden die laatste bundels wel in de schuit."

En vandaag is het van hetzelfde laken een pak, met dit verschil, dat de jonker andere zaken aan zijn hoofd heeft, en zij er vandaag maar een paar schepjes bovenop moeten doen.

Dat hebben ze gedaan, na een ochtend stevig doorwerken, leunen ze met hun ruggen tegen de rietschelf, genietend van hun welverdiende rust.

Hij pakt zijn broodzak en pakt er een paar sneeën uit, dik belegd met oude kaas. Met smaak zet hij zijn tanden erin.

Wouke, ze is goed voor hem en zijn meiden. Wouke, die toen hij na veel vijven en zessen zijn moed bijeengeraapt had en haar vroeg zijn verdere leven met hem te delen, peinzend zei:

„Je overvalt me ermee, ik moet er eerst eens over nadenken."

Dat viel hem tegen en hij stotterde: „Waarom dat?"

„Waarom? Jij bent van het houtje, en ik niet."

„Nou en?" antwoordde hij dof. „Na de dood van mijn vrouw ga ik al jaren niet meer naar de kerk."

„Dat weet ik," lachte ze. „Maar je hebt het van huis uit wel meegekregen en je weet het maar nooit."

Haar blond gezicht was naar hem opgeheven en haar ogen straalden genegenheid uit, dat ontroerde hem. Plots hoorde hij als in een echo Fems stem: „Die dochter van mij heeft geen 'mannenvlees'."

Hij zag het levensadertje dat in het kuiltje van haar keel klopte, een dronken verwarring soesde door zijn denken. Zachtjes zei hij: „Ben je bang dat ik niet goed voor je zal zijn?"

„Bang, welnee, ik wil gewoon wat bedenktijd."

Het klonk als een verontschuldiging, niet als een ontkenning en hij had moed gevat.

„Hoelang?"

„Een aantal dagen, dan hoor je het."

Na een week, net toen hij dacht dat het niks meer zou worden en hij na gedane arbeid rustig zijn krantje zat te lezen aan tafel, stond ze onverwachts voor zijn neus. Voor hij iets kon zeggen, stelde ze hem haar voorwaarde: „Ik ga op je aanbod in Nol, op één voorwaarde: ik kom als huishoudster, niet als je vrouw. Ga je daarmee akkoord, dan trek ik volgende week bij je in."

Hij twijfelde. „En als daar praat van komt?"

Achteloos haalde ze haar schouders op. „Dat komt er toch wel." Toen met een blik in de rommelige kamer: „Mijn hemel, wat een zootje en dat met twee dochters in huis! Heb je een stofzuiger, zodat ik hier de boel eens kan schoonmaken?"

Hij voelde zich overrompeld door haar manier van doen. Verbaasd keek hij toe hoe ze zoog, afstofte en de ramen zeemde. Op haar bevel hielp hij een kast verschuiven, 'want daarachter wonen ook mensen', en toen alles klaar was en ze koffiegezet en hem een bakkie leut ingeschonken had, vroeg ze: „Nou, laat eens horen, ga je er mee akkoord?"

Nu was hij het die erover na moest denken. Enfin, het is goed gekomen tussen hen, maar tegen het zere been van Fem. Die vindt dat 'samenhokken' maar niks.

Een boterbriefje biedt geen garantie voor het slagen van een huwelijk en zonder dat wettelijke papiertje wonen Wouke en hij alweer twee jaar samen. En al is het bed er niet bij, het gaat goed tussen hen. Over en weer heerst er begrip en saamhorigheid, ook wat de meiden betreft. Maar één ding knaagt aan hem: Fem is nog niet één keer bij hen op bezoek geweest, en toen hij daarover zijn grieven uitte tegen Maarten, was het antwoord: „Voor jullie zou ik willen dat het anders was, maar verwacht het maar niet, het is altijd kif en krib geweest tussen die twee." Maarten zelf komt wel af en toe om een hoekje gluren en Wouke beweert dan lachend: „Die ruikt precies wanneer de koffie bruin is."

Maarten is een goedzak en een 'ouwe' koffieleut, maar vandaag lijkt Maarten niet zo 'trekkerig', en verwonderd vraagt Nol: „Wat nou, moet je niet eten?"

Een ontkennend hoofdschudden: „'k Heb geen trek."

„Na drie uur sjouwen en dan geen trek? Voel je je wel goed?"

Ja, dat vraagt Maarten zich de laatste tijd ook af, soms heeft hij het gevoel of de werklust uit zijn body wegzakt, zoals nu bij het bossenladen. Het is een karweitje waar hij zijn handen niet voor omdraait, maar de laatste weken moet hij zijn armen en benen dwingen de anderen bij te houden en draaien de sterretjes soms voor zijn ogen.

„Je hebt een kleur als een goor hemd," zegt Nol. Erg opwekkend klinkt het niet.

„Het komt door de warmte," gromt Maarten ontwijkend en hij veegt het zweet van zijn voorhoofd. Maar het is niet warm, er staat juist een koel windje, wat een zegen is bij het riet laden. Nol meent: „Misschien heb je griep?" En bij Maartens ongelovige oogopslag: „Zomergriep, je hoort er wel meer van."

„Zomergriep in het najaar, hou eens op, zeg! Gewoon een beetje moe, dat heeft iedereen wel eens."

Ja, wel eens, maar Maarten heeft het de laatste tijd wel vaker. Dan hapt hij naar adem en dwingt zich voort. En al doet Nol alsof hij niks ziet, hij heeft zijn ogen niet in zijn zak zitten.

Hij werpt een zijdelingse blik op Maarten, die zwaar kauwend een hap brood door zijn keel tracht te wringen. Hij slikt en slikt, jaagt er een paar slokken koffie achteraan, klapt het broodtrommeltje dicht en gromt: „Brood met bloedworst, mijn smaak niet."

Nol grinnikt. „Ze zullen kwarteleitjes voor je bakken, nou goed?"

„Kwarteleitjes?" Geprikkeld stuift Maarten op: „Kerel, hou toch je bek!"

Hij is misselijk, heeft het gevoel of zijn kop volgepropt zit met watten en zijn wangen gloeien. De vlammen slaan hem uit, het liefst dompelde hij zijn kop in de kreek, misschien dat hij dan wat zou afkoelen.

„Nou, nou," mompelt Nol lichtelijk geschrokken. Zo opvliegend kent hij Maarten niet. Misschien mot gehad met Fem over Ward. De laatste tijd hebben die twee het veel over Ward. Ward is zo gezegd 'de verloren zoon'. Ward die van de aardbodem is verdwenen, al meer dan achttien jaar. Daan lijkt op hem, maar hij is toch net iets anders. Daan hangt met hart en ziel aan de griend, wat hem een wit voetje bij de jonker bezorgd. Dat jong zwerft met 'zijne edele' door de griend of hij zit bij hem thuis. Dat zet kwaad bloed bij Fem en ze mokt: "Hij spiegelt zich te veel aan de adel."

128

Maar Maarten meent dat Daan daar te verstandig voor is. Daan is een leerhoofd, die zich aan niemand spiegelt. Hij is mans genoeg om in de toekomst zijn eigen boontjes te doppen."

De toekomst die soms heel anders loopt dan je in je stoutste dromen durft te dromen. Neem hem en Wouke, hij houdt van haar, maar Wouke trekt haar grens, het is tot hier en niet verder. En dan laat je het wel uit je hoofd, hij wil geen brokken maken.

„Nol?"

Hij kijkt op, Maarten scheurt zijn gedachtespinsels aan stukken.

„Hoe laat zou de jonker ook alweer hier zijn?"

„Een uur of twee." Jonker Friedrich helpt de laatste tijd veel in de griend. Je vraagt je af of hij niet krap bij kas zit. Als je het over de duvel hebt, trap je hem op zijn staart, want wie komt daaraan? De jonker. Gehaast krabbelt Maarten overeind, de laatste schelven hadden al geladen moeten zijn. De jonker zal wel denken…

De jonker echter denkt niks, hij trekt zijn jekker uit, gooit hem bij een schelf neer en zegt: „Hoe diep zitten de heren erin?" Intussen telt hij de schelven, een, twee, drie, nog vijftien. Als we het een beetje vlot aanpakken, is het voor de namiddag gepiept. Dan vlug naar huis, douchen en vanavond uit met kennissen. Dineren in een luxe restaurant, dure spijzen en dure drank laten serveren om de kale jonkers die bijna platzak zijn de ogen uit te steken.Annechien, het lieve kind, houdt oprecht van hem en in haar naïviteit gelooft ze alles wat hij haar vertelt. Maar hij verzwijgt voor haar dat hij bezig is zijn laatste 'ton' op te snoepen en dat – als ze op de oude voet blijven doorleven zoals nu hij straks net zo plat is als die 'kale' jonkers. Het wapen boven de schouw is het enige wat hem herinnert aan goede, vervlogen tijden.

Hij stapt in zijn laarzen, rolt zijn hemdsmouwen op en vraagt: „Op tijd, mannen?"

„Ja, meneer." Van onder zijn borstelige wenkbrauwen kijkt hij naar zijn werknemer Doevedans. Eerst stroper in de griend en nu vast werker, dat mag je geluk noemen of niet?

„Hoeveel schelven nog, mannen?" Hoor hem, alsof hij niet net geteld heeft.

„Nog vijftien, meneer."

Een onhoorbare zucht. Ach, nog vijftien van die ruige, roestbruine schelven. Hup, een bos op je schouder en in het ruim, en zo maar door. Hij leert de ellende aan eigen lijf kennen, met het interen van zijn kapitaal, maar of hij er ooit aan zal wennen? Vooruit dan maar weer, de schouders eronder, quasi-vrolijk het voorbeeld geven. Daar gaan ze weer, de beheerder en zijn griendwerkers, diepgebogen onder de bossen riet, van de schelf naar het schip, met ieder zijn eigen gedachten. De jonker aan zijn verloren centjes. Nol aan Wouke, die voet bij stuk houdt en niet wil trouwen. En Maarten denkt eraan dat hij het tempo van die twee niet bij kan houden. Maar hij moet en zal! Zijn handen grijpen in een bos, hup op zijn schouder, het duizelt hem. Bossen, bossen, hij ziet niets dan bossen, zijn hart bonst bijna uit zijn karkas.

Nol zegt wat tegen hem, maar wat hij zegt, dringt niet tot hem door. De jonker komt naar hem toe, met een blik taxeert hij de bossen: „Je schiet niet erg op hè, Kooistra?"

„Het valt wel mee, meneer." Het zweet prikt hem onder de haren en hij staat op zijn benen te trillen. Hup, weer een bos op zijn schouder. Het lijkt wel of die dingen steeds zwaarder worden. Een stap, nog een stap. Hij wankelt, de jonker schiet naar voren, pakt zijn arm en ondersteunt hem. „Rust maar even uit, Kooistra. Doevedans en ik maken het karwei wel af."

„Dank u, meneer." Versuft en krachteloos leunt hij tegen de schelf. Het suffe gevoel in zijn kop zakt weg, zijn hart slaat weer normaal. Hè, hè, even zijn benen strekken, dan kan hij straks weer meedoen. Kijk ze stappen die twee, als ooievaars op hoge poten. Toch geen beroerde vent, de jonker, en Nol ook niet. Opeens moet hij aan Ward denken. Ward, m'n jongen, ben je je oude vader vergeten?

De vader die jij 'de horens hebt opgezet', maar die bij zichzelf te rade ging en jou daardoor alles kon vergeven. Hij zit hier lekker, hij rochelt een paar maal alsof er een vliegje in zijn keel zit. Reuze stom dat hij geen sneetje brood heeft gegeten, dan heb je een bodem in je maag, dat heb je nodig als je werkt. Langzaam glijdt zijn blik over de griend, waarmee hij is vergroeid.

Aan het eind van de kaai, op de laadplaats, werken Nol en de jonker zich een slag in de rondte met het riet laden. Jonker Friedrich, met zijn cynisme, soms kan je geen pijl op hem trekken. Maar ach, de adel en Jan Boezeroen, het is een wereld van verschil, maar al met al hebben ze het als baas met de jonker getroffen. En Nol, die lange lier, ook geen beroerde vent, goed voor Jan en alleman, maar toch, de schaduw van Ward blijft pal achter hem staan. En Nol en Wouke, zal hij dat tweetal ooit getrouwd zien? Aan Nol zal het niet liggen, hij is dol op Wouke, maar Wouke op hem? O, geen kwaad woord over Wouke, maar ze is zo anders dan de vrouwen die hij kent. Iets zegt hem dat ze van Ward houdt, als het haar pleegbroer niet was, had hij het zo net niet geweten.

Die gedachten aan Ward, de verloren zoon, niet meer aan denken. Achterom kijken heeft geen enkele zin, het feit ligt er, er valt niets meer aan te veranderen. En Daan, die lieve jongen met zijn goudeerlijke karakter en hart voor de natuur. Bioloog wil hij worden, nou zijn zegen heeft hij. Hè, dat geruis in zijn oren en die duizeligheid komt ook weer opzetten. Toch maar eens naar de dokter, zo kan het niet blijven.

Hij suft en soest. Hè, eigenlijk moest hij even een tukkie doen, dan is hij straks weer het heertje. Hij zakt wat onderuit, lekker zit hij zo, de vermoeidheid trekt uit zijn botten. Kijk, kijk, in de verte komen Nol en de jonker aanlopen. Dat is straks weer in de benen, Maarten Kooistra…

De jonker zegt: „Nog een rietschelf, Nol, dan hebben we het gehad, dan kun je straks naar huis, dan verrast: „Verhip, kijk nou eens, Kooistra ligt zowaar te pitten, en dat tegen de laatste schelf die wij moeten laden." Zachtjes schudt hij hem aan zijn schouder heen en weer.

„Word eens wakker, Kooistra."

Maarten zakt scheef weg, zijn mond hangt halfopen, er druipt een straaltje speeksel uit.

„Kooistra!" De jonker roept iets luider. „Allemachtig, kerel, heb jij de ronk erin…"

Geen beweging. Maarten kijkt hem aan met starende ogen.

,De jonker deinst verschrikt achteruit. Maarten Kooistra heeft een 'stille' beroerte gehad, dat wordt kaarsen branden op het altaar.

HOOFDSTUK 8

Fem loopt samen met Daan langs de graven. Ze gaan een bloemetje brengen bij Maarten. Het is alweer drie jaar dat hij dood is, en als nabestaande wen je daar nooit aan. Het is stil op het kerkhof, het enige geluid dat je hoort, is het getsjilpt van de mussen in de bomen. Toen Maarten was overleden hebben ze een collecte gehouden onder de 'dijkers', voor een bloemetje. Als blijk van medeleven voor de nabestaande. Daan en Wouke hadden erop gestaan dat Maarten een steen kreeg, dat werd in het begin geharrewar, een steen zag Fem niet zitten, een steen kost geld, veel geld. Zelfs uit iemands dood slaan ze nog een slaatje, en wat heb je eraan als 'dooie'? Aan de overkant wordt een mens gewogen naar zijn daden en daar kan op aarde zo'n steen met daarop die mooi gebeitelde tekst 'in de Heer ontslapen' geen invloed op uitoefenen. Al is onder de levenden het motto 'van de doden niets dan goeds', en Maarten wás goed, té goed. Slechts eenmaal heeft Fem daar misbruik van gemaakt, met verstrekkende gevolgen. Daar is Daan uit voortgekomen, Maartens kleinzoon, die voor de buitenwacht als zijn zoon doorgaat. Maarten heeft er diep onder geleden, maar niet dat hij Fem daar enig verwijt over heeft gemaakt, want hij aanvaardde alles zoals het was. En hoeveel malen heeft ze zich niet afgevraagd of zij de oorzaak was van Maartens plotselinge dood. Heeft dit alles daaraan meegewerkt? Diep in haar hart voelt ze zich daaraan mede schuldig. Daan weet daar niets van, en gelukkig maar! Hoe zou ze haar misstap tegenover hem moeten verklaren? Na veel geharrewar tussen hem en haar heeft hij Maartens plaats ingenomen. Hij werkt van 's morgens vroeg tot 's avonds laat in de griend. Van verder studeren voor bioloog is niets gekomen, er is natuur genoeg in de griend en dan vader waar hij zoveel van hield... Ze was er stil van geworden. Ze drong er niet langer bij hem op aan dat hij moest studeren, met dwang werd het toch niks. Misschien komt het daardoor dat haar stem bij verschil van mening niet meer zo snijdt als vroeger, toen Maarten nog leefde.

Aan het eind van de laan staan ze stil. Moeten ze links of rechts of rechtuit, ze twijfelt. De weg naar het kerkhof is de weg van haar geweten. Die weg weegt als lood, dus zo vaak gaat ze niet. Ze kijkt naar Daan en vraagt: „Weet jij het?"

„Ja, moe, rechtuit, tweede pad links."

„Ja, jij zal het niet weten, en het nummer van het paaltje?"

„Paaltje?" Verontwaardiging. „Vader heeft al een jaar een steen!"

Ja, dat is waar ook, eindelijk heeft Maarten een steen. Een mooie, roodgranieten steen, met daarop de fraai uitgebeitelde tekst 'Hier rust onze lieve man en vader'."

Maarten, een onverklaarbare weemoed zinkt in haar neer. Hij heeft haar misstap vergeven, haar de hand boven het hoofd gehouden en voor schade en schande behoed.

Maar zij heeft nooit gevraagd hoe moeilijk het voor hem was om dit jaar in jaar uit voor de buitenwereld vol te houden. Deed hij dit voor Daan? En ook een beetje voor Ward, de verloren zoon?

Een vraag die haar meer en meer martelt, haar wanhopig maakt tegenover de aanklacht van haar geweten. Het duizelt haar, ze is verdwaald in een donker doolhof van zonde en bedrog en ze weet de weg niet terug naar het licht.

Waarom kan men niet beminnen zonder te zondigen? Ze hangt kerk noch geloof aan, maar ze kent nu de pijn van zielennood, waarover ze met een ander niet kan praten. Graven, graven niets dan graven. Het voorportaal van de eeuwigheid. Hoe lang is het geleden dat ze op het kerkhof liep? Acht, negen maanden of nog langer. Als ze er komt, komt ze er beroerd vandaan en 's nachts droomt ze prompt over Maarten die haar stil verwijtend aankijkt. Ze dankt God als ze eruit wakker schiet.

„Stil hè moe, op zo'n kerkhof," zegt Daan. Hij heeft witte rozen gekocht voor zijn vader. Hij zegt: „Als je hun namen vergeet, dan ben je pas dood." En Wouke meent: „Alles slijt op den duur, ook rouw." Maar wat Nol, die 'fijne', zegt slaat alles: „Als leven smart is, is sterven gewin."

„Moe?"

„Ja."

„Waar ligt grootvader begraven?"

„Grootvader?"

„Ja, uw eigen vader. Wat kijkt u me nu stomverbaasd aan…"

Ja, natuurlijk, ze had ook een vader. Dat is jaren terug, hij ligt hier ergens begraven. Laat eens kijken, op het oude gedeelte, maar waar eigenlijk?

„Die heb jij toch nooit gekend?"

„Maar daarom is het wel mijn grootvader."

„Je, eh…grootvader, jawel." Met stijfvertrokken gezicht loopt ze langs de graven. O, alsjeblieft, laat Daan niet verder vragen!

„Wat deed uw vader voor de kost, moe?"

Het trilt in haar, waarom dringt hij toch zo aan?

„Gewoon, werkman op een conservenfabriek, en ik herinner me ook dat hij daar een ongeluk heeft gehad, hij werd door een drijfriem gegrepen. Hij heeft drie maanden in het ziekenhuis gelegen, daarna nog een halfjaar thuis, en aan het eind van het liedje afgekeurd, met een mager pensioentje."

„Goh, wat erg."

„Ja, geluk is anders…"

„Dat is een mooie steen, moe, die daar, van blauw graniet. De familie van de jonker heeft een witmarmeren graf, met daarop hun namen in goudkleurige letters."

„Zo, kind." De jonker, wat weet ze van hem, laat staan van zijn adellijke familie. Voor Daan is de jonker een begrip, een man met een geestelijke ontwikkeling waaraan hij zich optrekt. Daan is dan ook meer thuis bij de jonker dan bij haar in de huiskamer, en dat zint haar steeds minder. Als Daan dan ook vol enthousiasme zegt: „Het zou je verwonderen, moe, als je wist hoeveel die man over mens en dier weet."

„Dat soort mensen probeert distels in rozen te veranderen."

„Nou ja…" viel Daan verbaasd uit. „Wat u nu zegt, slaat nergens op."

Is dat zo, zoals Daan zegt? Ze heeft het gevoel of de jonker zich meer en meer tussen haar en Daan in plaatst en dat wil ze niet. Zachtjes dringt ze aan: „Je ligt bijna bij de jonker in de kost, je moet eens wat meer thuisblijven."

„Waarom? Of het daar na vaders dood zo gezellig is."

Maarten. Het schokt door haar heen. Altijd heeft hij meer om Maarten gegeven dan om haar.

„Kijk moe, die mevrouw brengt ook witte rozen, net als wij."

„Jij brengt witte rozen, Daan."

„U toch ook, moe?" vraagt hij verwonderd.

Moet ze nu zeggen: 'jij, lieve jongen, want ik weet niet eens of hij van witte rozen hield'? Ze zegt: „Een bloeiende plant was misschien beter geweest, rozen verwelken zo gauw."

Daan denkt na en komt tot de conclusie: „Een vaste plant moet je water geven en daarvoor komen wij niet vaak genoeg op het kerkhof."

De mevrouw met de witte rozen gaat hun voorbij. De bedwelmende geur van een duur parfum, het gezicht bedekt door een zwarte sluier en gekleed in een zwarte, fluwelen mantel. In de dood is arm en rijk gelijk.

„Daar is het, moe." Resoluut loopt Daan op het graf af, zij volgt met lood in haar schoenen en voelt zich onzeker. Het windje ruist door de bomen, er dwarrelen bladeren neer op het graf, vlug veegt Daan ze weg. Hij vult de vaas met water bij de gemeenschappelijke kraan, komt terug en plaatst hem op het graf. Hij zet met zorg de rozen erin en plukt rondom wat vuiltjes weg Fem staat erbij of dit alles buiten haar omgaat, ze wil hier weg. Terug naar huis, naar haar eigen wereldje.

„Ga je mee, Daan?'

„Nog een paar vuiltjes, moe."

„Of dat wat uitmaakt."

„Voor mij wel, vader moet er netjes bij liggen."

Vader, of er een pijl op haar wordt afgeschoten. „Schiet dan een beetje op, we zijn nog niet thuis..."

„Gaat u alvast maar, ik haal u wel in."

Hij weet het allang, moeders hart spreekt niet bij het graf, moe is een harde. Ze heeft geen traan gelaten, ook niet tijdens de begrafenis, ze stond erbij met een verbeten gezicht en als iemand over vader begon was het: „We zullen wel zien hoe we het redden, het leven gaat door."

Hij springt op.

„Klaar, moe."

„Ga dan maar gauw mee, het is een lange tippel."

Ja, dat is waar, het kerkhof ligt buiten het dorp, en dan moeten ze nog op de dijk aan.

Moeder, anders tuk op een praatje, loopt stevig door. Een groet hier, een knikje daar, langs de bakkerszaak van Carels, de groentezaak van Krijns, en de manufacturenzaak van Borst, met aan weerskanten spiegelende etalageramen.

Hij houdt zijn pas in en wijst. „Kijk, moe, nieuwe manchesterbroeken, bij aankoop de ander voor half geld."

„Lokaas," antwoordt ze. „Leer mij Borst kennen, sta niet zo te teuten voor dat raam, we zijn nog niet thuis en ik heb trek in een bakkie."

Hij waagt een kans. „We zouden langs Wouke kunnen gaan." Wouke en Nol waar het altijd met nee-zeggen begint en met ja-lachen eindigt. Hij mag er graag zijn, maar met moeder ligt het anders. Daar heb je het al.

„Wat? Ja, die ziet ons aankomen, nergens smaakt m'n bakkie koffie beter dan thuis."

Zo, dat weet hij ook weer. Naast hem loopt moeder het programma van de verdere dag in elkaar te draaien. Ze moet nog dit, ze moet nog dat, en voor je het weet is de dag alweer om.

Maar hij weet beter, wat ze zegt over dat bakkie leut is waar, maar het is ook waar dat moe niet graag bij Wouke komt, want het zit haar nog steeds hoog dat 'samenhokken' van die twee, en wie wordt erop aangekeken? Juist, een moeder. Eerst dat met Ward, wat haar ook niet in haar 'kouwe' kleren is gaan zitten, en nu dat gedoe met Wouke, dat geeft je als moeder grijze haren.

Zijn grote onbekende broer en nooit een lettertje. Vader heeft wel eens inlichtingen ingewonnen bij een of andere rederij. Het enige dat ze te weten kwamen was dat Ward op de wilde vaart zit, en dat is het.

Moeder raadde vader aan: „Houd er maar mee op, voor hem is het een afgesloten periode."

Vader: „Ik denk dat je gelijk hebt."

In zijn fantasie zag hij zijn broer over de wereldzeeën varen, van de ene havenstad naar de andere. Havensteden die hij in zijn atlas aanstreepte met een rood potlood. Havensteden met levende mensen, net als zij hier in de griend.

Als hij daar met moeder over sprak, was het altijd 'je broer' Vader echter nam het woord 'broer' nooit in zijn mond. 't Was altijd Ward.

Ze gaan de brug over van het kanaal, op het afgebladderde sluiswachterhokje hangt een aanplakbiljet met daarop het reglement van de binnenscheepvaart.

Plots valt uit zijn mond: „Als Ward nog eens thuiskomt, zal hij veel te vertellen hebben."

„Je droomt hardop."

„Nou ja, jaren op de wilde vaart."

„En hij zal jou al die verhalen moeten vertellen?" In moeders stem ligt een gespannen klank.

Hij sputtert tegen. „Ik hou van verhalen, dat weet u toch? Spannende verhalen uit vreemde landen."

„O, en denk je dat daar alles mooier en vrolijker is dan hier?" Hè, wat klinkt moeders stem weer kortaf.

„Dat niet direct, maar wel anders."

„Anders? Ja, in jullie fantasie, maar overal komt het op hetzelfde neer. Of loop jij ook met de wilde vaart in je kop?" Ze huivert en moet er niet aan denken.

„Welnee, hoe komt u daarbij, ik zit in de griend."

Ze slaat een zijdelingse blik op hem, treffend zoals hij op Ward lijkt, maar vrijer, wijzer. Daan kiest ervoor mens te zijn. Zachtjes zegt ze: „Je moet maar denken, Daan, nergens is het zo goed als thuis."

Juist, nergens zo goed als thuis. Zo denkt Nol er ook over, maar Nol is een 'fijne' die voor en na het eten zijn handen vouwt op het witte tafellaken en dan maar prevelen, want hardop de woorden uitspreken doet hij niet. Alleen het 'amen' klinkt luid en duidelijk en 'dat het u wel moge bekomen'.

„Van hetzelfde," zegt Wouke dan. Ze ruimt dan de tafel af en gaat in de keuken afwassen. Hij was haar eens een keer achterna gelopen en had gevraagd: „Waarom bid jij niet en Nol wel?"

Een onthutste blik, toen: „Ik ben geen 'fijne' zoals Nol, die hangt om zo te zeggen van genade en zegen aan elkaar."

„Maar man en vrouw zijn toch één?"

Een snelle ademhaling: „We zijn geen man en vrouw, we 'hokken', dat kan iedereen je vertellen."

Ja, dat is waar, ze 'hokken'. „Ga dan trouwen," komt het er moeilijk uit.

„Trouwen? Wees wijzer, Nol en ik staan heel verschillend tegenover het leven."

„En daarom bid je niet?"

„Dat staat erbuiten, ik vind bidden 'schuilhokkie' spelen met jezelf."

„En Nol?"

„Die probeert in alles de nadruk op het goede te leggen."

„O, en daar is bidden een onderdeel van?"

„Dat moet je aan Nol vragen, en ga nu de keuken eens uit, want je staat me in de weg."

Het gesprek met Wouke liet hem niet los en een paar dagen later was hij er, tijdens het fuikenzetten, tegen Nol opnieuw over begonnen. Nol krabbelde onder zijn hoedje, had hem peinzend aangekeken en gezegd: „Komt dat van jou of van Wouke?"

„Van Wouke." Over dat 'schuilhokkie' hield hij wijselijk zijn mond, hij kon het om de een of andere onbegrijpelijke reden niet over zijn lippen krijgen.

„Als ik het niet dacht, en nu vraag jij mij…? Omdat ik er rust bij vind, Daan."

„Daarom alleen?"

„Nee, niet alleen daarom." Nol zakte op de doft neer en strekte zijn lange benen, oogde een minuut lang naar zijn zwarte, wollen sokken en vervolgde: „Ik ben dankbaar om wat ik heb. Wouke, mijn meiden, en een vast betaalde baan in de griend."

„Dus goed beschouwd ben jij tevreden met je lot, blijft er voor jou niks te wensen over."

Nol streek over zijn stoppelbaard van drie dagen en scheen na te denken. Hij schoof zijn hoedje achterover, glimlachte en zei: „Je haalt wat overhoop met die vragen, jongen, en daar moet ik op antwoorden. Goed, er blijft altijd wel wat te wensen over."

„En dat is?"

„Dat Wouke nog eens mijn wettige vrouw mag worden. Maar genoeg erover, Daan, we gaan aan de slag, de centen van de jonker zijn niet van blik."

Het gesprek met Nol had nog dagenlang nagespookt in zijn kop, en op een avond – moeder breide aan een vest voor Wouke – was hij er met haar over begonnen.

De naalden vielen stil, ze had hem verrast aangekeken en gezegd: „Door wie ben jij daar zo in geïnteresseerd?"

„Door Nol."

„O, Nol." De breinaalden tikten weer. „Als die niet met kousen en schoenen aan in de hemel komt…"

Haar antwoord stuitte hem tegen de borst en zei: „Nol vindt anders rust in zijn geloof."

„Zo, en trekt hij daar een verzaligd gezicht bij?"

Hè, waarom doet ze zo kattig? „Nee, hij kijkt er gewoon bij."
„Dat valt me mee. 'God heeft alle mensen lief', jawel, morgen
brengen." Feller tikken de naalden en hij vroeg zich af waar ze
aan dacht. Aan Ward? Waarom laat die gozer dan ook nooit wat
van zich horen? Het 'vreet' aan moeder, dat merkt hij wel.
Moeder was opgestaan, had het breiwerk in elkaar gerold en
glimlachend gezegd: „Jij met je Nol en diens vroom gepraat..."
„Maar Nol meent het, moeder." Voor het eerst voelde hij de
behoefte om het voor hem op te nemen.
Moeder: „Dat neem ik zonder meer aan, Nol is een beste kerel,
maar dat gemier over dankbaarheid en genade. Het leven komt
zo anders, jongen."
„Hoe dan moe?"
„Met vallen en opstaan."
„En verder gaan," had hij gelachen. Die moeder toch.
„Precies, jij weet het. Schouders eronder en kop ervoor."
„Dat zei vader ook altijd."
Ze had hem strak aangekeken. „Laat je vader rusten."
Hij schrok van haar harde toon. Ergerde hij haar met zijn
gepraat?
Meestal sprak ze op zo'n toon tegen Wouke, als haar iets niet
zinde. Opmerkzaam had hij haar aangekeken, hij zag dat ze
mager was geworden in haar gezicht. Haar ogen stonden hol en
hij had gevraagd: „Voelt u zich wel goed, moeder?"
„Goh, dat je daar aandacht voor hebt, 'k heb de laatste tijd wat
hoofdpijn."
Waarom deed ze opeens zo hatelijk tegen hem, vloeide dat
voort uit haar verzwegen zorgen om Ward? Hij vroeg het
haar.
Ze weerde: "Ward was geen onervaren kind meer. Hij wist wat
hij deed en hij had het recht om dat te doen, en verder laten
zulke naturen zich niet dwingen."
Hij kon niet nalaten te vragen: „En ik dan, moeder?"
Een vage glimlach gleed over haar gelaat. „Jij bent zo anders,
jongen."
Vragend had hij haar aangekeken. „Hoe weet u dat nou?"
„Dat voelt een moeder instinctmatig, het ene kind is het andere niet."
Ja, dat is waar. Ward is Ward en hij is Daan, al denkt hij de laat-

ste tijd veel over zijn onbekende broer, gedachten die vele vragen oproepen.

„Ik denk wel eens na over Ward, moeder."

Moeder had met haar handen door zijn haar geaaid. „Je moet niet zoveel denken, dat deugt nergens voor."

Dan voelt hij een por tegen zijn schouder. Moeder zegt: „Loop je weer te prakkiseren?"

Daan snuffelt altijd in boeken en papieren, stelt vragen aan haar en aan anderen. Hij wil alles weten, vooral verhalen over vroeger. Dat kwelt en verontrust haar, want alles moet blijven zoals het is, omkijken heeft geen zin.

„Ik loop te denken, moeder."

„Waarover dan wel?" Toch prikkelt het haar nieuwsgierigheid.

„Over alles en iedereen."

„Zo, zo, kom ik er ook in voor?" Plots onrust in haar.

Zijn antwoord schokt haar, komt hij haar geheim nader? Stroef zegt ze: „Wat jij je allemaal in je kop haalt…."

Ze voelt zich onzeker, speelt hij een spelletje met zichzelf of ook met haar? Ze snibt: „Ik heb je al meer gezegd dat je niet zo raar moet denken."

„Vindt u dat raar?"

„Ja, dat vind ik, en praat eens over wat anders."

„Over wat, moeder?" Die vragende, verstandige blik in die grijsblauwe ogen. Precies de ogen van Ward. Schrik overvalt haar. Het is verbeelding, maar toch kijkt Ward naar haar, verborgen achter de ogen van zijn zoon. Schrik en verbijstering in haar, ze staat te trillen op haar benen.

„Wat kijkt u naar me, moeder?"

Een schril lachje. „Ik? Dat verbeeld je je maar."

„O, ik dacht…"

„Je kan wel zoveel denken, hoe laat is het?"

Een blik op zijn horloge. „Bij tweeën, moeder."

„Al zo laat?" Ze zucht. „Wat is het toch een eind naar het kerkhof en weer terug."

„Bent u moe?" Zijn moeder ziet bleek, ze klaagt de laatste tijd wel meer over moeheid.

„Nogal, mijn benen slepen me na."

„We hadden bij Wouke kunnen pauzeren."

„Jij en je halfzus, twee handen op één buik."

„Wouke is een lieve meid, dat vindt Nol ook."

„Jij vindt… Nol vindt…" Ze vertraagt haar stap en zucht: „De weg lijkt wel van elastiek, er komt geen eind aan."

Hij trekt haar arm door de zijne. „Loopt het zo beter?"

„Ja, jongen, je moeder wordt oud." Ze leunt zwaar op hem.

„Welnee, dat verbeeldt u zich maar."

„De spiegel vertelt me de waarheid, jongen."

Hij lacht: „Dan moet u niet zoveel in de spiegel kijken."

„Alleen 's morgens als ik mijn haren kam, de rest van de dag zal me een zorg zijn."

Ze slaan de weg in naar de dijk, af en toe wordt er een woord tussen hen gewisseld. Als hij naar vroeger vraagt, ontwijkt zij het antwoord en denkt 'ik weet het niet meer… ik wil het niet weten, althans voor hem niet, waar dient al dat oprakelen voor, het is allemaal zo lang geleden'. Maar de ware reden is, dat ze bang is hem te verliezen als hij achter de waarheid komt. Ze zucht en zegt: „Ik ben bek af."

Hij ziet haar bleek gelaat en vraagt niet meer. Fem is allang blij, om hem heen is er een ruisende stilte die hen wegzuigt naar een leegte waarin alles verglijdt.Rechts van hen ligt de polder met zijn gemengde grond en de sappige groene weide waarop zwartbont vee graast. Aan het eind van de dijk de griend met zijn vette klei en zijn dichte begroeiing van wilgen en rijshout. Hij houdt van dat stuk ruige moerasland en hij werkt er met plezier, al komt hij soms doorweekt thuis en heeft hij blaren in zijn handen.

Een auto rijdt hen achterop, schiet langszij, geknars van remmen. Het is de Mercedes van de jonker. Hij opent het portier, springt eruit, en zegt: „Dat is ook toevallig, ik ben net op weg naar jullie, maar stap in," en met een buiging naar Fem: „Kan ik iets voor u betekenen?" Hij pakt haar bij de arm en galant helpt hij haar bij het instappen.

Bij Daan slaat hij een wat minder hoffelijk toontje aan. Hij monstert hem van top tot teen en zegt gebiedend: „Zo vlug mogelijk in je werkkloffie, boy, het wordt aanpoten geblazen."

„Hoezo meneer?" Verdorie, wat is dat nou, hij heeft toch een dag vrijaf genomen? Een bestelling voor een vracht rijshout, het moet binnen een paar dagen geleverd worden. „Een paar dagen, voor wie?"

„Het waterschap, wie anders?"

„Onmogelijk, het hakken alleen al kost twee dagen."

„Probeer jij Gom Govers dat maar aan zijn verstand te brengen, en als het je lukt, boy, prijs ik je de hemel in, want mij lukt het niet."

En in zijn geest ziet de jonker weer de massieve corpus van Govers. Zonder blikken of blozen had hij zijn eis gesteld: „Binnen een paar dagen, kan ik op je rekenen, maat?"

Sarcastisch had hij gezegd: „Je meent het."

„Anders stond ik hier niet, heb je nog wat onder de kurk?"

Boem, Gom Govers zat.

Hij had een driesterrencognac ingeschonken en gegromd: „Je overvalt me ermee."

„Geef ik toe... geef ik toe." Govers proefde met een pruimenmondje en klakte met de tong. „Een 'godendrank' die je daar schenkt." Hij had hem opnieuw zijn glas toegeschoven. „Tap nog eens in."

„Straks ben je teut." Hij vroeg zich af hoe hij het denken van Govers kon veranderen. Hij kwam zomaar binnenvallen en gaf zijn orders. Nors zei hij: „Bij het Heem denken ze er wel heel makkelijk over, met jou voorop."

Tik, het glas op de tafel. Govers voelde het als een onverwachte aanval en hij gromde: „De wrange werkelijkheid is, dat we binnen de kortst mogelijke termijn dat rijshout nodig hebben voor die kaai, zoniet, dan zakt heel dat zootje als een plumpudding in elkaar en hebben we echt de poppen aan het dansen."

Ja, vertel hem wat, hij levert al jaren aan het Heem. Maar een volle levering binnen een paar dagen? Vlug maakte hij zijn plan. „Als jij voor mij een paar mannetjes achter de hand hebt, lukt het wel."

„Een paar mannetjes?" Een cynisch lachje. „Met al dat gehannes met die kaai? Wees wijzer."

„Niet dus?"

Govers zuchtte voldaan, peinzend ontmoetten hun blikken elkaar. Govers had tevreden geknikt en gezegd: „Fijn dat je me begrijpt."

Hij voelde boosheid in zich opkomen en zei: „Ik zal zien wat ik voor je kan doen."

Maar Govers wilde zekerheid en hield vast: „Binnen een paar dagen."

„Ik zal het proberen, maar hang me er niet aan op."

Een tevreden grijns. Het bekende gebaar met duim en wijsvinger en met een zucht van opluchting: „En schenk me nog eens een borrel in, ik heb het nodig."

„Ja, jij denkt ook, missie geslaagd."

„Mag je wel stellen, ja."

Govers en Friedrich zijn door taak en werk op elkaar aangewezen, maar soms ligt er tussen hen onbegrip en wrokkigheid. Een keer per maand drinken ze een stevige borrel in 'De Druiventros', zodat ze bij het verlaten van de kroeg elkaar weer als vrienden in de ogen kunnen kijken.

„Hoe gaat het met uw vrouw, meneer?" Fem Kooistra doorbreekt de rode draad van zijn gedachten.

„Uitstekend. Dank u." Annechien en hij, hoe zegt men dat ook alweer: 'twee zielen gloeiend aaneen gesmeed'. Van zichzelf zal hij dat niet beweren, maar Annechiens kleverigheid geeft hem soms het gevoel dat hij stikt.

Hij denkt aan Annechien. Hoe ze zijn studeerkamer binnenkwam, toen hij juist bezig was zijn bureau op te ruimen. Hij vroeg: „Is er wat?"

„Ik heb je wat te vragen."

„En dat is?"

Ze keek naar hem, bloosde, en zei toen aarzelend: „Ik heb geen geld meer."

„Lieve kind, dat zie ik toch, maar het rijk zijn is voorbij, dat weet je toch?"

„Ik zou weer uit werken kunnen gaan."

Onthutst had hij haar aangekeken. „Jij, de vrouw van een Jüngemann-von-Emmerich? En waar als ik vragen mag?"

Ze lachte geamuseerd. „Net als vroeger, voor de klas."

„Dat zie je toch niet zitten?"

„En als het moet?"

Geërgerd had hij zijn hoofd geschud. „Naar ik weet is er nog nooit een vrouw uit onze familie aan het werk gegaan."

„O, maar als het moet, doet deze vrouw dat wel, hoor." Ze trok haar hand uit de zijne. Haar antwoord had hem geschokt en voor het eerst voelde hij de kwelling waarvoor zijn adellijke

143

familie hem gewaarschuwd had: het standsverschil tussen hem en haar. Verrukt was hij geweest over haar blos, over een paar zachte en gladde wangen, en de blik van vaag verlangen in haar stralende ogen. Annechien, zo oneindig lief in haar amoureuze gevoelens voor hem, maar de ware zin van stand en adel waar zij rekening mee dient te houden, ontgaat haar. Hoewel die familie-eer soms voor hem ook bittere ontgoocheling kende en grimmig viel hij tegen haar uit: „Liever verkoop ik heel het 'zootje' hier, dan dat ik jou weer voor de klas laat staan."

Verwonderd had ze haar hoofd geschud. „Werken is geen schande."

Hij nijdig: „Voor onze familie wel." Tegelijkertijd was er iets van twijfel in hem opgekomen. Hield hij wel zo van zijn familie , die met het verdelen van de erfenis hem de griend hadden toegewezen, omdat ze totaal niks zagen in dat stuk ruige moerasland, de vroegere woonstee van de Kaninefaten en de Batavieren?

Maar toen Annechien venijnig de opmerking maakte: „Dan bestaat jouw familie uit kleinzielige mensjes," toen barstte de bom. Het ontaardde in een daverende ruzie en Annechien was in snikken uitgebarsten.

Ach, als hij er nog aan denkt, die grote blauwe ogen vol tranen, die blik zo indroevig. Hij had zich een ploert gevoeld. Geschrokken had hij zich afgevraagd of hij op grond van het standsverschil bezig was hun leven te verpesten, of kwam het door het voortdurend prakkiseren over het wegslinkend kapitaal? Het hield hem 's nachts uit de slaap, waardoor hij 's morgens geradbraakt opstond.

Hij slaat een blik opzij naar de vrouw met de grijze haren…

Fem, de weduwe van Maarten Kooistra, hoe zullen haar gevoelens voor hem zijn geweest, zal de herinnering aan hem, haar doen glimlachen en diep begraven illusies weer in gedachten brengen? Beelden van hoop, ze bestaan voor iedereen, maar wie kan gissen wat het brengen zal?

Plots valt uit zijn mond: „Nog wat gehoord van Ward, vrouw Kooistra?"

Ward, op zijn vader na is er geen betere griendwerker dan hij. Daan krijgt ook al aardig de slag van kappen en hakken te pakken. Maar Doevedans moet hem de wijsheid over de griend op sommige punten nog bijbrengen, bijvoorbeeld over hoe hij met de percelen om moet gaan.

„Ja, meneer, vorige week kreeg ik nog een brief."

Hoor daar! Daan veert rechtop uit de kussens, moeder probeert zichzelf gerust te stellen met leugens over Ward, dat rotjong dat al jaren niks van zich liet horen. Als Daan daar wat over zei, legde ze hem terstond het zwijgen op.

Welja, lieg er maar op los, denkt Daan. Nu zegt ze dat hij heeft aangemonsterd op een ander vrachtschip, als kolentremmer. Ja, morgen brengen. Ward is jaren geleden met de noorderzon vertrokken, en het lijkt het wel of hij van de aardbodem is verdwenen.

Moeder praat maar en praat maar, ze krijgt er waarachtig een kleur van. Hij zou wel willen schreeuwen: 'mens hou op met die leugens', maar hij heeft er de moed niet toe en de jonker zit maar te knikken en zegt: „Ach, zo leuk dat de vaart uw zoon zo goed bevalt!"

Moeder gaat er gretig op in, plots herinnert ze zich dat de appel niet ver van de boom valt, haar schoonvader zaliger verdiende ook zijn kostje op zee. En weer is het antwoord van de jonker: „Ach, zo, ja ja."

Moeder slaat door in haar fantasie, ze begint Ward op te hemelen. Daan wordt er nerveus door, dat moeder niet begrijpt dat de jonker erdoorheen kijkt! Zijn mondhoeken krullen zich in een veelbetekenend glimlachje, hij denkt ook: 'klets maar raak', maar is te beleefd om op moeders praat in te gaan.

De jonker en Daan kunnen het goed met elkaar vinden, hij komt graag bij hem thuis. Het grote huis met zijn opvallend mooie siergevel en grote ramen, de glanzend bruine voordeur met glas-in-loodruitjes. De jonker heeft het huis laten bouwen, toen hij beheerder over de griend werd en voorgoed in het dorp kwam wonen. Annechien, de vrouw van de jonker, is ook zo hartelijk tegen hem en volgens haar zeggen kent zij Ward.

Zijn hart sprong op toen hij het hoorde, hij wilde wel eens wat meer weten en hij had het haar gevraagd. Maar terstond temperde ze zijn enthousiasme: „Nou, kennen, kennen, dat is wel een heel groot woord. Zijdelings heb ik hem gekend, als ik met de klas voorbij kwam stappen, en hij mij aangaapte alsof ik van een andere planeet kwam, maar tot praten is het tussen ons nooit gekomen."

De jonker en zijn vrouw, twee prachtmensen, maar de laatste tijd doen op de dijk rare praatjes de ronde. Het zou niet meer boteren tussen de jonker en diens vrouw, maar ja, kletsen ze niet over de een, dan wel over de ander.

O, daar begint moeder weer over Ward en de jonker gaat erin mee. Raar is dat toch, altijd weer valt de naam Ward. Als een grijze schim uit een nevelig gebeuren. Als hij er nog eens tegen Nol over begint, is zijn antwoord: „Sla er het evangelie van Lucas maar eens op na."

Daar had je Nol weer met een of andere wijsheid uit de bijbel, nors zei hij: „Wat heeft dat met mijn broer te maken?"

„Daar staat geschreven dat de vader tegen zijn zoon verdeeld zal zijn en de zoon tegen de vader."

Hij had gevraagd: „Verdeeld, hoe bedoel je?"

„Gewoon, harrewarren en ruziën,dat zal het geweest zijn."

„Ach vent, je bent hartstikke gek."

En Nol op een rustig toontje. „Kan zijn, maar jij weet het net zomin, je was nog niet geboren."

Stroef had hij gezegd: „En jij denkt dat het antwoord in de bijbel ligt?" Maar diep vanbinnen voelde hij een snijdende pijn. Ward en hij, broers van één bloed, uit hetzelfde geslacht, maar vreemden voor elkaar.

Hij keek naar Nol die naar zijn tabakszak greep en zijn pijp stopte. Hij maakte hem aan en achter het knisperend lucifervlammetje zag hij Nols ruige gezicht. Morrend was hij uitgevallen: „Nou, zeg eens wat."

En Nol zei: „Je wilt het horen, je zult het horen. Elk antwoord ligt in de bijbel, het is het boek van de waarheid. Onthoud dat nou eens, Daan."

Hij had het gevoel dat Nol hem iets veelbetekenends zei, maar wat dan? Wat?

Hij rust met zijn hoofd tegen het kussen, dat geprakkiseer, hij wordt er wee van. Sjonge, wat rijdt die wagen er toch soepel overheen, de banden zingen over het asfalt, zo een ritje naar Parijs en terug. Nee, dat is voor gewone mensen niet weggelegd, alleen maar voor de jonker, die rijke stinkerd. Nog een klein eindje, dan zijn ze thuis. Moeder rommelt in haar tas, ze is zeker uitgelogen over Ward. De jonker – met een blik in het autospiegeltje – zegt tegen hem: „Met het weekend wordt het doorwerken, jong."

Ja, vertel hem wat. Als het Heemraadschap aan de bel trekt, is het haast geboden. Hij zegt: „Dat is toch altijd zo als Gom Govers op komt draven."

De jonker grinnikt. „Het is een haastkarwei, Daan. Doevedans is al volop bezig."

Ze zijn er. Geknars van remmen, de auto staat. Kwiek springt de jonker eruit, haastig loopt hij om de wagen heen, galant helpt hij moeder uit de auto. Moeder vist de sleutel uit haar handtas en vraagt: „Drinkt u een kopje koffie met ons mee?"

„Mevrouw, hoe kan ik uw vriendelijke invitatie afslaan?" De jonker biedt haar zijn arm. Moeder steekt de sleutel in het slot, ze zijn binnen. Ze hangt haar mantel aan de kapstok, je ruikt de kamfer. Twee haken verder hangt de jonker zijn zwart leren jack. Moeder zegt met een blik op haar eigen jas –: „Straks schuier ik hem wel af. Een bakkie gaat voor."

Daar zitten ze dan met hun drieën aan tafel. De koffiegeur streelt hun neus en de smaak hun tong. De jonker vraagt aan moeder: „Is het gepermitteerd, vrouw Kooistra?" Op het 'ja' van moeder steekt hij een sigaret op en paft de kamer blauw. Moeder trakteert uit het koektrommeltje een allerhandje. Pais en vree.

Plots gaat het gesprek weer over Ward, moeder valt op een vraag van de jonker door de mand met haar gelieg van zo-even. Ze zucht: „U weet niet wat het wil zeggen, meneer, dat Ward al jaren van huis is en nooit een lettertje stuurt."

Daan vindt moeder ineens zo klein, zo nietig, niet de sterke vrouw die hij gewend is. Hij wil iets liefs zeggen, opbeurend, maar weet niet wat en streelt heel even haar hand. En de jonker zegt: „U moet maar zo denken, vrouw Kooistra, geen bericht, goed bericht."

„Laten we het hopen." Moeder komt overeind en schenkt de kopjes nog eens vol. Moeder is gelukkig en droevig tegelijk. Verhip, nu ziet ze het pas, Wards foto staat op de ladekast en niet langer op het mahoniehouten buffetje in de voorkamer.

Ward staat nu op de plaats waar eens vaders foto stond, die hangt nu aan de wand, een oude vergeelde foto met vader in de vlet, ontsierd door een paar vochtplekjes.

De jonker paft weer aan zijn 'saffie' en kijkt naar moeder. Plots is hij weer met zijn gedachten bij hun gesprek van zo-even.

„Pas op, vrouw Kooistra. Hoop is levensgevaarlijk, je kunt er knettergek van worden. En overal is wat, het leven gaat niemand zonder tegenslag voorbij."

Moeder weet geen antwoord, mompelt wat, wrijft met haar hand over het roodpluchen tafelkleed.

Jonker Friedrich blaast kringetjes in zijn hete koffie, zijn geest omzweeft het menselijk geslacht, dat als sinds de schepping vertrouwd is met het eeuwige drama van liefde en verlangen, haat en dood, waarin we door ravijnen van wanhoop gaan en onszelf door kortzichtigheid de das omdoen. We sterven zonder de verrukking iets van het volle warme leven te hebben begrepen, en aan het eind van de weg vallen we neer voor het kruis en smeken om genade.

Jonker Friedrich-George-Adelbert Jüngemann-von-Emmerich is een van hen. Hij is getrouwd met Annechien, een keurig adellijk huwelijk in glans en status zoals hun kringen betaamt. Maar nooit heeft hij de heilige bezetenheid van de liefde ervaren, zoals het behoord te zijn. Hij weet van zichzelf dat hij zal sterven zonder de toppen der verrukking ooit te hebben bestegen. Hij, 'zijne edele', is een frigide man. En dan Annechien, heel haar wezen zo door en door vrouwelijk. Ze kan naar hem kijken met die hunkerende vragende blik in haar ogen, zoals een vrouw die heel veel van haar man houdt. Annechien, die lieve schat, ze verdient beter. En hij is een ploert, die met zijn koude, cynische aard alles vernielt dat liefde heet.

Er hangt een zwijgen tussen het drietal, waarin de jonker rookwolken naar het plafond blaast en moeder aan haar snoertje parels frutselt, nog een verjaarscadeautje van vader.

Bam, zegt de klok, de koperen gewichten ratelen naar beneden, de jonker springt overeind van zijn stoel en zegt: „Bedankt voor de koffie, vrouw Kooistra, ik ga er als een haas vandoor."

Moeder knikt. „Het was me een genoegen, doet u de groeten aan uw vrouw?"

Nu staat de jonker voor Daan. Hij zwijgt een paar seconden en zegt dan: „Ondanks je vrije dag verwacht ik je met een klein uurtje in de griend."

Die stem, zo koel, zo grijs en vlak… Er trilt iets in hem, hij zou wel willen schreeuwen: „Je kan de pot op, ik heb vandaag vrij." Maar hij knikt en zegt heel beleefd: „Ja, meneer."

Een matte glimlach glijdt over het gelaat van de jonker. Daan voelt zijn hand op zijn schouder. „Sorry, Daan. Ik weet dat je vrije dag naar de maan is, en dat jij er de pé in hebt, en als het aan mij lag…" Hoort hij een lichte aarzeling in de stem van de jonker?

„Ik begrijp het, meneer."

„Goed zo, boy, als je het maar begrijpt." Weg is de jonker.

Moe rammelt met de vuile kopjes en zegt: „Bij die kerel verandert er niets."

Hij luistert naar de voetstappen van de jonker die zich verwijderen. Dan haalt hij een paar maal diep adem en zegt: „Het is niet leuk, maar vooruit, geld verzoet de arbeid en hij betaalt goed."

Moe snuift: „'t Grote geld, lui zoals hij hoeven niet op een paar centen te kijken."

HOOFDSTUK 9

Daan is samen met Nol bezig de fuiken te verzetten naar de buitenrand van de griend, waar – bij opkomend tij – het water zich stort in geulen en kreken. Iedere keer als hij dat ziet vraagt hij zich af of de griend tot het water behoort of tot het land, of tot beide. Hij denkt ook aan Ward, die al jaren over de wereldzeeën zwerft. Wat zou hij op zijn reizen gezien hebben? Wit glinsterende miniatuurstrandjes die overspoeld worden door opkomende getijgolven, zoals hier, in de griend?

Op de een of andere manier voelt moeder angst voor de griend, waarschuwt ze hem als hij aan het werk gaat. „Kijk maar uit in de griend."

„U bedoelt?"

„Het is moerasland. Je vader... eh… ik bedoel je broer heeft een keer vastgezeten in de modder."

„Ward?" herhaalde hij verbaasd. „Die elke voet grond in de griend kende?"

„Nog een geluk dat ze hem vonden, de jonker nog wel."

„De jonker?"

Moeder knikt. „Hij was die dag met een gezelschap op eendenjacht, samen hebben ze Ward toen uit het drijfzand getrokken, dus pas maar op!"

Het leek hem haast onmogelijk, Ward, die net als vader de griend kende als zijn broekzak, vader had hij er nooit over gehoord, en dan toch die angst van moeder. Hij vroeg er Nol naar, die haalde zijn schouders op en zei: „Als het zo is, was het voor ik in de griend kwam." De jonker reageerde heel laconiek: „Ik kan me er niks van herinneren, trouwens het is voor mezelf al een donderse toer om elke dag op eigen benen rond te kuieren."

Nol gooit een fuik over het dolboord en moppert: „De zon schijnt pal in mijn ogen, help effe, Daan."

Daan helpt, maar het zonlicht hindert hem ook, zo redden ze het niet.

„Wacht even, Nol."

„Wat ben je van plan?"

„Ik ga het water in."

„Met die lieslaarzen aan je benen, pas maar op."

„'t Zal toch moeten." Hij glijdt het water in en blijft een moment snakkend naar adem staan, alsof er een klem op zijn borst ligt die hem de adem ontneemt. Gelukkig, de druk van het water neemt af, hij kan zich wat soepeler bewegen. Hij pakt de fuik en zet hem vast op de stokken. Zo dat is gepiept, nu terug in de vlet, maar met lieslaarzen aan is dat makkelijker gezegd dan gedaan. Met beide armen hangt hij aan het dolboord. Nol grijpt hem resoluut aan kop en kont en trekt hem binnenboord. Nog wat nahijgend op de doft bekent hij eerlijk: „Je hebt gelijk, het was zwaarder dan ik dacht."

Nol scharrelt met de lijnen en moppert: „Stuk eigenwijs, als je moeder het wist, stond ze doodsangsten uit."

Plots voelt hij het zonlicht als een witte speer. „Als jij zwijgt, komt ze niks te weten."

Nol kijkt hem aan en het is of zijn blik hem aftast, hij huivert en voelt het als een lichamelijke pijn. „Van mij geen woord, maar besef wel, je broer is weg... je vader dood... alleen jij blijft haar over."

„Ze heeft Wouke ook nog."

„Wouke?" Nols handen grijpen in een fuik. „Niemand heeft Wouke."

„Jij toch wel, jullie zijn al een aantal jaren bij elkaar."

„Dat zegt niks." Wonderlijk zwaar klinkt zijn stem.

„Wat nou, ze staat toch achter je?"

„Jawel, maar niet naast me, en dat is heel wat anders." Plots voelt hij schaamte tegenover zichzelf. Wouke, haar beeld vult zijn verlangende dromen, waaruit hij uitgeput en beschaamd ontwaakt. Wat kletst Daan nu?

„Ik zal eens met haar praten."

De 'broeiende' schaamte zinkt weg in opkomende trots. Hij stuift op: „Als je het maar laat, Daan Kooistra."

„Het is toch te proberen?" Nol is goudeerlijk en een harde werker, dat Wouke dat niet ziet! Zachtjes zegt hij: „Ik zou blij zijn met jou als zwager."

Op Nols voorhoofd komen diepe denkrimpels. „Daar kun je beter niet aan denken, Daan."

Hij slaat een blik op zijn horloge. „Zullen we niet eens een hapje eten, mijn maag rammelt."

Daar zitten ze dan, op de kaai. Zwijgend en kauwend, recht

tegenover perceel 42. Hier waren ze vorige week bezig geweest met het kappen van rijshout, van de vroege ochtend tot de late avond. De jonker kapte actief mee met een grap en een grol en hij voerde het tempo op. „Aanpakken mannen, dan is het zaakje zo gepiept!"

Nog vlugger sloeg de kaphaak in het taaie wilg…

Goed, ze hadden er best aan verdiend, maar ze hielden er wel blaren in hun handen aan over. Op een rietgors laat een eenzame aalscholver zijn wijd uitgespreide vleugels drogen. Aalscholvers, slanke vogels die hun donkere vleugels als een mantel om hun lijf plooien en uit hun felle ogen kijken alsof ze weten wat er in de wereld te koop is.

Hij stoot Nol aan. „Kijk daar, een aalscholver."

Nol veegt de kruimels van zijn mond. „Visdieven, ze zijn de pest voor de visserman."

„Maak je het niet wat al te zwart?"

„Als hij de pik op de fuiken krijgt, houd je geen paling meer over."

„Ach kom, die ene aalscholver?"

„O, nou pas op, voor je het weet broedt hier een kolonie."

„In de griend?"

„Wat dacht je? Een eldorado voor die hufters, volop vis."

„Ik hoor het al, als gewezen botklopper draag je ze geen warm hart toe."

„Precies, en geloof me, als de jonker ze ziet, grijpt hij meteen naar het geweer."

„Je bent niet lekker, die vogels zijn beschermd."

„Mooi gezegd, maar als je een broedkolonie in de wilgen krijgt, schijten ze subiet al de bomen dood, en waar blijven die 'vogeltjesmensen' dan met hun bezwaren? Dan houden ze hun mondje dicht en zie je er niet één."

„Wist ik veel…" Nol zegt nooit veel, maar als hij eenmaal begint…

„Dat kon je niet weten, maar ik zei het al, dan geven ze mooi niet thuis."

„Ik denk dat de jonker dat dan niet zou pikken."

„Nou zijn we er, nou praat je verstandig."

Nol schroeft zijn thermosfles dicht. Vrijheid en blijheid voor vogels, daar is hij het direct mee eens, maar aalscholvers!

„'t Zijn en blijven hufters, en hoe eerder ze weg zijn uit de griend, hoe beter."

Daan wijst. „Kijk, hij gaat op de vleugels." Dan lachend: „Het lijkt wel of hij je hoort, Nol."

Nol gnuift: „Prachtig, van mij krijgt hij het heilige kruis na."

Weer hangt de stilte tussen hen, waarin een rietzanger zijn ijl melodietje tsjilpt, het water in de kreek ruist en de wilgen zachtjes ritselen. In de griend bestaat de boze buitenwereld niet, die is in ieder geval heel ver weg. En daar ergens in die vreemde wereld zwerft Ward, degenen die hem hebben gekend zeggen tegen hem dat hij op zijn broer lijkt.

Hij wil niet op een broer lijken die nooit iets van zich laat horen, en als hij aan hem denkt – en wanneer doet hij dat niet? – dan wordt hij onrustig. Toen hij er vorige week voor de zoveelste keer bij moeder over begon en vroeg: „Weet u soms waarom hij niet schrijft?" was ze scherp tegen hem uitgevallen: „Weten, wat weten, we hebben niets te verbergen…"

Hij antwoordde niet direct, maar voelde weer die onrust en zei: „Hoe heet hij?"

Moeder keek hem aan. „Kooistra, net als jij, Ward Kooistra, en zit jij soms om een praatje verlegen?"

Juist. Ward Kooistra en Daan Kooistra, een heel geslacht Kooistra's. Kooistra, Kooistra, de naam gonst door zijn kop, en moeder bevestigt het. En toch geeft moeder aan hem – en dat voelt hij meer dan dat hij het begrijpt – geen vertrouwen terug. Ze doet wel alles voor hem. Ze kookt de lekkerste potjes, op zijn zakgeld wordt niet beknibbeld, zodat Nol wel eens spottend opmerkt: „Word jij effe door je moeder op handjes gedragen, meneer heeft een leventje als een prins."

Dat zit hem niet lekker, nors valt hij dan uit; „Prins? Kostwinner, net als jij werk ik me een slag in de rondte."

Nol schiet dan altijd in de lach. „Heb ik je op je teentjes getrapt?"

Is dat zo wat Nol zegt of is Daan veranderd? Is moeder veranderd?

Opnieuw een gevoel van onrust, het bloed klopt in zijn hals.

Dan voelt hij Nols arm om zijn schouders. „Wat is er, Daan? Nare gedachten? Je kijkt opeens zo angstig."

„Waarom zou ik angstig zijn?"

„Weet ik het, misschien spanningen tussen jou en je moeder?"
Langzaam – tegen zijn wil – zegt hij: „En als dat zo is?"
„Dan moet je maar zo denken, het komt in de beste families voor."
„O, en dan?"
„Dan komt het eropaan, wie het verstandigst is en zijn kop gebruikt."
„En dan?"
„Of die ander dat ook doet."
Juist, hersens gebruiken en elkaar niet in de haren vliegen.
„We moeten maar weer eens aan de slag." Nol staat naast hem en stopt zijn thermosfles in zijn aktetas. Ze lopen terug naar de vlet, nu zit hij aan de riemen en Nol verruilt zijn pijp voor een stevig stuk 'negeret', stopt dat achter zijn kiezen en begint een loflied op zijn dochter Anneke. Een schat van een meid die sinds kort een cursus volgt voor kleuterleidster.
Ach, zo... dus Anneke volgt een cursus en hij heeft juist zijn studie opgegeven. Anneke die in haar eenvoud zei: "Rotterdam is de hoofdstad van Noord-Holland". Van rekenen snapte ze evenmin iets. Anneke heeft nu de moed een cursus te beginnen, en hij, de bolleboos die twee klassen oversloeg, werd met al zijn geleerdheid een griendwerker! Wie van hun tweeën is nu het stomst?

De afgebroken studie van Daan zit de jonker ook niet lekker, hoewel hij Daan een juweel van een griendwerker vindt. Maar hij is van mening dat leren een lening op de toekomst is.
„Jawel, mooi gezegd," had Daan tegengeworpen, "maar er moet brood op de plank komen."
De jonker knipte met zijn vingers. „Maar niet ten koste van je studie, vooral jij met je wiskundeknobbel."
Dat stak, want de jonker had hem zelf gesmeekt zijn vaders plaats tijdelijk over te nemen in de griend. Maar dat tijdelijk groeide uit tot jaren, en hij verloor zijn hart aan dit stuk ruige moerasland. En nu praatte de jonker zo! Op dat moment kon hij die kerel wel doodkijken en grimmig ging hij op diens praat in: „Wie vroeg mij een tijdje de griend in te gaan? U, toch?!"
Koel en cynisch pareerde de jonker: „Wie vroeg jou je studie op

te geven? Dat deed je zelf, niet ik, stomme eendvogel die je bent."

Het voelde alsof hij een houw tegen zijn kop kreeg, toen de jonker hem dat verweet en hem ook nog het etiketje 'stommerd' opplakte. Weg was al het vertrouwen tussen hen, op dat moment zag hij de jonker als een arrogante hufter die dure sigaretjes pafte. Plots schoot een helse drift in hem op, kon hij zich niet langer inhouden. Hij raasde en tierde en gooide de man van alles voor de voeten.

De jonker bleef er stoïcijns onder. Toen Daan eenmaal uitgeraasd naar adem hapte en het tot hem doordrong dat hij tegenover de jonker te ver was gegaan, hakkelde hij: „Het spijt me, meneer."

De jonker had hem strak in de ogen gekeken. „Dat je me voor arrogante hufter uitschold?"

Vol schaamte had Daan zijn hoofd gebogen. „Ook dat, meneer."

De jonker grijnsde. „Het moet gezegd worden dat jij van je hart geen moordkuil maakt, maar arrogant?" Geërgerd had hij zijn schouders opgehaald. „Nuchter, ja, dat wel. Te nuchter, tot ergernis van neven en nichten, is dat niet kostelijk?"

En plots op milde toon: „Over je studie praten we nog wel eens."

Studie? Wat broeide er in die kop van de jonker? Niet geheel zeker van zichzelf flapte hij er zenuwachtig uit: „En de griend dan?" En tellend op zijn vingers: „Het laatste stuk van de kaai moet nog beschoeid worden en er moet een duiker hersteld worden en nog een perceel gekapt."

IJzig was de jonker hem in de rede gevallen. "Moet, moet, dat is mijn zaak, daar breek jij je hoofd niet over."

Hij sputterde tegen: „Het moet toch gebeuren?"

De jonker legde hem het zwijgen op: „Genoeg erover, we zien elkaar in de keet." En weg was hij.

Daan vroeg zich af waarom de jonker zich zo plotseling zorgen maakte over die studie, schuilde er wat achter? De jonker die in volmaakte onverschilligheid door het leven scharrelt, en de mening van zijn adellijke neven en nichten aan zijn laars lapt. Tenminste, zo komt het op hem over.

Dan voelt hij een por tegen zijn schouder. „Luister je wel, Daan?" Nol praat zich de blaren op zijn tong over Anneke.

Anneke, blonde krullen om een lief gezichtje, een perfect figuurtje. Anneke, die nu een cursus volgt voor kleuterleidster. Verhip, de vrouw van de jonker zat toch ook in die branche? Van één twee in de maat, anders wordt de juffrouw kwaad. Hij ziet de vragende blik van Nol en zegt vlug: „Ik hoor je wel..."
Er spuit een straal tabaksap over boord. „En dat moet ik geloven?"
Driftig valt hij uit: „Dan geloof je me niet." Hij geeft een ruk aan de riemen en de vlet schiet vooruit, boort zich met volle vaart in de oever. Nol die daarop niet verdacht was, duikt naar voren, krabbelt weer overeind en zegt: „Noem je dat roeien?"
Daan is kwaad om die blunder en stuift op: „Jij ook met dat gezeur over Anneke."
Nol zegt laconiek: „En dat maakt jou van streek? Kom nou, je bent er met je kop gewoon niet bij."
Ai, dat prikt, Nol heeft gelijk. Hij roeit niet, hij klungelt, maar om Nol nu in vertrouwen te nemen over wat de jonker allemaal zei... Hij zucht en zegt: „Het is rot, maar hoe krijgen we hem los?"
Nol die door het incident totaal niet van zijn stuk gebracht is, merkt wijsgerig op: „Overboord en duwen."
„Wie? Jij of ik?"
„Wie jaagt hem de wal in?"
„Ik dus... Nol, die zware vlet, dat lukt me nooit!"
„Eerst proberen, lukt het niet, dan pas klagen..."
„Ja, jij weet het mooi te zeggen."
„Had je beter moeten roeien."
Nol heeft gelijk, de schuld ligt bij hem, dat weet hij en dat zit hem niet lekker. Nors zegt hij: „Ach vent, hou toch je bek!"
Nol schudt wijsgerig zijn hoofd. „'t Moeilijkst is het jezelf onder de duim te houden, enfin, ik ken je..."
„Sorry," mompelt hij. „Het werd me even te veel."
„Weet ik toch. Nou schiet op, jong, anders zitten we hier met sint-juttemis nog."
Daan laat zich in het water zakken. Nol zakt op de doft neer, vouwt zijn handen om zijn knieën en denkt aan Anneke. Ze is stapelgek op Daan, vroeger gingen ze altijd samen naar school. Ze speelden samen buiten. Waar Daan ging, was Anneke en waar Anneke ging, was Daan. Nol had zo vaak gedacht dat die

twee een mooi span zouden vormen samen. Nu denkt hij het niet meer, hij hoopt het alleen nog. Maar Daan ziet niet één meid staan. Daan ziet alleen de griend, daar heeft hij zijn hart aan verpand, daar werkt hij in en daar leeft hij voor. Daan is één met de natuur. En Anneke? Nol had zijn hand op haar schouder gelegd en gezegd: „Je moet hem uit je hoofd zetten…"

Een droeve glimlach, dan gelaten: „Ik moet, dat is makkelijk praten, ik weet er zelf niet zo goed raad mee. Vroeger dacht iedereen: die twee horen bij elkaar."

„Vroeger, ja… toen waren jullie nog kinderen, nu is het anders." Een heftig hoofdschudden. „Voor mij niet."

„Voor hem wel." Ach hoe moest hij zijn kind troosten? Anneke en Daan, het was net of er vanbinnen iets in hem brak. Zachtjes drong hij aan: „Sla je blik eens in een andere richting, er is geen hand vol, maar een land vol!"

Verontwaardigd: „Het is Daan en het blijft Daan! Maar ik weet het wel, hij is één en al geleerdheid, zo was het vroeger al, en ik een leeghoofd, een sukkel. Hij heeft veel onder de pet, maar praat er nooit over."

Hij vroeg: „Heeft Daan je dat verweten?"

„Nee, maar ik voel het. Anneke, het domme gansje…"

Hij wilde ertegenin gaan, maar ze had hem resoluut het zwijgen opgelegd. „Zeg maar niks meer, pa. Het lost niks op, en helemaal niet wat Daan betreft."

„Nol?"

Daans stem haalt hem uit zijn gepeins.

„Ja?" Hij schuift naar de voorplecht. „Red je het niet?"

„Wat denk jij dan, kom er eens uit en help eens…"

„„Jij ook met je geklungel!" gromt hij. Hij denkt aan de stijfheid van zijn linkerbeen. Slijtage, zegt Wouke. En om nu het water in te gaan…

Hij buigt zich wat naar voren. „Lukt het niet erg?"

Hijgend wrijft Daan een haarlok uit zijn ogen. „Er is geen wrikken aan, die schuit zit muurvast."

„Als ik eens met de roeispaan duw?" Het water lokt hem niet met zijn zere poot.

„Hou eens op zeg, help liever."

Vooruit dan maar, er helpt geen lieve moedertje aan, hij spuwt de uitgekauwde pruim in zijn hand, kwakt hem de kreek in en schuifelt naar voren. Maar net als hij overboord wil glijden, schiet de vlet los uit de wal. Nol verliest zijn evenwicht, plonst voorover en schiet eronder. Brak water gorgelt zijn mond binnen en in zijn neusgaten. 'Zwemmen voor je verzuipt!' gaat het door hem heen. Maar een ferme pijn vlijmt door zijn been, het lukt hem niet. Angst maakt zich van hem meester. Wouke, zijn meiden.

Sterke handen grijpen hem onder zijn oksel, sleuren hem omhoog de vlet in. Daan buigt zich zwaar hijgend over hem heen. „Dat was op het nippertje," is alles wat hij uit kan brengen tegen de man die druipnat tegenover hem zit.

Nol knikt duizelig, het enige wat hij zegt is: „Ik wil naar huis."

„Wat denk je dat ik wil?", zegt Daan. Hij legt de riemen in de dollen en slaat de roeispanen uit. Nol snuift door zijn neusgaten als een bruinvis, wringt zijn trui uit en zwaar klinkt zijn stem: „En nou je kop erbij hè? Voor het weer gebeurt…"

Daan voelt woede en verdriet tegelijk. Hij is fout geweest, hij alleen, en hij zegt: „Hoe zal de jonker reageren als hij dit hoort?"

„Is dat je angst?" Nol wrijft over zijn zere been, dat hem op het cruciale moment in de steek liet, toch maar eens naar de dokter met die zere poot.

Daans knuisten omvatten de riemen strakker, voor zijn geest ziet hij het beeld van de jonker met zijn atletische gestalte rechtop in het kille ochtendlicht, zijn scherpe blik dwaalt over de griend, over geulen en kreken. De jonker is niet bang voor vuile handen en werkt hard met hen mee, maar toch is de jonker vaak dominant aanwezig. Wat zegt Nol nu?

„Als wij zwijgen komt hij niks te weten, als je daarmee kunt leven?"

Hij prevelt: „Dat geloof je toch zelf niet, je bent een knappe vent als je voor hem wat verborgen weet te houden."

„Niet dus."

„Ach," wat moedeloos haalt hij zijn schouders op, vragen en nog eens vragen, de jonker, moeder, Ward, Nol, dan een tijdje niks en helemaal aan het eind: Anneke.

Een schat van een kind met een opvallend mooi bekkie, hij heeft maar te kikken. Hij weet allang dat ze meer voor hem voelt dan vriendschap en anders laat Wouke het wel doorsche-

meren. Maar hij moet niet zo nodig en een geslaagde troost-
brenger is hij al evenmin.

Nol schopt tegen zijn voet en zegt: „Nou, wat doen we, zwijgen
of praten?"

„Laten we ervan uitgaan dat hij er niet achter komt en als wij
dan ook ons mond houden, dan vind ik dat niet fair tegenover
de jonker."

Nol lacht zachtjes. „Dat dacht ik wel en dat pleit voor je."

„En net zei je…"

„Vergeten Daan, een mens zegt wel eens meer wat, hierop ben
ik geen uitzondering."

„Dus jij denkt ook zo over de jonker?"

„Niet zoals jij Daan, als… eh…. als…"

„Ja, hoe als." Daan die zijn grote dwingende ogen op hem richt.

„Als… eh… misschien een beetje als weldoener. Van stroper tot
vaste griendwerker, ik heb veel aan hem te danken. Enne…
niet te vergeten aan Ward."

Jasses, dat prikt. Nors zegt Daan: „Laat hem er buiten."

„Waarom? De waarheid mag gezegd worden. Ik stroopte zíjn
paling, híj betrapte me, en ik dacht – Ward kennende – het is
met me gebeurd… Maar nee, hij liet me gaan, dat vergeet ik
nooit meer."

Een spottend lachje. „Ik begrijp je, de man met de goede daad."

Nol gaat er niet op in. Hij vist een verfomfaaid pakje negeret uit
zijn zak en moppert: „Zeiknat!" Met een giftige blik naar Daan,
snauwt hij: „Jij ook met je geklungel!"

Daan voelt zich schuldig. „Ik geef je wel een nieuw pakje."

„Eerst zien, dan geloven."

Gelooft Nol hem niet? Vaster leggen zijn handen zich om de riemen, de vlet schiet door het water, op de oevers schieten pol-
len op, een eend vliegt luid snaterend uit het fluitenkruid
omhoog. Hij kijkt naar Nol die zijn natte sokken uitwringt. Ook
bij Daan druipt het water uit zijn kleren. Plots schiet hij luidop
in de lach: „We lijken wel twee verzopen katten."

Nol schiet in zijn uitgewrongen sokken. „Praat me er niet van,
ik zal blij zijn als ik thuis ben."

„Ik niet minder. Zeg Nol, mag ik je wat vragen?"

„Als je maar niet om mijn portemonnee komt."

„Geloof jij in God?" Krankzinnig om dat aan Nol te vragen.

159

„Het is de vraag of Hij in mij gelooft.”

„Vast wel.”

„Daar kun je je lelijk in vergissen.”

„Ik vergis me niet, in jou niet.” Verhip, nu ziet hij het pas, Nol wordt kaal.

„We hebben het over de Vader, zeun, dat tilt zwaarder.”

Juist, de Vader, er gaat een strofe door zijn denken. Zijn vader zei altijd: “De mens vergaat, maar de dingen blijven.”

„Je gaat nooit meer naar de kerk, hè?”

„Dat hou ik voor gezien. Toen ik ze nodig had, waren ze niet thuis.”

„En nu, Nol?”

„Ben ik niet thuis, maar of ik er goed aan doe, weet ik niet. Het is alles of niks. Als kinderen tasten we in het duister. Ik, je moeder, de jonker…”

„En Ward,” rolt uit zijn mond.

„Die vooral. Verhip,” valt hij zichzelf in de rede, “de jonker!”

Dat ontbrak er nog maar aan, de jonker, wat komt die hier ‘strunen’? Nerveus schuifelt hij op de doft heen en weer. Daan voelt de doorweekte kleren aan zijn lijf, hij huivert en zegt: „Nou hebben we de poppen aan het dansen.”

„Knijp je hem?”

„Onzin.” Maar hij knijpt ‘m wel, want de jonker is altijd heel onvoorspelbaar. Maar eerder bijt hij het puntje van zijn tong af, dan dat hij dat aan Nol laat merken. Harder trekt hij aan de riemen, druppels spatten in zijn gezicht en Nol merkt een tikkeltje sarcastisch op: „Pas op, neef, haastige spoed is zelden goed.”

„Hou toch je tater!” Hij trekt de riemen binnenboord, de vlet glijdt langs het steigertje en de jonker buigt zich wat voorover. „Gooi op dat touw, Nol.” Handig vangt hij het op en legt de vlet vast. Nol klautert als eerste het steigertje op en meteen klinkt het smalend: „De heren wezen zwemmen?”

„Uit de vlet gemieterd,” bromt Nol.

„Ach zo, waren de heren aan het spelevaren?”

„Ja, ja, spot u er maar mee, meneer.” Zenuwachtig frummelt Nol met zijn pet tussen zijn vingers. „De vlet liep vast.”

„De vlet vast, hoe is dat nu mogelijk?” Hij keert zich tot Daan. „Dat is wat moois, vertel.”

Daan vertelt hakkelend, de jonker houdt zijn hoofd een beetje scheef en luistert. Nol probeert als steun een woordje toe te voegen, maar prompt klinkt het: „Bek houwe, jij!" en schamper tot Daan: „Zo te horen was je vandaag bepaald geen bezielende kracht, dat valt me van je tegen, Kooistra."

Kooistra, niet langer Daan, hij krimpt ineen. „Het spijt me, meneer." Verdorie, die vent is zo koud als een ijspegel, waarom toont hij niet een beetje begrip?

Een hatelijk lachje. „Spijt, wat koop ik daarvoor? Geen moer. Hoewel, het siert je dat je je maat de helpende hand toestak."

„Anders had ik het zo net nog niet geweten, meneer. Dat moment dat Nol onder de vlet schoot, dat beeld staat in mijn kop gegrift."

„Ik ook niet," krast de jonker. „Maar als het weer gebeurt, donder ik jullie alle twee op staande voet de griend uit. Halfslag personeel kan ik niet gebruiken. Verstaan?!"

Nol waagt het alsnog te vragen: „Dat meent u toch niet, meneer?"

„En of ik het meen! Sta ik hier op de heren te wachten, en wat zie ik, halfverzopen drenkelingen… Nou, het is fraai. En nu als de bliksem naar huis, Gom Govers hing weer eens aan de lijn, een haastkarwei, riet snijden. En denk erom, binnen een uur terug, tijd is geld!"

HOOFDSTUK 10

Met de laarzen aan de benen banjert de jonker over de kaai, met in zijn kielzog zijn twee honden. De wind haalt aan tot storm, vanuit het westen komen zware wolkenbanken aandrijven, ze doen de idyllische bekoring van de griend in één klap veranderen tot een somber grijs dat als een dreiging tussen de wilgen hangt. Hij blijft staan en haalt een paar maal diep adem. 'Dreiging', het weten vreet aan hem. Heel de nacht heeft hij liggen woelen door de gedachten die niet aflieten, hem inkapselden als een smorende deken. Zorgen en nog eens zorgen. O, hij weet het bliksems goed, financieel gaat het bergafwaarts met hem en het is de vraag hoelang hij het beheer van de griend nog in eigen hand kan houden. Het stuk ruige moeras met zijn rietgorzen, slikken, geulen en snelstromende kreken met daarin talrijke watervogels. Maar boven alles uit, zelfs boven zijn eigen 'ik' maakt hij zich zorgen om zijn griendwerkers.

Griendwerkers, een heel ander slag mensen. Ze staan vrijer tegenover God en diens geboden. Een groot verschil met de vrome botkloppers aan de andere kant van de dijk. Griendwerkers, ruwer en opvliegender van aard, maar met respect voor al wat leeft en groeit in de griend. De griend, waar ze een deel van zijn. Hoewel ze een heel ander ras zijn dan de zijne, zijn ze toch een ras met een hoofdletter. Ook in hun ruige persoonlijkheid heeft hij ze leren kennen en waarderen. En hoe moet het nu met zijn mensen als hij… Dat weten benauwt hem nog eens extra. Vanochtend werd het hem te veel. Alsof er iets in zijn hoofd knapte; hij had de dekens van zich afgegooid en was uit bed gesprongen. Annechien had haar hoofd opgetild van het witlinnen kussen en verbaasd gevraagd: „Waarom zo vroeg uit de veren?"

„Dat weet je, 's morgensvroeg ga ik een uurtje met de honden op pad."

„Maar zo vroeg? Het is net vijf uur…"

Hij was er niet op ingegaan, had zijn broek aangedaan en een trui over zijn hoofd getrokken. Gehaast was hij de kamer uitgelopen en had de deur dichtgeklapt. Beneden pakte hij met een snelle greep zijn leren jack van de kapstok en haalde de honden uit het nachthok. Maar al die tijd trilden zijn handen, duizelden zijn gedachten.

162

Nu staat hij hier op de kaai, waait de wind hem om zijn kop en slaan zijn gedachten op de vlucht. Een natte neus in zijn hand, een zacht gejank, een hondenkop met diepbruine ogen die hem aankijken. „Wat is er, jongen?" Hij krijgt een warme lik over zijn hand. Hij glimlacht, honden zijn verstandiger dan mensen. In de verte het geluid van de kerkklok die de tijd over het dorp uitslingert, klanken met een bronzen nagalm. Zeven uur, is hij al twee uur aan de zwalk? Hij slaat een blik op zijn gouden polshorloge dat als altijd vijf minuten achterloopt. Hoelang is hij de eigenaar van dit pronkjuweel? Tien, twaalf jaar. Nog een presentje van tante Eugenie, ze vond dat Friedrich sprekend op haar man zaliger leek. Tja, die gedistingeerde oom Carl, hij haalt hem nog zo voor de geest, die 'ouwe' snoeper en hemelbestormer.

Friedrich is wel hemelbestormer maar geen snoeper, op een aantal wilde avontuurtjes na, maar die zijn op de vingers van een hand te tellen en mogen geen naam hebben, en sinds hij met Annechien is getrouwd, is hij zo trouw als een hond. Annechien prakkiseert zich suf wat ze hem voor zijn verjaardag moet geven. Hij weet het, een heel gewoon horloge met een leren bandje. Dat is niet zo duur en past beter bij hun huidige budget. Annechien, de lieverd, als ze eerder met hem was getrouwd had hij haar in het goud geslagen. Ze is het waard. Nu moet ze het doen met wat overgebleven financiële restjes voor zolang het nog duurt. Als hij maar een koper voor de griend wist, want dat het daarop uitdraait is zo zeker als twee maal twee vier is. Hij moet er niet aan denken om in de naglans van zijn hooggeëerde familie te gaan zitten, je zou ze zien grijnzen om zijn adellijk verval.

Bam... de klok slaat half acht, hoe zei vader Cats het ook alweer: 'De tijd gaat snel, gebruik haar wel...'

Nog even dan jaagt de tijd hem de griend uit. Een mens moet de moed hebben dit tegenover zichzelf te bekennen. Hij moet zo langzamerhand maar eens uitkijken naar een goed betaalde baan, als hij Gom Govers eens aan zou schieten? De lasten van het waterschap worden ook steeds zwaarder en Govers maar lijmen: 'Doek dat stuk moeras op en je zit op rozen.' Hè, dat sombere weer. Er vallen waterdruppels in zijn nek, ook dat nog... regen. Hij huivert en zet zijn kraag op, stapt wat steviger aan. Het is nog een flink eind naar het dorp, vooruit, dan maar even door het wilgenlaantje, dat scheelt weer tien minuten, maar oppassen voor rottend blad, want op sommige plekken is het spekglad.

Hè, wie loopt daar in de verte? Verhip, dat is Doevedans, hij is zeker op weg naar de griendkeet. Een beste werker de man, doet zeker niet onder voor Daan.

Daan, hij zal dat jong eens wat meer achter de broek zitten, dat hij zijn studie weer opneemt, met zo'n heldere kop kun je niet eeuwig griendwerker blijven. De griend... er moet nodig een mannetje bij, maar de centjes... Jakkes, komt hij met zijn geprakkiseer toch weer op centen uit. Plots schiet hij in een krampachtige lach, er is met dit stukje ruige moeras niets aan de hand. Maar met hem is er wel iets aan de hand: hij is bijna ridder te voet. Wat, hij is nu al...

Plots brokkelt de zachte grond onder zijn voeten af, hij wankelt en glijdt naar beneden, zijn armen zwaaien uit, een greep in de riethalmen, ze knappen af en dieper glijdt hij weg, weer een greep in het riet, vaster en hechter. Ai, het blad kerft diep in zijn vlees, een greep naar een overhangende wilgentak. Hebbes, hij trekt zich omhoog en heeft weer vaste grond onder de voeten. Verdorie, zijn handen zien rood van het bloed, alsof hij een varken heeft geslacht.

Hij zuigt de snijwonden schoon, 't proeft warm en zoet. Leven. Hij scheurt zijn zakdoek doormidden en wikkelt de lappen om de snijwonden. Zul je Annechien straks horen, ze heeft er toch al zo de pé in dat hij 's ochtends vroeg met de honden eropuit trekt, zodat ze altijd op hem moet wachten met het ontbijt.

Annechien wacht altijd op hem. Bij de lunch, de warme hap, het uitgaan... Gaan ze eigenlijk nog wel eens uit? In het begin wel, maar nu? Op de keper beschouwd is hij tegenover haar in alle opzichten een mislukkeling.

Maar wat zegt dat? Bij vrouwen moet men zich nooit laten ontmoedigen.

Nou, dat slingerweggetje stelt ook niet veel voor, holen en vergruisde klinkers, werk genoeg, maar geen geld voor een mannetje extra.

Bij de tweede bocht ziet hij in de verte het dorp liggen, een dorp met een zadeldakkerkje met daarop een draaiende weerhaan, een buurtje met lage, witgekalkte huizen, een aantal grote hoeven in de achterliggende polder, en daar tussendoor de slingerdijk. Een prachtig idyllisch plaatje voor menig schilder, maar nu somber onder een grauw wolkendek. Leeg, uitgestorven. Hoe anders is het in het voorjaar onder het blauw van een stralende hemel, dan ruik je de lente.

Na een uur flink doorstappen slaat hij de dorpstraat in. Zo, bijna thuis. Voor zijn voornaam gebouwde herenhuis blijft hij even staan. Hij kijkt naar de siergevel en de brede ramen, de grote tuin met de nu verregende bloemen, de sierheesters en de grote vijver, het streelt zijn oog. Niemand kan dit huis passeren zonder gezien te worden, noch richting polder, noch richting de griend, het geeft hem een prettig gevoel. Zacht fluitend loopt hij achterom, sluit de honden op in het hok, gaat naar binnen en trekt zijn laarzen uit. Dan loopt hij door de lange marmeren gang naar de eetkamer waar Annechien op hem wacht. Vlug drukt hij een kus op haar blonde haardos. „Morgen, lieverd."

Haar lippen strelen zijn wang. „Je ruikt naar munt en wilde spirea."

„Ik ben in de griend geweest."

„Met dit weer? En wat zie je eruit!"

Ja, nu ze het zegt, er zitten grauwe moddervlekken op zijn kleding.

„Lieve kind, ik ben bijna in de kreek gegleden, 't was op het nippertje."

Schrik in haar ogen. „En je handen, wat is er met je handen?"

„Gesneden aan het rietblad."

„Rietblad?"

„Ja, ik moest me toch ergens aan vastgrijpen toen ik weggleed."

Ze huivert. „De griend doet jou nog eens de das om, je stinkt naar de prut."

„Ik zal even een andere broek aantrekken."

„Schiet je op? Ik rammel van de honger."

De pendule slaat halftien. Ietwat geprikkeld zegt Annechien: „Altijd laat je me met het eten wachten!" De woorden zijn eruit, ze wacht nu op zijn verklaring, voelt dat ze bloost onder zijn vorsende blik. Het brengt haar in verwarring: „Ben je nu kwaad, dat ik het tegen je zeg?" Friedrich, hij is altijd zeer voorkomend en lief voor haar.

„Kwaad op jou?" Hij gaat met zijn hand door haar haren. „Dom gansje, als je honger hebt, eet je toch een eitje."

'Gansje' het woord gaat vlijmscherp door haar heen. Zo dom als een gans, denkt hij werkelijk zo over haar? Even staat het huilen haar nader dan het lachen, gauw buigt ze haar hoofd.

„Waarom zeg je dat?"

„Wat?" Waarom is ze plotseling zo van streek?

„Wat je net zei."

„Lieve kind, wat zei ik dan?"

„Gansje."

„Gansje?" herhaalt hij glimlachend. Dom van hem om dat zo te zeggen. Annechien heeft nog wel jaren voor de klas gestaan! Een vluchtige kus op haar wang. „Lieverd, mijn excuus, als er hier een gans is, ben ik dat wel."

Een vaag gebaar. „Ik vraag me wel eens af, wat weet jij eigenlijk van mij?"

„Niet meer dan wat je mezelf vertelde."

„En het nodige dorpsgeroddel?"

„Daar haal ik mijn schouders over op. Nou ja, laat er iets van waar zijn, wat dan nog? Samen hebben we het toch goed?"

„Meen je dat?"

„Kind, ik ben met jou in de zevende hemel."

„Pas maar op dat je er niet uitvalt."

Hij streelt haar wang. „Lieve schat, dan houd jij me toch vast?" Ze moest eens weten, als hij valt, sleurt hij haar mee.

Ze slaat haar armen om zijn hals. „Ik laat jou nooit vallen."

„Dat klinkt me als muziek in mijn oren."

Ze glimlacht een beetje triest naar hem op. „Je weet altijd zo zeker waarin je gelooft."

Een speels kneepje in haar wang. „Lieve schat, dat is levenskunst, en als jij hierin meegaat, ben ik een gelukkig man." Hoor hem, straks gelooft hij nog in zijn eigen leugens, dus… Ach nee, houden zo, haar niet ongerust maken.

Hij fluit zachtjes een deuntje, luchtig en vrolijk alsof het leven openligt als een groot avontuur. De griend wel, maar zijn leven is als een oud, vergeeld boek. Hij is net als die gasten in het café, de 'verarmde adel' en al heeft hij met de adel nooit veel opgehad, toch laat dat weten hem niet geheel onberoerd.

Hij glimlacht naar haar. „Kom, ik ga me even verkleden, eet jij alvast."

Maar als hij net aan tafel zit, gaat de bel, hij schuift zijn stoel ach-

teruit, komt overeind en zegt: „Ra-ra, wie doet ons deze eer?"
Het is Hein Boot, de postbode van het dorp, hij brengt op dit vroege morgenuur een aangetekende brief, met het vriendelijke verzoek of meneer hier wil tekenen voor ontvangst.
Nou willen, hij zal wel moeten. Friedrich draait de enveloppe om en om... Hè, een epistel uit hogere kringen, met links in de hoek het familiewapen. Twee gekroonde zwanen op een zilverblauwe ondergrond. Hij scheurt de enveloppe open, een smetteloos vel van geschept briefpapier. Daarop staat geschreven: 'Waarde neef' in het keurige, puntige handschrift van neef Diedrich. Zijn ogen glijden over de regels... 'Ik laat je weten...'
Hein Boot blijft nieuwsgierig staan. Hij hoeft nooit een brief op dit adres te bezorgen en nu opeens een aangetekende! Hij vraagt: „Toch geen narigheid?"
Nou, geen narigheid, en dat met een brief van neef Diedrich? Een beetje verdwaasd kijkt Friedrich naar Hein Boot. De postbode gaat bij mooi en slecht weer langs de huizen en brengt goede en slechte tijding. Dat is de veelzijdigheid van zijn klein en simpel, ambtelijk beroep. Kleine mensjes, kleine wensjes.
Hij steekt zijn hand in zijn broekzak, geeft zonder er naar te kijken een fooi, zoals vroeger zijn gewoonte was. „Hier, Hein, pak aan en bedankt voor de moeite."
Hein snuift, hoog of laag en goed of slecht nieuws, de post moet bezorgd worden. Hij kijkt naar het zilveren geldstuk in zijn hand, als hij dat overal kreeg, was hij spekkoper. Dan tikt hij tegen zijn pet en zegt beleefd: „Dank u, meneer."
„Ja, ja, het is goed, Hein." De glimmende koperen knopen op Heins jas blinken voor zijn ogen. „En de groeten aan je vrouw."
Dat is zoiets van 'mieter op', denkt Hein, maar de jonker heeft ondanks zijn hoge komaf geen kapsones. Hij heeft altijd een hartelijk woord voor iedereen.
„Kijk eens, lieverd, wat we hier hebben." Zwaaiend met de brief komt Friedrich de kamer binnen. „Een levensteken van een onzer hooggewaardeerde familieleden."
Een levensteken, waar is het goed voor? Annechien kan er niet in meevoelen, en evenmin kan het haar iets schelen. Het leven is afgerond met hun samenzijn, aan iets anders heeft ze geen behoefte en al helemaal niet aan Friedrichs familie.
„Ja," gaat Friedrich erop door, „van neef Diedrich. Hij is even

koel als dat hij zakelijk is en hij is een verwoed filatelist."
„O."
„Nou, zo te horen ben je niet enthousiast." Op zijn gezicht die koele, hautaine blik waar ze bang voor is. Onrustig schuifelt ze wat heen en weer. „Ik ken hem amper."
Een cynisch lachje. „Daar is niet veel aan verloren."
„Wil je niet weten wat hij schrijft?"
„Nee, die brief is aan jou gericht, niet aan mij."
„Maar kind, man en vrouw zijn een."
„Lees nou maar…" Stil kijkt ze voor zich uit, de berustende zachtheid in haar gezicht ontroert hem.
Hij streelt haar wang. „Lieverd toch, maak je niet zo nerveus."
„Ik voel angst…"
„Voor neef Diedrich?" Het is een verwaande kwast met zijn aangekweekte snorretje, zijn wandelstok met zilveren knop, zijn plusfour en geruite kniekousen.
„Nee, voor jou."
„Voor mij?" Hij schiet in de lach. „En komt dat nu door die brief?"
„Ik weet het niet." Ze zou willen snikken, willen bidden of zo iets, ze voelt meer dan dat ze begrijpt dat iets van buitenaf hem bedreigt.
Hij sust: „Het zal allemaal wel meevallen, misschien wil hij hier een weekje logeren."
„Nee toch?"
Hij schiet in de lach. „Ik zie er ook niet naar uit." Dan een tikkeltje koel: „Maar het is en blijft familie, hè?"
Er verschiet iets in haar, zo pijnlijk dat het haar duizelt. Voor het eerst in hun huwelijk legt hij zó de nadruk op het woordje 'familie' en zachtjes zegt ze: „Je zult wel gelijk hebben."
„Lieverd, je man heeft altijd gelijk." Het kriebelt hem, waarom zegt hij dit nu, alsof hij zo verguld is met deze situatie. Nee dus! En Diedrich, die klier, waarom zit hij niet op de mokerhei?!
Nogmaals neemt hij de brief door, en hoe verder hij komt hoe duidelijker het hem wordt dat de familie wel degelijk op de hoogte is van zijn benarde financiële situatie. Het is hun eer te na en om eventuele schande te voorkomen, wordt hij verzocht zo vlug mogelijk de griend te verkopen, daar ze geenszins van plan zijn hem nog langer financieel te steunen, want daar heeft hij door zijn huwelijk niet naar gehandeld, nietwaar?

Langzaam laat hij de brief zakken, hij kijkt strak voor zich uit. Hoe weten ze het, dat hij… Goed, toegegeven, ze hebben hem een paar keer financieel bijgesprongen, maar daar vallen ze zich geen bult aan. Trouwens, nog een paar termijnen, dan is hij van de verplichting af. Om hem nu als 'wanbetaler' op zijn nek te zitten…

Annechien schenkt hem een kop thee in, hij ziet haar handen beven, vragend richt ze haar blik op hem, slechts een woordje: „En?"

Hij onderdrukt een zucht en zegt dan: „Neef Diedrich komt volgend weekend op visite."

„Nee toch?" Van schrik schenkt ze naast het kopje in plaats van erin.

Een kort lachje. „Ja, we moeten er maar het beste van zien te maken." Op zijn netvlies ziet hij Diedrich, die in zijn smalende cynisme zulke luchthartige grapjes over de dood kan maken. Dat gaat Friedrich zelf net een tikkeltje te ver, al moet hij eerlijk toegeven dat hij in cynisme voor Diedrich niet onderdoet.

De slagen van de kaphaak vallen steeds heftiger, kort en fel klinken ze door het luchtruim. De jonker, Daan en Nol staan eensgezind naast elkaar, met ieder voor zich een strook van drie meter. Krampachtig vertrekken ze hun gezichten als ze de kaphaak met kracht doen neerkomen op het taaie wilgenhout, vooral de jonker, die al zijn woede, angst en diepe teleurstelling in het kappen legt. Splinters springen naar alle kanten weg.

Nol blijft even staan en recht zijn rug. Vanaf vanochtend zes uur zijn ze al bezig, en het kan de jonker niet hard genoeg gaan. Een stevige noordenwind met poolkou in zijn kielzog waait door de bomen en doet hem rillen ondanks het extra baaien hemd dat hij vanochtend heeft aangetrokken. Naast hem wijst Daan op een donkere hoogopklimmende wolk en zegt: „We krijgen saus en niet zo weinig ook."

Ja, vertel hem wat, en dat de jonker nu juist deze dag uitzoekt om te kappen. Dan zegt de jonker : „Nol, er hangt een druppel aan je neus."

„Komt door de kou." Hij veegt met de rug van zijn hand onder zijn neus door.

En de jonker weer: „Kappen dan maar, daar word je warm van."

Met veel misbaar haalt hij zijn neus op. „Een pikketanissie is me liever."

„Straks in de keet, ouwe gabber," belooft de jonker. „Ik heb een driesterren cognac meegenomen."

„Daar moet je nu jonker voor zijn," denkt Daan. „Een baas die voor zijn volk een 'slokkie' meeneemt, waar vind je ze nog? Ze werken zich vandaag de 'pokken'. Maar wat ze ook doen, hoe hard ze zich ook in het zweet werken, het is de jonker nooit genoeg, maar altijd te weinig.

Daar gaan ze weer, stap voor stap en klap na klap. Boven hen barst de hemel open, gutst de regen in stromen naar beneden. Het doorweekt de grond en maakt er een smeuïge modderbrei van. In de kreek begint het te kolken, bellen spatten op. Nol merkt – niet zonder leedvermaak – op: „Als het zo doorgaat, liggen we er voor de rest van de week uit."

Met een geamuseerd lachje zegt de jonker: „Dat had je gedroomd, makker, kappen kan altijd. Desnoods met oliegoed aan."

„Dus morgen weer," verzucht Nol, de moeheid trilt door heel zijn body en even sluit hij de ogen. Nu een kwartiertje rust, Wouke heeft gelijk, de 'ouwedag' komt nader, hij gaat de jaren voelen. Jaren waarin hij hoopte dat Wouke nog eens ja zou zeggen, maar langzamerhand heeft hij de moed opgegeven. Hij herinnert zich meer en meer Fems woorden: 'Wouke – hoe lief ook – heeft geen mannenvlees'.

Wat wauwelt de jonker nu: „Nog twee dagen kappen, Nol, maak je borst maar nat."

„Die is al nat," mompelt hij binnensmonds. Plots een felle bliksemflits, de donder rolt en davert. Direct gooit de jonker zijn kaphaak neer en schreeuwt: „Naar de keet!"

Ze hollen, de jonker en Daan voorop, Nol – met zijn stramme benen – komt er achteraan. Ze stuiven de keet binnen. Daar zitten ze dan gedrieën op de bank uit te blazen, Nol voelt zijn hart nabonzen. Daan kwakt zijn verregende jekker in een hoek, en dan tovert de jonker de driesterren cognac tevoorschijn. Hij haalt zijn zakmes uit zijn broekzak, wurmt de kurk uit de fles en zegt: „Hier Nol, jij eerst. Zo te zien heb je het nodig."

„Dank u, meneer." Nol slaat zijn handen om de fles, neemt een paar slokken en voelt het als een weldaad in zijn lichaam branden. Hij klakt een paar maal met de tong en spreekt zijn diepe dankbaarheid uit: „Daar kikkert een mens van op."

„Gelukkig maar," lacht de jonker. „Ik dacht: 'straks valt hij nog van zijn stokkie'."

„Het scheelde niet veel, meneer," bekent hij eerlijk. „De laatste tijd valt het kappen me wel eens zwaar."

„Ik vind het nog een wonder dat je het volhoudt," antwoordt de jonker. Hij kijkt naar Nols sterk vermagerde gelaat, waarlangs grijze haarslierten vallen. Nee, de man wordt echt oud en als hij nu maar een ander kon aannemen... Er is genoeg, te veel zelfs. Maar het kost allemaal geld en iedereen kijkt hem nog steeds voor 'vol' aan.

Plotseling komt neef Diedrich hem weer voor ogen. Diedrich, in zijn bolle plusfour en geruite sportkousen. Hij reikte hem de hand, een grijns en een lachje om zijn dunne lippen. „Zo waarde neef, dat is een aantal jaren geleden."

Hij had zijn hand geschud. Spitse, klauwachtige vingers, want Diedrich is er een van schrapen en halen. „Zeven jaar precies, indien je het weten wil."

„Zeven jaar?" Diedrich streek langs zijn kin. „Sjonge, de tijd gaat snel, en heb je die tijd goed gebruikt, Friedrich?"

„Je bedoelt?" Waar koerste neeflief op af?

„Een stamhouder Friedrich, een stamhouder. Me dunkt, vier jaar getrouwd – en neem me niet kwalijk dat ik het zeg – Annechien, een vrouw geschapen om nakomelingen uit te kweken. Of... eh, gaat het standverschil zich tussen jullie wreken? Keek zij teveel in haar hoogmoed naar boven, en lag jij te diep verstrikt in haar bekoring om dat te bemerken? Aan ons geen verwijt, beste jongen, we hebben je voortdurend gewaarschuwd."

Schuilde er een kern van waarheid in Diedrichs woorden? Bekoring is nog geen liefde, en het ware gevoel van liefde kent Friedrich niet. Hij zoekt er ook niet naar, vertrouwen en genegenheid tussen man en vrouw is hem genoeg. En kinderen? Annechien en hij hebben nooit over kinderen gesproken en beiden zijn ze de veertig al gepasseerd. Diedrich zwetste maar door over liefde en haat, menselijke verhoudingen en tragedies. En hij had verveeld gedacht: 'zal ik je met je gezwam een schop onder je adellijke derrière geven, zodat je met een boog het huis uitvliegt?' Maar in plaats daarvan had hij stroef gezegd: „Man, als de

171

familie ermee zit, dan zet jij je toch in voor nakomelingen, me dunkt voor jou een klein kunstje."

„Ik?" Verbazing. „Je denkt toch niet dat ik…"

„En waarom niet, het vrouwelijk schoon is jou van hoog tot laag niet vreemd, naar ik meen."

Stilte. Daar legde Friedrich de vinger op de zere plek en Diedrich krabbelde eens aan zijn kin. Hij had toegegeven dat hij betaalde avontuurtjes genoeg had gehad. Gehuichelde liefdesaffaires met blondjes en zwartjes, met getrouwd en ongetrouwd. Hij gaf, maar nam nog meer, totdat hij vanuit de zevende hemel met een vernederende val in het ziekenhuis belandde voor een langdurige behandeling om erger te voorkomen. Na een aantal maanden werd hij ontslagen, de schande wist hij met geld het zwijgen op te leggen, de schade niet, en een eventueel huwelijk zat er helemaal niet meer in. Hij, een 'getekende', maakte zich over zijn verdere leven geen enkele illusie meer. Met een beetje filosofie kom je zonder verrassingen ook het leven door, maar hij gaf eerlijk toe dat het niet zo leuk was.

„Waarom vertel je me dat zo maar?" had hij gevraagd. Diedrich glimlachte: „Waarom niet, het feit ligt er en afgeschoten benen zijn erger." Tikkend met zijn vinger op Friedrichs borst, zei hij: „Weet je, old fellow, jij en ik kennen elkaar beter dan een van de familieleden ons kent, nietwaar? Jij en Annechien, en ik ook: mooie vrouwen, zwoele nachten, maar nu een wrak voor zolang het nog duurt. Elke dag is een toegift, het enige dat mijn hart nog aanhangt is de 'familietrots' die me soms ontroert en soms drukt als een last. Enfin, je begrijpt het wel."

En of hij het begreep, hij en Diedrich waren 'schenners' van de familietrots, ieder op zijn eigen manier.

„Dat je me dit vertelt," had hij nog eens herhaald. „Ik dacht dat je kwam praten over de financiën, maar dit?"

„Nou ja," ging Diedrich erop in. „Laten we wel wezen, jouw overhaast huwelijk en dat 'gebeuren' met mij…"

„En het interen van het familiekapitaal," was hij hem in de rede gevallen.

Diedrich knikte. „Dat helemaal. Van hoog tot laag aanbidt iedereen het aardse slijk, nietwaar? Jij en ik en wie dan ook."

De stroeve, afgemeten toon waarop Diedrich het zei, had de woede weer in hem op doen laaien. Diedrich, de 'pierewaaier', die met zijn vinger naar anderen wees. Je zou hem toch! Maar hij had zich beheerst en gezegd: „Ga zitten en laat horen."

Diedrich ging zitten, trok zijn broekspijpen iets op en vroeg: „Heb je niks onder de kurk? Dat praat een beetje makkelijker."

„Wat wil je? Port, sherry, whisky, een glas cognac, je hebt het voor het uitkiezen."

„Een cognac en neem er zelf ook een."

„Ik heb liever een bordeaux." Hij had de glazen vol geschonken en hem het sigarenkistje toegeschoven. Nadat hij had gezegd 'neem er een' was hij tegenover hem gaan zitten. Neef Diedrich zag er ondanks zijn deftige kleding een beetje vervallen uit. Friedrich nam een slok van zijn bordeaux en zei: „Nou, wat heb je op je lever?"

Diedrich knipte zorgvuldig het puntje van zijn sigaar, stak de brand erin en legde zijn ene been over zijn andere. Hij vertelde dat de familie niet langer bereid was goed geld naar kwaad geld te gooien. Als Friedrich de boel nog wilde redden, moest hij de griend maar zo vlug mogelijk verkopen.

Dus zo dacht zijn familie, was het door hem heen gegaan. Maar wat had hijzelf gedacht? Ik verkoop nog eerder de griend dan dat ik mijn vrouw weer voor de klas laat staan. En hoe denkt hij nu? Het dorp waarin hij woont, dat vreedzame dorp dat grenst aan de griend. Hij slaat een blik uit het raam. Rode vegen tegen de bleke lucht, wazige windveren die traag voorbij drijven. Dat avondstille dorp een lieflijk aquarel tegen het groen van de griend met zijn blauwzwarte water. Een idylle aan de zoom van een zondige wereld. Het dorp waar hij in de loop der jaren mee was vergroeid. En nu zegt de familie… Hij had een teug van zijn bordeaux genomen om zich moed in te drinken en nors had hij gezegd: „De griend verkoop ik niet."

Diedrich had de as van zijn sigaar getikt. „Zo, dus dat bericht kan ik aan de familie doorgeven?"

„Precies."

„En je blijft bij je besluit?"

„Ja."

Diedrich legde zijn sigaar in de asbak, deed een greep naar zijn portefeuille en toverde een wissel tevoorschijn. Hij duwde hem onder Friedrichs neus en zei: „Als je hieraan kunt voldoen, gebeurt er niets."

Vlug sloeg hij een blik op de wissel. Een flink aantal nullen, verdorie, hij werd er onrustig van, waar haalde hij opeens dat bedrag vandaan. Enfin, niks laten merken, zich groothouden. „Is dat de enige wissel of heb je nog meer?"

Diedrich doorzag hem en zei liefjes: „Nog meer? Als je nog deze maand betaalt, voorkom je een boel ellende."

Jawel, betalen. Maar over een maand betaalt de Heemraad pas en om nu een knieval voor Govers te doen? Maar hoe prentte hij dat Diedrich in zijn kop?

Grommend had hij gezegd: „Maakt het wat uit als ik volgende maand betaal?"

„Of het wat uitmaakt?" Plots wond Diedrich zich op. „De familie wil geld zien, dát maakt het uit, en reken erop dat ze je achter je broek zitten als je daaraan niet voldoet, met aanmaningen, de deurwaarder en weet ik veel, desnoods met een advocaat! En jij maar heen en weer rennen tussen jouw huis en het hunne, en dat alles op een 'droogje', want – geloof me – een borrel wordt je niet geschonken."

„Dus als ik het goed begrijp willen ze bloed zien?"

„Geen bloed, wel geld."

„Bloedgeld dus."

„Zoiets ja."

„En jij, Diedrich, denk jij er ook zo over?" Vooruit, had hij gedacht, laat ik dat cynische, hautaine heerschap maar eens met die vraag overvallen. Diedrich met zijn geniepigheidjes, waardoor hij hem feitelijk niet kon lijden, maar altijd weer, zelfs toen ze nog kinderen waren, kwam hij onder diens luchthartige bekoring, even vreemd als verwarrend. Eigenlijk niet aardig dat hij zo over zijn neef dacht. Feitelijk kon hij er ook niets aan doen dat de familie hem met bepaalde voorwaarden op hem afstuurde. Als hij nu een goedgevulde knip had gehad, was er niets aan de hand geweest. Naar Diedrich te horen werden nu de duimschroeven aangedraaid. Dat zal tante Eugenie wel zijn.

Tante Eugenie, hij zag haar zo weer voor zich, mager als een lat, een afgezakt 'pruimengezicht', het haar op een knotje, een paar kromme duimen van het centen tellen. Drift schoot door hem heen en in één teug had hij zijn glas leeggedronken, wrangheid trok zijn mond samen. „Die 'ouwe centenpikster' liep zeker voorop?"

„Tante Eugenie?" Diedrich schoot in de lach. „Wie anders, ze is altijd de schatbewaarder van ons familiekapitaal geweest."

Ja, vertel hem maar niks, tante Eugenies ziel kleeft aan het geld vast en de familie vaart er wel bij, de familie die hem de griend toegewezen had, omdat ze zelf in dat ruige stuk moerasland toch niks zagen. Maar hij had er wel wat in gezien, hij had zich toegelegd op de griendcultuur en griendwerkers in dienst genomen. Hij had een langdurig contract bij de Heemraad los weten te peuteren voor aflevering van wilgenhout, rijshout en rietblad. Dat gaf zekerheid en de familie was bereid geweest er wat geld in te steken op voorwaarde dat hij als beheerder het hun in de loop der jaren terug zou betalen. De eerste jaren ging het goed, maar de laatste tijd... Dat ze met 'morren' hun geld terugeisten, was hun goed recht.

Hij had gezucht en pijnigde opnieuw zijn hersens hoe het toch was gekomen dat hij financieel zo was afgezakt. Door, voor zijn huwelijk, al die dure buitenlandse reizen te ondernemen, door een nieuwe Mercedes te kopen, een huis met allure te laten bouwen, want zijn adellijk bloed sprak. Hij moest zichzelf eerlijk bekennen dat hij gestrooid had met centen. Pas na zijn huwelijk was hij honkvaster geworden en had hij geleerd hoe hij met geld moest omgaan. Dankzij Annechien die hem leerde de gewone, dagelijkse dingen van het leven te waarderen. Maar was het toen eigenlijk al niet te laat? Diedrich taterde maar door.

Hij zuchtte en zei: „Als jij bij tante Eugenie eens een goed woordje voor me zou doen, jij kon altijd een potje bij haar breken."

Een heftig hoofdschudden. „O, dacht je dat? Op het gebied van geld ben ik ook niet haar uitverkoren neef."

„Wie dan wel?"

„Ik zou het niet weten."

„Als ik je kon helpen, deed ik het," zei Diedrich vriendelijk.

„En dat kun je niet?" Een matte moedeloosheid viel over hem heen. Diedrich vertelde over zijn gokschulden, die er niet om logen. „Ik zal eraan lijden, tot ik sterf," besloot hij zijn verhaal.

Tja, het gokken zit Diedrich in het bloed, maar hoe groot ook de ellende, het heerschap sprong er altijd weer uit. En hij is en blijft het zwarte schaap van de familie.

Wat zegt Diedrich nu? "Dat wordt verkopen, Friedrich. De griend of je huis. En het moet gezegd worden, het is een huis met allure, makker, dat wel…" En met een spottend lachje: „Toch beïnvloed door een tikkeltje adellijke trots?"

Die woorden staken hem en hij was opgestoven: „Ach vent, je bent gek." Hoe hij die hautaine lanterfanter van een neef op dat ogenblik haatte…!

Diedrich keek op zijn horloge en zei: „Het wordt mijn tijd, Friedrich, als ik de trein van zevenen wil halen…"

Het voelde als een opluchting en hij bood aan: „Ik zal je wegbrengen."

„Even Annechien gedag zeggen."

Plots had hij haast gekregen. „Geen tijd, jongen, als jij je trein wilt halen." En snel had hij Diedrich in de richting van de deur geduwd.

Toen Diedrich naast hem zat, met zijn verwelkte, smalle gezicht boven de dunne regenjas uit, had hij gemopperd: „Ik vind het vrij gênant om te vertrekken zonder afscheid te hebben genomen van Annechien."

Hij lag, na alles wat er tussen hen was besproken, behoorlijk met zichzelf overhoop en zei: „Dat doe je maar een volgende keer."

Een minachtend gesnuif: „Als er nog een volgende keer komt!" Dan plots fel verbeten: „En jij denkt dat ik je vrouw zie door de bril van onze welgeëerde familie. Niet dus, voor mij is het volstrekt onbelangrijk of een mens in een adellijke wieg heeft gelegen of niet… Een mens is wat hij van zichzelf maakt. Dringt het tot je houten kop door, waarde neef?"

Ze hadden tot het station toe gekibbeld.

's Avonds, onder de gouden schijn van de schemerlamp en in de intimiteit van de huiskamer, had hij aan Annechien de ware reden van Diedrichs bezoek verteld. Ze antwoordde: „Als alles is, zoals hij het zegt, keer je dan weer terug naar wat eens was?"

Een tijdje was het stil tussen hen, hij dacht over haar woorden na en zei toen: „En als ik dat doe?" Hardop mijmerend voegde hij eraan toe: „Maar ik vraag me af of ik hier alles kan opgeven om weer terug te keren. Ik geloof niet dat ik het kan."

HOOFDSTUK 11

„Pak aan, Nol." Daan reikt hem een boterham. „Brood met ouwe kaas, dat gaat er wel in." Ze zitten samen op de doft na een ochtendje fuiken lichten. De opbrengst is niet veel, ze weten het beiden, de palingstand loopt terug in de griend, maar hoe minder aanvoer, hoe hoger de prijzen en dat vergoedt veel.

Nol neemt een hap brood, langzaam bewegen zijn kaken, maar des te vlugger gaan zijn gedachten De laatste tijd doet een hardnekkig gerucht de ronde dat de griend wordt verkocht, en wat dan? Dan staat Nol Doevedans op straat en zie maar eens ander werk te krijgen, daarvoor heeft hij zijn leeftijd niet meer mee, eerder tegen. Wat overblijft, is zich verhuren als seizoenarbeider bij een of andere boer, maar die zien hem aankomen, een griendwerker met twee linkerhanden, vreemd aan het boerenwerk. Nee, als het waar is wat ze zeggen, dan ziet het er somber voor hem uit.

Hij krijgt een por tegen zijn schouder. „Wat ben je stil, Nol."

Een binnensmonds gebrom. „Ik ben niet in een juichstemming."

„Dat merk ik, zit je nog steeds in de rats over het praatje dat de ronde doet?"

„Er is geen praatje zo raar, of er is iets van waar," klinkt het bedrukt.

„En wat dan nog, mocht er een nieuwe eigenaar komen, dan ontslaat hij ons heus niet, goede griendwerkers zijn schaars, en jij bent een goeie, Nol."

Nol slaat een blik opzij. Daan, in de kracht van zijn leven, met al zijn hoop op de toekomst gericht, zo'n jong hoeft geen vrees te kennen. Hij is het rechterhandje van de jonker, die loopt weg met zijn jonge griendwerker, het is Daan voor en na, maar Nol met zijn oude karkas dat kraakt aan alle kanten...

Hij schudt zijn ruige kop en gromt: „Ik heb er geen vertrouwen in en mocht het zo zijn dan geldt: nieuwe heren, nieuwe wetten."

Daan schokschoudert; „Man, wat jou de laatste dagen mankeert, je ziet heel de wereld grijs."

En dat zegt Daan, die hij van jongsaf kent, waar hij al jaren mee optrekt in de griend? Daan toont geen greintje begrip voor hem! Woedend springt hij overeind. „Het interesseert jou geen moer, hè, of ik de zak krijg?"

„Ga zitten!" Daan duwt hem terug op de doft. „En doe me een lol, bedaar een beetje. Tot nu toe zijn het allemaal praatjes waar jij je aan stoort. Maar geloof me nou, een goeie griendwerker ontslaan ze niet."

„En dat geloof jij?"

„Stellig."

„Dan moet ik maar aannemen dat het waar is," antwoordt Nol naïef.

„Hier, neem een boterham." Nol is de laatste weken een brok pessimisme en dat alleen door die roddelpraat, hoe praat hij het Nol ooit uit zijn kop? O, wacht even, de zwakkere schakel, Anneke.

„Hoe gaat het met Anneke, Nol?"

Nols blik schiet onderuit. „Jij denkt natuurlijk, als ik over Anneke begin…"

Ai, Nol heeft hem door, vlug zegt hij: „Eerlijk Nol, ik meen het, Anneke is een lieve meid."

Nols hand op zijn knie. „Waarom zeg je haar dat zelf niet, Daan Kooistra?"

Hij voelt dat hij bloost, wendt zijn blik af. Anneke, een bloedmooie meid die geschapen is om een kerel gelukkig te maken.

Anneke, blinkende tranen in hemelsblauwe kijkers. „Ik weet het wel, toen ik nog een kind was vond je me al een stommerd."

„Niet waar!" had hij vlug gezegd. Anneke met haar gouden hartje, maar bij wie hij zich binnen een kwartier verveelde, met haar praat over het kleuterklasje.

„Zeg eens, Daan, hou je van Anneke, ja of nee?" Nol vraagt het hem weer. Nol die zijn dochter zo graag gelukkig wil zien.

Narrig zegt hij: „Dat heb je me al meer gevraagd."

„En nu vraag ik het je weer." Nol houdt maar aan.

„Ik weet het echt niet."

„Dus niet," stelt Nol vast. „In dat opzicht is in al die jaren bij jou nog niets veranderd." Nol, hij kijkt verder dan tegen het vel van zijn neus. Hij schudt zijn hoofd. „Lag het maar zo eenvoudig. Heus, ze laat me niet koud, maar…"

Nol komt overeind. „We gaan de laatste fuiken lichten." Uit, afgedaan het gesprek. Daan roeit door de kreek, zijn gedachten cirkelen om Anneke en Nol. Half over het dolboord hangend, verkruimelt hij een overgebleven snee brood tussen zijn vingers voor de eenden die luid snaterend achter de vlet aanzwemmen. Anneke... zij voert met haar kleuters ook de eendjes in het park. Anneke die tegen hem zei: „Ik ken je al zolang en ik hoop dat God jou gelukkig maakt, want allebei ongelukkig, dat zou pas erg zijn."

Hij knippert een paar maal met zijn ogen, maar het beeld van Anneke gaat niet weg. Wat zegt Nol nu? Coby? Coby, een rap mondje, korte rokjes, rood geverfde nagels. Coby is het tegenovergestelde van Anneke. Coby plukt volop het leven, met beide handen. En... ze is de grootste zorg van Nol. "Het loopt nog eens verkeerd af met die meid." Maar Wouke zegt: „Coby is niet gek, laat die maar schuiven."

Dat doet Coby dan ook. Zaterdagsavonds in de stad, in de danszaal van Swiers. De jongens willen wel, maar Coby gaat op hun avances niet in, ze zegt: „Een rijke kerel of niks." Coby die in haar verdwaasde hoogmoed naar boven kijkt en hij had spottend gezegd: „Ik maak zeker geen enkele kans bij je?"

Haar lachende kijkers van dichtbij. „Zou je willen?"

Zou hij willen... Coby, dat vrolijke, kwetterende ding, in alles het tegenovergestelde van Anneke. Anneke met haar lieve, blijde lach.

„Nee," had hij gezegd. „Neem jij voor mij maar een ander."

Coby schaterde: „Je hebt gelijk, je moet je door niemand laten dwingen."

Nee, dat zal hij beslist niet doen, maar toch... Anneke, de laatste tijd denkt hij veel aan haar, ze is lief en oprecht. Kortom, een engel van een meid, maar waarom laat het beeld van Anneke hem niet los? Zijn verstand zegt: 'je kunt niet houden van een vrouw met een maar'. Anneke heeft meer oog voor de griend dan iemand anders. Anneke vindt het heerlijk om met de vlet een tocht door de griend te maken, Anneke heeft haar mond vol over de natuur. In dat zijn ze één.

Ze zijn er, hij haalt de riemen binnenboord, legt de vlet vast en samen met Nol leegt hij de laatste fuiken. Ze storten de vangst over in een mand, de paling is ver beneden de maat, ze kronkelen in hun slijm.

„Een handje vol," gromt Nol. „Bij iedere vangst wordt het minder."

179

En hij, met een lang vervlogen beeld voor ogen, zegt: „En geen aalscholver te bekennen."

Nol voelt de steek onder water en stuift op: „Zoek je me?"

Hij grinnikt. „Ik heb je al!" En met een blik in de richting van de kade. „Kijk eens wie daar aankomen?"

De jonker en zijn neef, de edele heer Diedrich die, volgens eigen zeggen, dit stuk ruige moeras eens beter wil leren kennen. Tot wanhoop en ergernis van Nol die Diedrich maar een 'flapdrol' vindt.

Nol foetert hardop: „Dat stuk verschoten prent had hij wel thuis kunnen laten."

Daan schiet in de lach. Nol kan het maar moeilijk 'verstouwen' dat naast de jonker nog iemand op zijn handen kijkt, en voortdurend moppert hij: „De kriebels krijg ik van die gozer."

Hij legt de riemen in de dollen en zegt met een blik op de kaai waar de twee heren hen opwachtten: „Man, maak je niet druk! Alles wat die kerel tegen je zegt, lap je aan je laars, de jonker gaat over de griend en niet hij."

Nol gromt. „Makkelijk praten, maar die kerel heeft de 'pik' op me."

Ze zijn bij het steigertje, hij gooit het meertouw op naar de jonker en Nol grijpt de mand met paling, hij klautert vanuit de vlet met moeite tegen het steigertje op. De jonker die met duivelse scherpte alles in de gaten houdt zegt: „Last van de knietjes, Nol?"

Nol schrikt en denkt: „Dat is het begin van het einde, een griendwerker met een paar versleten knieën schoppen ze su-biet de griend uit, en hij mompelt: „Het zit 'm in het weer, meneer, we krijgen regen."

„Regen, jawel..." antwoordt de jonker met een blik op de loodgrijze lucht. „Het is eerder smeren met Haarlemmerolie en een stevig verband om de knietjes, dan loop je morgen weer stukken beter..."

De jonker draai je geen rad voor ogen, hij zegt: „Geef op die mand, dan dragen we hem samen." En met een blik op de knieën: „Wees gerust, makker, je hals over kop ontslaan... zo'n beul ben ik ook weer niet."

Nol weet niets anders te zeggen dan: „Dank u, meneer."

Een vaag glimlachje. „Ja, ja, het is wel goed." En tot Daan, die zich bij hen voegt: „De vangst is weer magertjes."

Daan knikt en denkt: 'vroeger mochten we de gevangen paling voor onszelf houden, verdienden we er een extra centje aan. Maar vandaag de dag laat de jonker zijn recht gelden, is al wat de griend geeft van hem, dus ook de paling die hij voor goed geld doorverkoopt aan een palingrokerij. Ja, in dat opzicht is de jonker veranderd. Wat je vroeger voor eigen gebruik uit de griend mocht halen, daar moet nu voor worden betaald, en met een tikkeltje duivels plezier zegt hij: „Het wordt nog wel minder, meneer."

„Hoezo minder?"

Maar het is neef Diedrich die op die vraag ingaat. „Voor de palingstand is het vijf voor twaalf. Dat jij dat niet weet, waarde neef! Zet glasaal uit…" En pal daarop: „Een buitenboordmotortje voor je vlet lijkt me ook geen overbodige luxe."

Stomverbaasd kijken de drie mannen hem aan, ze hebben er geen woorden voor, neef Diedrich, die een wijze opmerking maakt! Ze zien zijn hielen liever dan zijn tenen, maar hij heeft zelfs lieslaarzen aan zijn benen en hij zegt: „Ik ga met jullie mee de griend in."

De jonker gaat er met een ironisch lachje op in. „Mijn neef wil frisse lucht opsnuiven."

En Nol voegt eraan toe. „O, vandaar die buitenboordmotor."

Diedrich geeft Nol een klap op diens schouder en zegt met een joviale grijns: „Je prikt er doorheen, makker, aan roeien heb ik een broertje dood, en wat ik nog meer zeggen wil…"

„Houd dat maar voor je!" De jonker richt zich tot Daan: „Vanmiddag weer kappen, jongen."

Een verbaasde blik. „Kappen, alweer, waar?"

„Perceel vijftig."

„Dat lukt vandaag niet, om half drie is het tij aflands, dan staat het daar nog vol water."

„Dan morgen." Stom, stom, om zo te praten waar neeflief bij is, die zal wel denken. Moet je hem zien grijnzen met zijn glimmende pommadekop.

Maar nu gooit Nol onbewust roet in het eten. „Dan gaat het helemaal niet, meneer, de wind draait naar noord."

„Nou en?" Het kriebelt hem, moet je hem horen, die 'ouwe' botklopper.

„Dat weet u zelf toch ook wel, meneer, wind en water pal op de griend."

Natuurlijk weet hij dat, maar om zich te vernederen, waar neeflief bij is…

„Dan proberen we het vanmiddag alsnog."

Pauze. Nol en Daan kijken elkaar zwijgend aan en Friedrich denkt met gram in zijn hart: 'die twee denken vast: die kerel is niet wijzer, als hij kost wat kost wil kappen, dan kappen we.'

Naast hem hoort hij Diedrich die met zijn geaffecteerde stem de opmerking maakt: „Noordenwind en hoog water, naar mijns inziens dus toch een buitenboordmotor." En met een klap op Friedrichs schouder: „Jij krijgt van mij een buitenboordmotor, ja, dat doe ik."

Hoor daar die goeie gever, drift slaat door hem heen, waarom krijgt neeflief niet op slag de 'kanariepietjespip' zodat hij met zijn getjilp ophoudt! Wat moeten ze niet van hem denken, hun baas een 'armoedzaaier'. Maar die twee staan erbij met stalen gezichten en Daan zegt: „Goed meneer, dan kappen we." Nol voegt er poeslief aan toe: „Gaat meneer Diedrich ook mee?"

Ja, meneer Diedrich met zijn geleende lieslaarzen gaat mee, hij wil van dichtbij dat gebeuren wel eens meemaken, door druk van 'hogerhand'. Hij had tante Eugenie in zorgvuldig gekozen bewoordingen op andere gedachten gebracht en ervoor gezorgd dat Friedrich alsnog een jaar uitstel van betaling kreeg. Ten eerste was het geen halsmisdaad dat hij nog niet aan deze plicht had voldaan, ten tweede ging de familie er niet aan ten onder.

Tante Eugenie had – kaarsrecht achter het schrijfbureau – met aandacht geluisterd. Maar haar gezicht werd steeds somberder naarmate zijn verhaal vorderde. Plots viel ze scherp uit: „Zo zie je maar, aangetrouwd denkt ook: 'adel, daar is geld genoeg'. Hoeveel malen voor die tijd heb ik Friedrich niet gewaarschuwd, maar toen was hij Oost-Indisch doof en nu zit meneer voor het blok."

Diedrich, met het afgezakte gelaat van tante Eugenie vlak voor zich, dacht: 'ze is zuur van aard, en mist ieder gevoel voor begrip, dat is toch om kregel van te worden'. Zachtjes had hij aangedrongen: „Kom, kom, tante, het is geen wereldramp, als u uw hand licht voor Friedrich, eten wij er geen boterham minder om."

Tante zweeg en tikte met haar vulpen op de papieren die voor haar op het bureau lagen. Ze had hem strak aangekeken, haar dunne lippen tot een spleet gesloten als een rood litteken van wang tot wang en zei: „Ik denk dat er op financieel gebied ook bij jou de behoefte bestaat om tot klaarheid te komen, of ik moet me wel heel erg vergissen. Enfin, Friedrich heeft aan jou een goeie pleiter, ik zal mijn hand nog eens over mijn hart strijken. Maar alleen door en voor jou. Zeg hem, dat hij nog één jaar respijt krijgt en geen dag langer."

Voor hij het besefte, ontviel hem: „Daar zult u Friedrich gelukkig mee maken."

Een ironisch lachje. „Nee toch, Friedrich en ik zijn water en vuur." Plots, op indringende toon alsof ze zich bedacht: „Je zult er ook wat aan moeten doen."

„Ik?" Een geniepige zet van tante Eugenie? Wat zei Friedrich ook altijd: „Houd haar op je wagen…"

„Ja, jij!" amendeert tante Eugenie. „Jij gaat daar een weekje logeren, dan kun je gelijk poolshoogte nemen hoe alles daar reilt en zeilt."

Waar stuurde ze hem op af?

„Ja, en probeer erachter te komen wat dat stuk moeras opbrengt."

Onthutst had hij haar aangestaard. Tante Eugenie is er eentje van 'voor wat, hoort wat'. Hij zegt: „Dat meent u niet."

„Dat meen ik wel."

Hij sputtert tegen. „Achter Friedrichs rug om, fraai is dat."

Tante Eugenie met een staalhard gezicht: „In de handel en politiek is alles geoorloofd."

Hij voelde verontwaardiging, ook al nam hij het zelf in handel en wandel ook niet zo nauw, maar dit… En tante Eugenie vulde aan: „Je hoeft er geen gewetensbezwaar over te hebben, je komt gewoon een weekje logeren."

Grimmig was hij uitgevallen: „En als ik het niet doe?"

Met een ondoorgrondelijk gezicht zei tante Eugenie: „Dan blijft alles bij het oude."

„Dus dan geen 'kassian' voor Friedrich?" Tante Eugenie zag Friedrich nu al als een 'verdoemde' ziel.

Ze fronste licht haar wenkbrauwen. „Aan jou de keus."

„U zet me wel het mes op de keel."

Weer dat ironische lachje. „Alsnog de botte kant, jongen, en pas op dat het de scherpe kant niet wordt, en wil je me nu excuseren, er liggen dringender zaken op me te wachten."

Juist ja, dringender zaken, en voor het eerst had hij zich afgevraagd wat er leefde in de hersens en ziel van tante Eugenie. Het leek wel een tactiek uit de middeleeuwen. Leenvrouw, leenheer. Nu staat hij hier in de griend op die glibberige kade met geleende baggerlaarzen aan zijn benen, en om zijn kop het geheimzinnig geruis van wind en water en drenzende regen die alles even triest maakt. Hij voelt verbazing en ontzetting, afschuw en medelijden, ja dát vooral, met zichzelf omdat hij zich voor het karretje heeft laten spannen van tante Eugenie. Vooral als hij naar Friedrich kijkt, die hem zo dankbaar is dat hij tante Eugenie heeft weten te vermurwen om hem nog een jaartje uitstel van betaling te geven, ook Annechien toonde hem haar dankbaarheid en de kus van vertrouwen die ze hem daarbij gaf, beschaamde hem het meest.

Annechien, intelligent en beheerst, nam hem in vertrouwen en zei: „Als we het met de griend niet redden, neem ik mijn oude beroep weer op, maar zwijg erover tegen Friedrich, want hij zei dat hij eerder de griend zou verkopen dan dat ik weer voor de klas zou staan...

Hij had vaag geglimlacht, voelde als het ware de botte kant van tante Eugenies mes op de keel en polste: „Is het dan zo treurig gesteld met dat stuk moeras?"

Een speels tikje tegen zijn wang. „Dat hang ik jou niet aan je neus, Diedrich.

Hij drong aan: „Maar daarom ben ik juist hier, om er met Friedrich over te praten."

„Dan moet je bij Friedrich zijn, niet bij mij."

Weg was Annechien, hem in verwarring achterlatend. En hij dacht aan tante Eugenie, die hem met haar uitgekookte listigheid dwong tot deze logeerpartij.

Nu staat hij naast Friedrich in de griend, dat stuk moeras dat hem 'hufterig' maakt, en het werkvolk begluurt hem alsof ze hem dood willen kijken.

En dan probeer je goed te doen! Al heeft Friedrich hem bedankt voor alles wat hij voor hem heeft gedaan. Maar over de griend had hij nog geen woord gerept en nog minder over zichzelf.

Maar wel over die forse blonde knul die naast hem stond. "Een griendwerker eerste klas, bij wie de griend na aan zijn hart ligt, alsof het een jonge meid was."

Argeloos lachend was hij op zijn woorden ingegaan. „Je loopt nogal warm voor die knaap, zie je hem soms als de nieuwe griendeigenaar?"

Friedrich schudde zijn hoofd. „Zo heb ik nooit met hem over de griend gepraat. "

„Des te beter, dan kan hij zich ook niks in zijn kop halen."

In de stilte die tussen hen viel, had Friedrich hem peinzend aangekeken. Opeens zei hij: „Wat ken jij Daan eigenlijk? Koppie koppie hoor, die jongen! Hij studeerde biologie, maar door de plotselinge dood van zijn vader en het vertrek van zijn broer naar zee, kwam dat jong in de griend terecht, want er moest brood op de plank komen."

Zachtjes had hij gefloten tussen zijn tanden. „Dus zo ligt de zaak, die knul gaf zijn studie op ter wille van dit stuk moeras, volgens mij moet je daar stapelgek voor zijn."

Dat was tegen het zere been, stroef viel Friedrich tegen hem uit: „Voor jou wel ja, maar wat weet jij van die jongen? Jij die gewend bent alles te hebben en te nemen waar je van droomt, besef jij nog wel de waarde van het leven?"

„Nee," was hij rustig op Friedrichs woorden ingegaan. „Toen ik me het bewust werd, was het te laat. Maar de vraag is wederkerig. Vertel eens Friedrich, hoe staat het met jouw besef, wat bepaalt de waarde van jouw leven? Is dat Annechien, die blonde knul die zijn studie opgaf, of heel in de verte – bijna onzichtbaar – tante Eugenie, die jou alsnog een jaar uitstel geeft om aan je financiële verplichting te voldoen?"

„Stik jij!" schoot Friedrichs stem toen woest uit. „De pot op met je tante Eugenie!"

Maar nu met een blik op het wriemelende, slijmerige goedje in de mand zegt hij: „Gooi die paling maar in de bun, Nol."

„Was is dat nou voor poppenkast?" verwondert die zich. „Eerst motten we dat spul hiermee naartoe slepen en nu weer terug in de bun?"

„Gelijk heb je," antwoordt Friedrich, zichzelf tot kalmte dwingend. „Maar onthoud, er zijn bazen en knechten, Nol. En zolang die er zijn… Enfin, eerst die paling in de bun, en vanmiddag kappen. En een beetje opschieten hè, mannen van de griend. Weet wel: de centen van de baas zijn niet van blik."

„Dag, moe." Wouke komt naar binnen, blijft talmend staan. „Hier ben ik dan. Nol zei dat je me wilde spreken."
Fem knikt. „Ja, dat is zo, en blijf daar niet staan, doe je jas even uit."
Er ligt iets hards in haar stem en Wouke denkt: 'moe, nog net als vroeger, nooit een hartelijk woord tegenover mij, maar altijd even koud en koel'. Ze kijkt de kamer rond, alles is nog hetzelfde, alleen de foto van Ward die vroeger op het buffetje in de voorkamer stond, staat nu op de ladekast in de kamer. Ward, met pijn in haar hart denkt ze terug aan de zoen die ze hem gaf in de griend.
Ze trekt haar jas uit, hangt hem over een stoelleuning en met een hoofdknik in de richting van de foto zegt ze: „Ik vind het maar raar hoor, dat hij nooit meer iets van zich heeft laten horen, en u, moe?"
„Doet het er nog wat toe, na al die jaren?" Ze wrijft een haarlok van haar voorhoofd en gluurt in de spiegel, van die mooie zwarte haren is niet veel over. Ze is grijs en d'r haar wordt dun. Ward Kooistra was in zijn jonge jaren als een krachtig dier met een wild temperament, maar zonder iets dat je voor een ziel zou kunnen houden. Haar ziel lokte en wilde gelokt worden. Maarten had haar die misstap vergeven. Hij was van mening dat zij, Ward en hij alle drie schuld hadden, mits je van schuld kon spreken. Ze perst haar lippen op elkaar, Maarten is er niet meer. En Ward, haar nooit vergeten minnaar... een pijn schiet door haar denken. Wat zegt Wouke nu?
„Natuurlijk doet het ertoe, maar bij hem is het 'uit het oog uit het hart'."
„Ik geloof niet dat hij zo denkt."
„Wat? Nou ja zeg, neem het maar weer voor hem op."
„En jij dan, vroeger was het Ward voor en na."
Ze kijkt naar de foto. Ward, toen ze nog een jonge meid was, kwam hij op haar over als iemand met een harde wil. Een beetje geringschattend zegt ze: „Nou ja, dat was vroeger, hij is nu ook een 'ouwe' kerel."
Schrik slaat door haar heen om wat Wouke daar zegt. Ward een

oude man, zij een oude vrouw. Is hun beider leven als een verhaal uit een oud vergeeld boek, waarin er geen gelukwens is voor de moeder, geen vraag naar haar gezondheid, geen vriendelijk woord…? Ward is een man zonder begrip, Maarten was de 'trooster'. Ze herinnert zich het moment nog als de dag van gisteren, de kraamkamer, waarin gedroomd geluk lag. Er was geen liefde noch haat, alleen teleurstelling. Ward was als een dief in de nacht vertrokken, zij had er in ontsteltenis met Maarten over gepraat. „Daar komt roddel van."

Maarten had op dwingende toon gezegd: „Er is hier niets gebeurd tussen nu en toen. Begrepen?"

Ze had haar hoofd gebogen en gezegd: „Ik geloof dat ik je begrijp, maar als Daan ouder wordt en vragen gaat stellen?"

„Het is een Kooistra, daar sta ik voor in."

Maarten, die met zijn mild begrip voor de dwalingen van de zwakke mens voor Fem had ingestaan, en voor Daan als 'zijn vader' was geweest.

Jaren had zij zonder enig gevoel van schuldbesef daarmee kunnen leven, maar de laatste tijd glijdt ze soms terug in het schemerige oord van haar eigen herinneringen. Dan voelt ze angst om haar eigen daden, de wilde hartstocht, de verblindende en heerlijkste tijd in haar leven, die niet is te rechtvaardigen.

Daan, haar rijkste bezit, maar tevens de zwaarste last, een last die op haar drukt…. Daan, die de laatste tijd uithuiziger wordt, net thuis uit de griend, nog maar nauwelijks het eten door zijn keel heeft en er dan alweer op uit trekt. „Dag moeder, wacht maar niet op mij."

Daan is alle avonden de hort op. Op een dag kon ze zich opeens niet meer inhouden, hatelijk viel ze uit: „Heb je een meid op het oog dat je zo opgetut de deur uitgaat?" Daan leek als twee druppels water op Ward.

„Een meid, hoe komt u daar nou bij?"

„Nou, me dunkt, je bent geen avond meer thuis."

„En nu denkt u?" Hij recht zijn rug. „Ik ga naar de jonker."

„De jonker, en dat iedere avond?" En dan giftig: „In de ogen van die lui zijn we maar 'klootjesvolk'."

Hij schoot luidop in de lach: „Wat gek dat u dat alleen maar kunt zien."

„Ja," had ze gesnibd. „In jouw ogen getuigt het misschien van weinig begrip, maar ik zie het al jaren zo."

„We praten over de griend."

Zij verbaasd: „En jullie zwerven de hele dag in de griend, moet je het er dan 's avonds ook nog over hebben?" Plots viel Daan haar in de rede: „Hij wil dat ik weer ga studeren."

„Studeren, jawel, prachtige praat, maar wie brengt er dan geld in de la?" Het zit haar al dagen dwars. En nu lucht ze haar hart daarover tegen Wouke. „Het wordt hem allemaal mooi voorgespiegeld, maar de jonker vergeet een ding: Daan is kostwinner, we kunnen niet van de wind leven."

„En daarom vroeg u Nol?" antwoordt Wouke. Nol zei gisteravond: „Ach, overal is het wat, maar de jonker weet wat een mens toekomt. Alleen die neef, wat een 'prentenboek' is dat!"

„Hoezo?" had ze verbaasd gevraagd. Dat soort praat was ze van Nol niet gewend. Nol wil altijd het goede in een mens zien.

„Een pottenkijker," gromde hij, „die poolshoogte komt nemen, en ons op de handjes kijkt."

„Maar de jonker is toch jullie baas?" verwonderde ze zich.

Nol zei kritisch: „Ik vraag me af voor hoe lang nog, over de griend doen rare praatjes de ronde."

„Je bedoelt?"

„Een eventuele verkoop."

„En daar speelt die neef een rolletje in mee?"

„Weet ik het?" had Nol nijdig geantwoord. „Maar voor die tijd heb ik die kerel hier nooit gezien, en nu gaat er geen dag voorbij of je ziet hem samen met de jonker in de griend, en dan vraagt hij je het hemd van je gat."

„Wie, de jonker?"

„Nee, die gladjanus."

„En wat zeg jij dan?" Bespeurde ze onrust in Nol?

„Ik… niks. Daan doet het woord en als hij uitgepraat is, presenteert die vent hem een saffie uit zijn zilveren sigarettenkoker."

„Dat is niet mis, en wat zegt de jonker daarvan?"

„Ook niks…"

„Conclusie: die neef is niet zo beroerd als jij denkt."

Nol zei mat: „Het is familie moet je denken."

Plots fel: „Stroopsmeerderij, dat is het, en Daan trapt erin…"

„Jij denkt toch niet dat Daan…?" Opeens zijn beeld op haar netvlies, dat strakke gelaat en dat geamuseerde vonkje in die staalgrijze ogen, zou hij…? Ze zei: „Daar is Daan te link voor."

„Ik moet het nog zien," bitste Nol. „Die vent is zo wijs als een looien deur."

„Poets de jonker ook niet uit."

„De jonker is van een heel ander kaliber."

Kom nou, goed voor zijn personeel, dat wel… maar als het erop aankomt, is de jonker ook iemand die op zijn strepen staat."

Koeltjes zei ze: „Je moet hem geen veren opplakken."

Geërgerd had Nol haar zijn rug toe gedraaid. „Je snapt er ook niks van!"

„Vind je?" antwoordde ze. „Wat valt er te snappen? Je zegt zelf: 'het is familie'. En draai je eens om, tegen je rug kan ik niet praten."

Bom, Nol zat weer recht op zijn stoel, trommelde met zijn vingers op de tafel en zuchtte: „Al die jaren en jij snapt er niks van. Niet van mij… niet van mijn werk."

'O wee', dacht ze. 'Altijd draait het daar weer op uit'. Hoe je het ook wendt of keert, altijd die lange klaagzangen die als een ziekte tussen hen hangen.

Zij zorgt goed voor hem, kookt zijn eten, houdt het huis schoon, is een goed klankbord voor zijn meiden. Meer zit er niet in, daar zal hij het mee moeten doen, en als het niet meer gaat…

„Weet je…" probeerde ze zijn vastgeroeste gedachten een andere wending te geven. „Bepraat het eens open en eerlijk met die jonker en heb lak aan die neef."

Het hielp, op slag was de neef weer de boosdoener en Daan de naïeveling die er met zijn goedgelovigheid instonk.

Daan? Wie praat er nog meer over Daan? O, da's moeder, ze heeft koffie gezet, zet de pot op het lichtje en vraagt: „Moet je een bakkie?"

„Ja, doe maar." Wouke steunt het hoofd in de handen, de smalle wenkbrauwen kruipen wat naar elkaar toe. Moeder is een harde… en oom Maarten, de goedzak, kon niet tegen haar op. En Ward, ja gunst, hoe dacht ze over Ward? Moeder was trots op haar pleegzoon, stak het niet onder stoelen of banken, zo erg zelfs dat oom Maarten haar waarschuwde: „Laat je niet door hem inpakken."

„Ik?" lachte moeder. „Wees wijzer, man."

En dan oom Maarten: „Als een vrouw zich wil laten inpakken, is de wijsheid van de baan…"

Ze kijkt naar Wards foto, de zon tovert lichtspettertjes in het glas. Ward, een herinnering uit het verleden.

„Hier, koffie," zegt moeder, met een harde tik zet ze het op de tafel neer.

„Koek?" Het trommeltje wordt onder haar neus geduwd. „Janhagel, daar houdt Daan zo van."

„Dank u, ik geen koek." Ze roert met het lepeltje in de dampende koffie, moe drinkt ook een bakkie. 't Is stil in de kamer, het zonlicht valt vanuit het bovenraam op de tafel. Plots komt moe op het verhaal terug en vraagt: „Dus Nol heeft het je verteld?"

Zij drinkt met kleine slokjes en kijkt naar moe. „Anders zat ik hier niet."

Moe snuift door haar neus. „Nee, ik kan niet zeggen dat de drempel hier door jouw voetstappen uitslijt."

„Da's wederkerig, moe." O, ze zou zo graag iets liefs tegen moe willen zeggen, maar ze kan het niet. Vroeger niet, nu nog niet, er is geen begrip tussen moeder en dochter. Alles wat ze tegen elkaar zeggen, stuit over en weer af als tegen een pantser.

Moe schenkt de kopjes nog eens vol. Plots valt ze tegen haar uit: „Ik begrijp jou niet, je hokt al jaren met Nol Doevedans. Waarom trouwen jullie niet, zo krijg je toch een naam…"

Drift trilt in haar, zou je moe niet? Alsof Wouke de breeveertien op is gegaan! O, daar begint moe weer. "Hoe lang zijn jullie nu al niet bij elkaar, zeven… acht jaar? Aan Nol ligt het niet, die vreet je als het ware met zijn ogen op." Moe, die nu zo praat, moe, die eens tegen Nol zei: "Beter je vrijheid te behouden dan haar te trouwen, ze heeft geen mannenvlees…" Moe met haar dominante gedrag, die haar geen mening liet, alles voor haar bedisselde, zodat ze wel eens dacht: 'ze neemt mijn leven, waarin alles van te voren vaststaat en het doet er niet toe of het veel of weinig is, zij beslist voor mij'.

„Hé, luister je wel?"

„O ja, weet u nog wat u toen tegen Nol zei? 'Ze heeft geen mannenvlees'."

„Ik kan me er niets van herinneren."

„U kunt het zich wel herinneren, maar u wilt het niet, dat is een onvergeeflijke fout tegenover oom Maarten… mij, en misschien ook wel tegen Ward."

„Ward?" Een hatelijk lachje. „Je fantaseert te veel." Maar in haar schrik en woede bonst haar hart, rondtollende gedachten geven een druk in haar hoofd. Wouke heeft onbewust haar diepste innerlijk geraakt. Beelden schuiven door elkaar heen, beelden waarvan zij alleen de waarheid kent. De waarheid die ze zal camoufleren met zachtmoedigheid, met harde trots en met wijsheid en berusting, en niemand zal Daan ooit nawijzen. Daan, een Kooistra!

Plots valt uit haar mond: „De jonker jut Daan op dat hij moet gaan studeren."

Ze knikt. „Nol vertelde me zoiets en daarover wilt u me spreken?"

„Met wie anders zou ik daarover moeten praten?" Ziet ze tranen in moeders ogen?

„Als het nodig is, wil hij aan Daans studie meebetalen."

„Nou zeg, staat die even bij hem in de pas! En wat zegt Daan?"

Daan is hoogbegaafd en hij heeft een ijzeren geheugen. Menig keer heeft ze gedacht: 'zonde van die knaap, moet die heel zijn leven in de griend blijven?'

„Hoe denkt Daan erover?"

„Die laat zijn kop op hol brengen, elke avond is hij daar op bezoek en het is al jonker wat de klok slaat."

Ja, als Daan zo praat, wat zal zij er dan van zeggen?

Moe plots fel: „Ik weet het wel, Daan heeft heel wat in zijn mars, Maarten stond erop dat hij doorleerde."

„Zijn vader?" Lijkt het nu of moe schrikt?

„Ja, natuurlijk zijn vader." Moe haalt diep adem: „Wie anders?"

„Nou wat let u?"

„Dit." Ze maakt het bekende gebaar van duim en wijsvinger.

„En de jonker zegt…"

Moe valt scherp uit: „Een Kooistra eet geen genadebrood."

Snel werken haar hersens en ze zegt: „Ik zie voor Daan twee mogelijkheden. De eerste is een studiefinanciering waar u met uw huis voor borgstaat, de tweede is dat u zelf een hypotheek neemt op dit huis, ten gunste van Daan. Het maakt niet uit of hij het nu krijgt of later.

„Ja, ja." Moe roert driftig in haar koffie. „Makkelijk praten, maar wie zorgt er hier voor de verdienste en hoe moet het met de griend?"

Het is voor het eerst dat moe zo praat, moe had nooit veel op met de griend, het was altijd van 'het is je brood, dan moet je wel!'

„Nol is er ook nog," antwoordt ze. Nol die nooit vraagt of klaagt, zich voegt naar haar wil.

Opeens een vluchtige gedachte waar ze van schrikt. Wordt ze naarmate ze ouder wordt net als haar moeder, die haar altijd gedomineerd had? Deed zij nu ook zo tegen Nol? Dat wilde ze niet. Dat wilde ze absoluut niet.

„Ja, ja, Nol…" Moeder weer. „Een zwakke rug en versleten knieën. Jij denkt toch niet dat Nol… Het beste is eraf…"

Denken? Voor het eerst denkt Wouke heel anders over Nol en in haar gloeit opeens een diepe warmte voor die man, die ondanks 'de slijtage der jaren' zwijgend voortploetert voor haar en zijn meiden.

Nol, die het niet zo op heeft met die neef die te pas en te onpas met hen meesjouwt door de griend, en waarvan hij zegt: „Voor ons een kwaad ding, die vent die aldoor op onze vingers kijkt."

Ze had Nol erop gewezen dat het familie is, maar hij had gegromd: „Dat mag dan zo zijn, maar de een zijn dood is de ander zijn brood."

Opmerkzaam had ze hem aangekeken. Zo somber en wantrouwend kende ze hem niet en ze had gezegd: „Jij luistert te veel naar dorpsroddel."

Nol zuchtte: „Nou ja, misschien heb je gelijk en is er niets van waar. Maar een ding weet ik zeker: we waren vrij vóór die kerel in de griend kwam."

Die plotseling opgedoken neef, had ze gedacht, wordt voor hem een obsessie, en ze waarschuwde: „Wil je nu eens ophouden zo over die man te denken en te praten? Als je hem beter leert kennen, valt hij misschien reuze mee."

„Dat hoop jij," antwoordde Nol. Hij zakte wat voorover in de schouders alsof het hem te zwaar werd. Zij had haar hand op zijn schouder gelegd en gezegd: „Moed verloren, al verloren."

„Vrouwenlogica," bromde hij. „Daar los je niets mee op. Jij kent neef Diedrich niet, die wroet door…"

„En de jonker dan? Hem ken ik wel, eentje met een stalen wil, die zal zijn neef wel stoppen."

„Hoe moet het nu met Daan?" Moeders stem haalt haar weer bij de dingen van de dag.

„Laat Daan zelf beslissen."

„Dan weet ik het wel," schampert moe. „Die piest de jonker in zijn zak en laat ons in de steek."

„Wat? Daan?" Wouke vat vlam. „Wees eerlijk moe, toentertijd heeft hij u niet in de steek gelaten, ging hij in plaats van oom Maarten de griend in. Wie u in de steek heeft gelaten is Ward, maar daar wilt u nooit een kwaad woord over horen."

Woukes woorden, als scherpe pijlen worden ze op haar afgeschoten en is het niet zoals zij zegt? Ze werpt een blik op Wards foto: een stoer gezicht, een wilskrachtige mond. Een pijn roest door haar denken. Ward Kooistra, vader van een zoon, een nooit vergeten minnaar, wat heb je met mij gedaan?

Een diepe matheid valt over haar. Ze staat op van haar stoel en zucht, ze zegt: „Als hij wil leren, mij best, en hoe het met de griend moet, zien we dan wel weer..."

„De griend? Dat is de zorg van de jonker, niet van u."

„Het is voor het eerst," zegt Wouke tegen Nol, „dat ik met jou door de griend vaar. De allereerste keer was met Ward en dat is heel lang geleden."

„Ja," antwoordt hij, „zeg dat wel, samen met mij in de griend, ik heb het nooit durven dromen..." Hij voelt blijdschap, de laatste tijd komt Wouke hem wat nader. Het houdt niet over, maar ze kan meer geduld en begrip voor hem opbrengen, schenkt hem af en toe een lieve glimlach, waardoor het leven tussen hen wat gezelliger is.

Bij iedere roeislag heeft hij zijn dromen, geruisloos glijdt de vlet door het water, langs de rietgorzen waarin het getjilp van karekieten te horen is, voorbij een slikplaat met biezen, waartussen eenden scharrelen. Ze varen een kreek in, overschaduwd door wilgenhout en Wouke neuriet het liedje 'Schipper, mag ik overvaren?' Ze lacht zachtjes naar hem en zegt: "Ik geloof in dat liedje van de goede Schipper." Ze buigt zich naar hem over en tikt hem op de knie. "En jij, geloof jij daar ook in?"

„Niet in het liedje, wel in de Schipper en in Zijn vrijheid. Maar jij wilde daar niets van horen, laat staan erover praten."

„En als ik het nu wel wil?" Ondanks Nols ouder wordend gelaat, zijn zijn ogen hetzelfde gebleven, alleen wat naïever en tegelijk dieper. Verwonderd denkt ze: 'dat me dat nooit eerder is opgevallen'.

„Goed, zeg maar wat je wilt horen, er zijn zoveel Bijbelverhalen."

„De bijbel ken ik niet, en de kerk is me vreemd, vertel maar wat."

„Goed, zet je oren open." Hij begint met vertellen en blijft maar doorgaan, en zij, spelend met haar hand door het water, luistert verbaasd en verwonderd, en ze denkt: 'door zijn geloof krijgt een mens een zuiver inzicht in zijn leven'. En Nol vertelt verder, hij vertelt goed en schildert haar de Bijbelse taferelen voor ogen. Nol was vroeger een kerkloper, maar na de dood van zijn vrouw heeft hij de kerk de rug toegedraaid. Naar de ware reden daarvan heeft ze nooit gevraagd, hij heeft er tegen haar nooit met een woord over gerept.

„Nol?"

„Ja."

„Vertel eens wat over je vrouw."

„Mijn vrouw? Dat is verleden tijd, dat moet je laten rusten... Trouwens, jij bent nu toch mijn vrouw."

„We hokken, Nol Doevedans, al menig jaartje, mag ik je daar even aan helpen herinneren?"

Een trieste glimlach. „Als jij wilt, dan..."

„Maar ik wil niet, hoe vaak moet ik je dat nog zeggen, zo hebben we het toch ook goed?"

Ja, vertel hem wat, vast werk, een eigen huis en brood op de plank, en daarvoor is hij God dankbaar, maar als er toch een kleine kans was, een pieterig vonkje hoop om de liefde van Wouke wat aan te blazen, dan zou alles volmaakt zijn. Maar die hoop heeft Wouke vanaf het begin de bodem ingeslagen, en in de loop der jaren is zijn verwachting geleidelijk afgenomen, al blijft er in zijn hart nog een klein sprankje hoop. Meegaand op de golf van zijn gedachten zegt hij: „Je bent toch ook een mens, een vrouw... en geen stuk hout?"

Ze veert rechtop. „Niet een vrouw zoals jij bedoelt." Na al die jaren, hoe moet ze het aan hem uitleggen, is ze erachter gekomen dat een man haar niets doet, althans niet zoals een man een vrouw wil hebben. Achteraf bezien heeft haar moeder toch gelijk, ze bezit geen 'mannenvlees', al laat Nol haar niet geheel koud. Maar dat waar hij naar hunkert, een 'boterbriefje', daaraan kan zij niet voldoen. Gauw hem afleiden, voordat hij daarover doorzeurt.

„Het gaat goed met Daan, hè?"

Ja, het gaat reuzegoed met Daan. Daan studeert weer, hij is de protégé van de jonker, die redeneert: kennis is macht en levenskracht, en die helemaal achter Daan staat. Daan is twee dagen in de griend, vier dagen in de collegebanken, en 's avonds zit hij met zijn blonde kop over zijn lessen gebogen. Juist door die studie zit hij meer bij de jonker thuis dan op eigen honk. De jonker schettert: „Hoe meer kennis, hoe hoger je baan. Is het niet hier, dan ergens anders. Je hebt een goed stel hersens, Daan, de wereld verwacht wat van je."

Daan sputtert dan tegen: „Hier is het ook goed." Daan is een natuurmens die zijn hart aan de griend heeft verloren. Maar de jonker zegt: „Over een tijdje praten we weer, nu niet."

Nol vraagt zich soms af of de jonker wat met Daan voor heeft, dat hij zo met hem optrekt. Daan vindt de jonker een fijne vent, en een goede baas bovendien, zo vind je geen tweede, en als iedere zoon zo'n vader treft, dan is hij een 'bofkont'.

Maar die praat valt bij Fem in verkeerde aarde, nijdig valt ze uit: „Heb je het hier niet goed, deugt er hier opeens niets meer? De jonker spiegelt het je veel te mooi voor. Geloof toch niet alles wat hij je zegt, het leven komt zo anders."

Maar Daan is vol van de jonker, en de betekenis van die woorden dringt nauwelijks tot hem door. Hij denkt nog dat de wereld mooi en goed is, als je moeder hoort, is alles even lelijk en ze kijkt er nog zuur bij ook.

Stroef zegt hij: „Omdat Ward u in de steek heeft gelaten, eist u mij op voor uzelf en dat is niet eerlijk, moeder."

Fem barst los: „Niet waar, hoe kun je zoiets leugenachtigs verzinnen?"

Haar verontwaardiging is oprecht, maar dat ontgaat Daan. Nol weet van dit gesprek en zegt tegen Wouke: „Het is niet goed van Daan om dat te zeggen, hij moet die woorden terugnemen, en…"

Maar Wouke valt hem subiet in de rede: „Hij hoeft niets terug te nemen. Daan en moe hebben beide een heftig karakter, daar moet je altijd voorzichtig mee zijn."

De vlet vaart in het midden van de kreek, de stroom neemt toe, hij hoeft zich met roeien niet meer in te spannen, de riemen plassen maar zo'n beetje op en neer, hij hoort het lichte geruis van het water onder de vlet door en tegenover hem zit Wouke, haar ogen lachen vriendelijk tegen hem, haar handen glijden onophoudelijk langs de doolboord, alsof ze de vlet oppoetst. Hij slaat een blik op zijn horloge, nog ruim vijf minuten de tijd, zal neef Diedrich al in de griendkeet zijn?

Neef Diedrich is in de plaats gekomen van Daan, onder het toeziend oog van de jonker. Neven, met hetzelfde sop overgoten.

„U?" vroeg hij verbaasd, toen hunne edelen in hun lieslaarzen voor dag en dauw de keet kwamen binnenstappen.

„Ja, vind je het niet kostelijk?" had de jonker vol sarcasme gezegd. „Mijn neef die vanuit zijn maatschappelijke positie tot het proletariaat is afgedaald, niets dan lof voor deze man! En mocht ik één dezer dagen voor zaken van huis zijn, voeg je dan naar de orders van deze man, begrepen Doevedans?"

Hij had totaal overdonderd geknikt: „Jawel, meneer."

Neef Diedrich zei niets en grijnsde maar zo'n beetje. Hij kwam naar hem toe, drukte hem de hand en zei: „Ja, ik samen met u in de griend, ziet u me al banjeren door de modder? Weet u, ik zou er vreselijk om kunnen lachen als de situatie niet zo intriest was, nietwaar Friedrich?" Dit laatste tot de jonker, die er wat timide bijstond.

Het leek Nol dat de jonker een beetje uit zijn evenwicht was gebracht, maar die legde zijn hand op zijn schouder en zei: „Maak er wat van, Nol."

Hij antwoordde kalm: „We zullen het wel redden, meneer."

En neef Diedrich voegde er met een schamper lachje aan toe: „Mijn idee."

Tijdens het werk kwam Nol erachter dat neef Diedrich meer van de griend afwist dan je op het eerste gezicht zou denken, en al gauw kwam er een andere sfeer tussen hen. Neef Diedrich bleek in werkelijkheid toch niet zo'n arrogante kwast te zijn.

„Kijk eens, beste man, we moeten van nu af aan, in dit stuk verlaten moeras elke dag onze handjes laten wapperen. Nu stel ik voor dat we elkaar als gewone jongens bij de naam noemen, ga je daarmee akkoord, Nol?"

Totaal overrompeld mompelde Nol verlegen: „Ja... eh, ja meneer."

„Huh, huh," dreigde de ander met opgestoken vinger. „Wat hebben we net afgesproken? Diedrich, nietwaar? Zeg eens netjes Diedrich..."

„Diedrich."

Een goedkeurend lachje. „Juist makker, en zo blijft het."

Diedrich was een graag geziene gast in het dorp, net als de jonker had hij voor een ieder een vriendelijk woord. Hij was ook een keer bij hem thuis op bezoek geweest, onverwachts stond hij midden in de kamer. „Ik kom eens praten," had hij zichzelf uitgenodigd. Nol was totaal overdonderd, want wie verwacht dat nou? Hij had een stoel onder de tafel uit getrokken en gezegd: „Gaat u zitten."Op Woukes vragende blik zei hij: „Dit is meneer Diedrich, waar ik je over heb verteld."

„Mooi," lachte Diedrich. „Dan gaat de kennismaking des te vlotter." En met een attente buiging richting Wouke: „Mevrouw, het genoegen is geheel aan mijn kant."

Het werd een gezellige visite, toen Nol ver na elven neef Diedrich uitliet en in de kamer terugkwam, zei Wouke: „Wat een bijzondere man, en dat noem jij een 'arrogante kwast'? Wees wijzer."

Nog steeds in verwarring door dit onverwachte bezoek, had hij nors gezegd: „Dat geloof je toch niet? Hij kwam de kat uit de boom kijken."

„Dan ben jij zeker de boze kater?" kaatste Wouke terug. „Denk daar maar eens over na."

Hij had een beetje moeten lachen toen ze dat zei, maar hij was toch kwaad de kamer uitgelopen, met zichzelf overhoop.

De stroom schuift de vlet langs het steigertje, hij trekt de riemen binnen en klautert aan wal. „Geef me je hand, Wouke, en spring."

Ze staat naast hem, terwijl hij de vlet wat steviger vastlegt. Ze legt haar hand op zijn arm. „Het gaat beter met je knieën, hè?" Elke avond smeert ze zijn knieën in met Haarlemmerolie en legt ze een drukverband aan. Baat het niet, dan schaadt het niet.

„Ja," zegt hij en als hij haar ogen ziet, denkt hij: 'het zijn net twee gladgeslepen keisteentjes met een blauwe rand eromheen. In haar iris glinsteren goudpuntjes'.

Ze slaan het wilgenlaantje in dat naar de griendkeet leidt. De jonker heeft zich al een paar dagen niet in de griend laten zien, dag in dag uit trekt hij met neef Diedrich op, die met een olijke knipoog zegt: „We redden het samen aardig, is het niet, Nol?"

En dat samenwerken wordt elke dag beter. Diedrich krijgt de slag aardig te pakken, hij zingt er vrolijke Franse liedjes bij. Nol verstaat er geen snars van, maar Diedrich zegt: „Dat is maar goed ook, makker, want het zijn bepaald geen moraliserende ballades."

Hij loopt voor Wouke uit op het pad, blauwe vlindertjes dansen boven het bloeiend fluitenkruid met het gezoem van bijen. De bijen vliegen over hen heen en laten een spoor van wit stuifmeel op hun kleding achter. Wouke zegt: „Het is hier mooi, ik was het bijna vergeten."

Hij keert zich naar haar toe. „En nu herinner je je het weer?"

„Ja, de griend heeft zijn eigen karakter, dat moet blijven zoals het is."

„Aan de jonker zal dat niet liggen," antwoordt hij. Tegelijk vraagt hij zich af: 'waar zit die man toch? Zaken? Hij levert altijd aan de Heemraad en het waterschap, dan mag je toch veronderstellen…'

„En aan de griendwerkers ook niet."

„Wat? Griendwerkers?" Wouke doorbreekt zijn gedachtegang.

„Ja, je vergeet de griendwerkers, volhardend en bedachtzaam volk. Zij bepalen ook het karaker van de griend."

„Sommigen met maar weinig vreugd," mijmert hij hardop, en plots wandelt Ward zijn geest binnen. Ward was vergroeid met de griend, en opeens vertrok hij naar zee. En Daan zette het plotseling op een studeren. Je mag niemand zijn eigen keus verwijten, maar soms – in de eenzaamheid van de griend –, worstelt Nol met het gevoel dat beiden hem in de steek hebben gelaten. Nu trekt hij alle dagen op met neef Diedrich, een man die hem het ene moment aantrekt en het andere moment afstoot, en die een idealisme koestert dat het zijne niet is en die hem voorhoudt: zichzelf leren doorgronden, is de beste stimulans tot slagen.

„En uzelf dan?" had hij de euvele moed gehad te vragen.

„Ik?" Neef Diedrich had zijn bril afgezet, poetste de glazen schoon, zette hem weer op zijn neus, fronste zijn voorhoofd, lachte en zei: „Zullen we daar maar niet op ingaan?"

En hij, door dit antwoord wat verrast, dacht: 'hij lacht als een boer die kiespijn heeft'.

Naast hem zegt Wouke: „Daan komt dit weekend thuis."

Zo, zo, Daan laat zijn neus weer eens zien. Fem had hem haar nood geklaagd: „Sinds hij met de jonker omgaat, maak ik me geen enkele illusie meer, dat is heel erg voor een moeder, Nol." Ze was naar de keuken gesloft. In haar gang zag hij melancholie en eenzaamheid.

Verbaasd en getroffen door wat ze zei, dacht hij: 'de fut glijdt uit haar weg!'

's Avonds had hij Wouke in vertrouwen genomen en gezegd: „Het zit je moeder dwars van Daan, je moet er met hem over praten."

„Dat is iets tussen haar en Daan, daar bemoei ik me niet mee."

Hij voelde zich ontstemd door haar antwoord en nors zei hij: „Weet wel dat ze een hypotheek op haar huis heeft genomen om hem te laten studeren."

„Nou en? Of hij het nu krijgt of later..."

„Jij denkt er wel heel makkelijk over." Wouke leek in haar scherpe manier van oordelen soms net op Fem.

„En jij doet er veel te moeilijk over, Nol Doevedans."

Nors zei hij: „Kan zijn, maar dat jij dat niet ziet tussen Daan en je moeder."

Plots had Wouke fel en verbeten gezegd: „Ach man, houd er toch over op, je praat naar je er verstand van hebt."

Gekrenkt was hij opgestoven: „'t Is zeker je broer, hè?" Een knul met een gaaf stel hersens, en hijzelf te stom om uit zijn ogen te kijken.

„Ga je schimpen?"

„Zo denk jij er toch over? Nol is een stommerd die weinig geleerd heeft." Hij voelde hoe zijn kop gloeiend rood werd.

Haar hand op zijn arm. „Het maakt weinig uit hoe wij denken, het komt erop aan hoe zíj denken."

„Je moeder en Daan?"

„De één over de ander. Wij kunnen elkaar in ieder geval niet missen."

„Dus jij zou mij niet kunnen missen?"

„Ik zou je niet wíllen missen, Nol Doevedans. Dat staat voor mij vast en het geeft jou zekerheid, toch? En geef me nu een kus."

Hij lachte zachtjes, een kus, hoe lang was dat geleden? In hem gloorde een klein sprankje hoop.

De stormwind jaagt om hèt huis, brult zijn lied in de schoorsteen, en Wouke denkt: „Het is net zulk weer als toen Daan geboren werd. Zij, Daan en Nol zitten aan het bed van Fem. Fem begon de laatste tijd plots te sukkelen. Ze klaagde over pijn in haar borst, maar van naar bed gaan wilde ze niks weten. Toen kwam de dag waarop ze in haar bedrijvigheid plotseling in elkaar zakte. De buurvrouw vond haar, stuurde haar jongste als een ijlbode naar Wouke en haar oudste om de dokter.

Nu ligt Fem op bed, ze steunt van pijn en ziet wit als een laken, de ontboden dokter die haar onderzocht ziet het zwaar in. Fems hart is op, totaal versleten, en in haar spierwit gelaat tekent zich de schaduw van de dood. Hij neemt Nol apart, draait er niet om heen en zegt: „Bereidt u voor op het ergste Naar ik weet heeft ze toch een zoon op de vaart?"

„Ja," antwoordt hij plichtmatig, „al jaren." Wat hij verder denkt zegt hij er niet bij, de dokter beveelt: „Zo gauw mogelijk waarschuwen."

„Ja," zegt hij weer, maar hij denkt: Ward is net als de Vliegende Hollander een zwerver op zee, hij vindt nergens rust.

Hij kijkt naar Fem, blauwig wit ziet haar gezicht, haar hand wrijft onrustig over het laken. Wouke grijpt die hand en vraagt: „Is er wat, moeder?"

Ze geeft geen antwoord. Het is stil in huis, stiller dan stil, buiten raast en jaagt de storm. Fem weet dat haar einde nadert, het afscheid van een leven van vallen en opstaan, na bezoeking en aardse beproeving. Nog even en ze zal worden gewogen en geoordeeld in het hemelse gericht.

Voelt ze angst? Ze slaat haar ogen op naar Wouke en fluistert: „Waar is Daan?"

„Hier ben ik, moeder." Hij komt naar voren en pakt haar hand, een lichte glimlach glijdt over haar gezicht, een moment van helder denken: „Red je het met je studie, jongen?"

„Ja, moeder."

„Is de jonker nog altijd een steun voor je?"

„Ja, moeder. Stil nu, u mag niet zoveel praten."

„Wie zeg dat?"

„De dokter."

„Dokters? Pillendraaiers!"

Haar ogen liggen diep weggezonken in haar oogholten. Ze weet het en ze voelt het, dit is het einde. Weg te zinken in de stuurloze rust van de ganse eeuwigheid. Dood... betekent de ontmoeting met de Allerhoogste. Is ze hierop voorbereid? Ze heeft haar hand uitgestoken naar een verboden vrucht. Vrees kruipt verkillend haar ziel binnen. Zal Hij genade voor recht laten gelden?

„Daan."

„Ja, moeder?"

Moeder houdt van hem, maar heeft ze hem ooit begrepen?

„Het huis is voor jou."

„En ook van Wouke en Ward."

Ward, haar nooit vergeten minnaar. Haar hart heeft hem opgegeven toen hij dat van haar verlangde, maar haar geest heeft hem nooit één ogenblik losgelaten...

En Daan, zijn zoon, haar innig geliefd kind. Wat God hem oplegt, zal hij moeten dragen, ze fluistert: „Pas goed op jezelf, kind." In een laatste poging streelt ze zijn hand. Ze zou hem nog zoveel willen zeggen, duizend raadgevingen willen toefluisteren. In het verleden is de zonde zo onverwacht en verpletterend over haar heen gevallen, dat ze geen moed en geen kracht meer heeft om hem de waarheid te vertellen. Alles wordt wazig voor haar ogen en ze zinkt weg op de grens waar tijd en eeuwigheid elkaar ontmoeten.

Daan voelt zijn hart krimpen, huilen kan hij niet. Wouke sluit eerbiedig haar ogen. Nol gaat naar buiten en sluit de luiken, donkere wolken scheren langs de hemel, plots scheurt het grauwe wolkendek open, pinkelen er sterren aan een blauwe, fluwelen hemel. Nol richt zijn blik omhoog en fluistert: „Fem Kooistra, dat Hij het eeuwig licht over je mag laten schijnen..."

HOOFDSTUK 12

„Het is gebeurd, Diedrich," zegt de jonker tegen zijn neef. Samen zitten ze in de griendkeet te wachten op Nol.

Diedrich kijkt naar de aanzegger van deze onheilstijding, strijkt met zijn hand door zijn haren en vraagt: „Zegt tante Eugenie dat?" Friedrichs gezicht staat lusteloos, de flinkheid is uit de trekken verdwenen, de hele situatie vreet aan hem. Friedrich en hij, ze hebben hun strijdbijl begraven en ruim een jaar hebben ze zij aan zij in de griend gestaan, hout gekapt, paaltjes gepunt, riet gesneden, alles op eigen mankracht om te behouden wat feitelijk al verloren was: het stuk moeras met zijn ongerepte natuur, waar Diedrich van is gaan houden alsof het zijn eigendom was.

„Niet alleen tante Eugenie, meer de familieraad," zegt Friedrich.

„De familieraad, hoe is dat nou mogelijk?" verwondert hij zich.

„Je zou toch denken dat tante Eugenie.."

„Vergeet ook Archibald niet," schampert Friedrich.

Gunst ja, oom Archibald, met zijn sierlijke knevel en een plukje baard aan zijn onderlip. Oom Archibald, vroeger een of ander hoge hotemetoot op het ministerie van Buitenlandse Zaken. Heel de wereld overgereisd, op kosten van het rijk, dat wel. Meneer met zijn vrouw samen met het vliegtuig, de staatskas rinkelt. Meneer met zijn secretaresse op handelsreis, idem dito. Bij het woord 'Jan Boezeroen' gleed er over oom Archibalds gezicht altijd een minachtend lachje, waarin medelijden en wrevel te herkennen was.

Oom Archibald stond in de schaduw van tante Eugenie, maar hij was precies zo'n 'duitenpletter', van de vroege ochtend tot de late avond fel op elk financieel voordeeltje en afgunstig en zuur als het door zijn vingers gliptе. Altijd bezig geld bij elkaar te schrapen en op te potten. Oom Archibald met zijn trieste, droge natuur en zijn reuma waardoor hij in zijn huwelijk nooit de vreugde en lust had gekend. Aarzelend zegt Diedrich: „Dus het komt bij oom Archibald vandaan?" Dan fel: „Verdorie, waarom is die klier niet op een van zijn verre reizen gebleven."

Friedrich zucht benard. „Praat me er niet van, ik kreeg het toch van hem uitgemeten…!"

„Van die houten klaas? Wat weet die vent nou van de griend?"

Vragend rust zijn blik op Friedrich. Friedrich en hij hebben elkaar als neven beter leren kennen, ze hebben begrip en respect voor elkaar. Nol Doevedans had het gewaardeerd dat hij hem geholpen had in de griend, toen Daan ging studeren. „Ik dank God, dat Hij u op ons dak heeft gestuurd," had hij tegen hem gezegd.

Wat Nol zei had hem ontroerd, hij zag de man achter deze woorden. Hij had zijn hand op diens schouder gelegd en gezegd: „Je weet het, Nol, ik heb liever de kroeg dan de kerk, biechten is me vreemd en bidden ook. Maar door wat je nu tegen me zegt, voel ik tegenover Hem toch een beetje berouw."

Nol had wijsgerig geknikt. „Voor een berouwvol iemand is er altijd vergiffenis, want anders zou God net zo klein zijn als u en ik. Daar wil ik het bij laten."

Wat zegt Friedrich nu?

„Van de griend weet oom Archibald niet veel, nee, maar wel van de centen."

Nijdig gromt hij: „Laat die vent ploffen, bespottelijke waanzin om familiebezit te verkopen."

„Wij ploffen eerder dan die vent," klinkt het grimmig. Friedrich staat in de deuropening, tuurt over de griend, zíjn griend. Nog is de griend niet kaal, al hebben sommige bomen hun blad al verloren, maar de taaihouten wilg houdt zijn blad het langst vast. De verderop gelegen percelen griendhout vervloeien als compacte massa's weg in de opkomende mist.

„Hoe lang zal het nog mijn griend zijn?" peinst hij hardop en pal daarop – niet zonder ironie –: „Oom Archibald vindt het niet meer dan billijk, dat ik over het hele bedrag ook nog eens acht procent rente betaal."

„Wat? Is die vent helemaal van de ratten besnuffeld?"

Een grimmig lachje. „Het is zijn goed recht en reken erop dat hij niet schroomt het te gebruiken. Nee, Diedrich, ik zit in de tang."

„En tante Eugenie, heb je haar gesproken?"

„Eugenie of Archibald, dat maakt weinig uit, denk ik…"

„Het is te proberen," meent Diedrich. Dan giftig: „Verdorie, je bent toch familie."

Een cynisch lachje. „Mag ik je er even aan herinneren, Diedrich, dat ik – mede door het burgermeisje Annechien te trouwen – bij de adellijke familie in ongenade ben gevallen?"

Diedrich is begaan met de hele toestand. Het voelt of hij er persoonlijk bij is betrokken. Hij stuift op: „Adel, adel, wat is adel, we hebben allemaal een gleuf in ons gat."

Een glimlach breekt door op Friedrichs gezicht. Is dat Diedrich die nu zo praat? En hij kan het niet nalaten te zeggen: „Je mening was een aantal jaren geleden heel anders dan nu."

Een zacht gegrinnik. „Er is niets veranderlijker dan een mens, en misschien dat je het als een gril ziet, maar door al dat 'gesodemieter' krijg ik trek in een stevige borrel."

„O, en waar moeten we dan op drinken? Op de ondergang van de griend en het geluk van de familie?"

„Ondergang van de griend?" Boos schudt Diedrich zijn hoofd. „Ben je helemaal gek geworden? Op het behoud van de griend, natuurlijk!" Er springen tranen in zijn ogen, Friedrich meent te begrijpen waarom... Zacht zegt hij: „Dat we elkaar zullen missen, staat vast."

„En de griend, Friedrich."

„En de griend, Diedrich, of er moet een wonder gebeuren..."

„Geloof jij in wonderen, Friedrich?"

„Wonderen?" Hij slaat een blik op zijn horloge en zegt nors: „Genoeg gekletst, het werk wacht, we moeten nog een aantal paaltjes punten voor de kaai." Altijd weer die kaai, de beschermer van de griend.

„En Nol, onze 'zielenknijper', waar hangt die uit?"

„Die is op de rietgors biezen aan het snijden."

„Zo, mannen," zegt de jonker, nog steeds met dezelfde bedwongen bitterheid als een paar dagen terug. „Nu weten jullie het, de griend wordt verkocht."

Nol stamelt doodnerveus: „Dat praatje deed allang de ronde, maar nu is het definitief. Hoe moet het nu met ons, meneer?"

„Dat ligt aan de nieuwe eigenaar."

'Dus werkeloos', denkt Nol, al die tijd heeft hij het instinctmatig gevoeld en geweten en nu het zover is, maakt ontzetting zich van hem meester. Waar vindt hij op zijn leeftijd nog werk en hij mompelt: „De zak gehad en dat na al die jaren."

Er gaat een steek door Friedrichs hart, bedrukt zegt hij: „Niet mijn schuld, Nol, ik kan niet anders."

„En waarom niet, meneer?"

Nol ziet hem als de boosdoener. Moet hij dan alles eerlijk vertellen, met zijn billen bloot over zijn verkeerd financieel beleid, waar de familie niet langer genoegen mee neemt? De familie, met tante Eugenie en oom Archibald voorop. De familie die volledig in hun recht staat.

Zachtjes zegt hij: „Het is een familieprobleem…"

„En daar wordt de griend aan opgeofferd."

„Zoiets ja, en het valt mij ook zwaar, maar probeer het een beetje te begrijpen, Nol."

Begrijpen… er valt niet veel te begrijpen. Altijd en overal is de knecht de dupe, de bazen ontspringen de dans. Hij staat op straat en de jonker heeft geen centje pijn, die houdt zijn mooie huis en zijn zilvergrijze Mercedes. Wat kletst die kerel nou?

„Ik betaal je drie maanden je volle loon, en daarna…"

„Daarna? U hoeft me niks te vertellen!" Woedend en vernederd springt hij overeind, nijdig valt hij uit: „Je kan barsten met je steun."

Die koppigheid van die 'ouwe' botklopper, je zou hem…

„Nol, gooi je kont niet tegen de krib, bederf het niet door onbesuisd gedrag, al is het een magere raadgeving. Probeer het eens bij de boeren."

Een smalend lachje. „Ja, de boeren… Ik heb het niet zo op boeren, altijd klagen en piepen over het weer, trouwens, zij hebben het niet op botkloppers."

„Dat was vroeger, Nol. Je bent al jaren griendwerker."

„Wás griendwerker," klinkt het timide. „En wat nu, meneer, zegt u het eens? U kent vele mensen, u heeft overal uw connecties."

De jonker heeft Nol nooit in de steek gelaten. Hij kijkt tegen hem op als zijn meerdere. Maar de jonker haalt zijn schouders op, zucht en zegt: „ Ik zou het echt niet weten, Nol, misschien bij het waterschap."

„Alstublieft, meneer, praat eens met Govers."

„Dat zal ik zeker doen, maar of het me lukt? Maar beloof me, Nol, val niet terug in de stroperij, dan gooi je je eigen glazen in."

Ja, dat is makkelijker gezegd dan gedaan. Als je geen werk hebt, moet er brood op de plank komen. Een paar genekte vette eenden brengen meer geld op dan een kilo magere botjes.

„En Daan, meneer?" vraagt hij. Daan, gestimuleerd door de jonker, is geslaagd voor zijn studie. Daan is afgestudeerd bioloog, dan zou je toch denken… maar hij heeft geen werk. In het buitenland zou hij terecht kunnen, maar daar wil Daan niet heen. Daan blijft bij zijn oude liefde, de griend, waar hij samen met hem dagen had doorgebracht. Weliswaar voor schamele centen, maar misschien dat de jonker toen al…

En hij herhaalt: „En Daan, meneer, hoe moet het met hem?”

„Daan?” herhaalt Friedrich. „Hoe kom je ineens op Daan. Hij is bioloog.” Plotseling zwijgt hij, alsof er een sluis wordt opengezet, zo overspoelen hem opeens nieuwe gedachten. Hij ziet Daan opeens in een heel nieuw licht. Daan met zijn terdege kennis van al wat leeft en groeit. Daan, de nieuwe eigenaar van de griend, dat stukje paradijs op aarde, door God geschonken.

Opwinding slaat door hem heen, hij springt op en loopt gejaagd heen en weer. Voor Nol blijft hij staan, hij legt zijn hand op diens schouder en zegt: „Daan, verdraaid Nol, je brengt me op een idee, dat is de oplossing.”

„Jij?” roept Nol verbaasd uit, al prutsend aan het buitenboordmotortje van de vlet en hij kijkt naar Daan met een blik of hij van een andere planeet komt. „De jonker ziet jou als de nieuwe eigenaar van de griend, hoe is het mogelijk?”

„Ja, eerst de centjes en dat liegt er niet om.”

„Ach, jongen, nee, dat kan immers niet,” gaat Nol erin mee. Het is mooi bedoeld, daar niet van, maar hoe krijg je dat financiële plaatje ooit rond? “Nee, vergeet het maar.”

Hoe kan de jonker opeens zo open tegen Daan geworden zijn? De jonker is een goede denker, dat wel, heeft hij voor hem ook niet het vuur uit zijn sloffen gelopen voor een nieuwe baan? Maar wie wil een griendwerker met versleten knieën? Enfin, voorlopig zit hij hier nog en hij zal wel zien hoe het afloopt. Maar wat Daan vertelt, werpt ineens een heel ander licht op de situatie. En hij vraagt: „Vertel me eens, hoe ging dat tussen jou en de jonker?”

Daan, lang en pezig, breed in de schouders, grijsblauwe ogen en goudblond haar. Zijn stem klinkt donker en heeft een zwaar, traag ritme. De taal die bij de griend hoort.

Ja, hoe ging dat? Daan kan het zelf nauwelijks geloven. De jonker die onverwachts daarmee op de proppen kwam, woorden en zinnen van zware betekenis.

Een vlucht bonte kraaien vliegt over de griend en hij hoort hun krassend geroep. Daan mag die brutale rakkers wel, de jonker daarentegen is niet zo gesteld op dat 'boeventuig'. Hij ziet ze liever niet, dan wel.

De jonker en hij zaten tegenover elkaar in de studeerkamer, de jonker achter een stevige Bordeaux, hij achter een glas vruchtensap. De jonker stak een sigaret op en inhaleerde diep. Terwijl hij een rookwolk uitblies scheen hij over iets na te denken. Opeens zei hij: „Kijk eens, Daan, het is nodig dat wij eens ernstig met elkaar gaan praten, ook uit naam van mijn neef Diedrich. Je bent nu afgestudeerd bioloog en je weet hoe het er met de griend voor staat."

„U bedoelt?" vroeg hij. Hij zag het verband niet tussen de griend en de afgestudeerde bioloog, en wat bezielde de jonker om opeens zo tegen hem te praten?

De jonker staarde met een bittere glimlach om zijn mond stilletjes voor zich uit, hij strekte zijn hand naar zijn glas, nam een flinke slok en zei: „Daar zit je dan, meneer de bioloog, weet je nog wat ik toentertijd tegen je zei? 'Aan een halfbakken studie heb je niets, je gaat weer studeren'."

En of hij dat nog wist. Vechtend tegen zijn tranen, had hij zich toen omgedraaid om weg te lopen. De jonker wist waarom hij zijn studie had opgegeven. Maar de jonker was losgebarsten: „Wil je hier blijven, eigenwijs strontjong! Jij weet dat niet maar mensen die te weinig hebben gestudeerd, worden de slaven van de maatschappij…"

Hij was opgestoven: „O, gaat u schimpen omdat u van me af wil?"

Een cynisch lachje. „Misschien, of misschien juist niet. Ik zei dus 'die te weinig hebben gestudeerd', maar daar val jij niet meer onder, want jij gaat weer achter je boeken en ik sta achter je."

Het had hem geduizeld. „Hoe?"

„Door avondstudie te volgen."

„En de griend?" had hij tegengeworpen. „Nol kan het niet alleen af."

De jonker lachte zachtjes. „Dat is mijn zaak."

Hij had zijn studie weer opgenomen en met steun van de jonker was hij cum laude geslaagd. Hij was nu bioloog, maar vond er geen voldoening in, want zijn hart lag in de griend, met al zijn vage herinneringen die droevig waren en blij tegelijk. Een heimwee naar de stilte en grootheid van dat stuk ruige moerasland, een paradijs, vastgeklemd tussen hemel en aarde.

Toen had de jonker hem op zijn knie getikt en teruggeroepen in het heden en hij zei: „Op je vraag hoe ik het bedoel... We, dat zijn mijn neef Diedrich en ik, willen jou de griend verkopen, een uitgelezen plek voor een bioloog, met zijn flora en fauna in Gods vrije natuur, je zou bijvoorbeeld glasaal uit kunnen zetten."

„Glasaal?"

„Ja, dat is een uitgelezen kans. De palingstand loopt terug, en reken erop dat het daar wil gedijen in de griend. En niet te vergeten de bevers."

„Bevers?" In de griend had hij nooit een bever gezien en nu opeens?

De jonker had geknikt. „Ja, ja, mannetje, daar hoor je van op hè? De bevers waren verdwenen uit dit gebied, want in het verleden werd er verbeten op gejaagd. Inmiddels worden ze volop beschermd. Maar dat allemaal terzijde, nogmaals Daan, als ik één de griend gun, ben jij het. Ja, ja, de centen, ik weet het, maar als je een gedeeltelijke hypotheek rond kan krijgen, dan is de griend een goed onderpand voor het overige geld, en als je dat uitsmeert over pakweg twintig jaar, dan zit je goed. De griend is vruchtbaar en Hollands rijshout is en blijft het uitgelezen materiaal voor zinkstukken."

Het aanprijzen van de griend bracht de jonker in vuur en vlam en het lag op Daans tong om te vragen: „Waarom verkoopt u dan de griend?" Maar hij zei: „U zult het wel goed bedoelen."

De jonker kwam overeind, schonk zich nog eens een borrel in, tikte hem op de schouder en zei: „Denk er eens goed over na, jongen."

Hij heeft er nog eens goed over nagedacht. De jonker gunt het hem en hij kwam met een schappelijk aanbod. Maar wat is daar een bonk geld voor nodig, het duizelt hem als hij eraan denkt. Jawel, een 'gouden' griend, maar hij kan dat mooie aanbod wel uit zijn kop zetten.

„Nou, ik kan niet zeggen dat je de oren van mijn hoofd kwebbelt," zegt Nol. Hij klautert tegen het steigertje op en gaat naast hem zitten, hun benen bungelen boven het water. Nol stopt zijn doorrokertje, puft de brand erin en blijft in gepeins verzonken zitten. Daan staart in de richting van de dijk, hij ziet wazige windveren tegen een blauwe hemel en zegt in een poging tot flauwe scherts: „Daar zitten we dan, vriezen we dood, dan vriezen we dood."

Nol werpt een zijdelingse blik op Daan die heftig op een grasspriet kauwt en vraagt: „En wat doe je nu?"

Daan schokt met zijn schouders. „Ook een vraag! Waar haal ik het geld vandaan?"

„Dus je hebt er wel oren naar?" In hem een licht gevoel van opluchting, want als Daan de eigenaar van de griend wordt... En vlug voegt hij eraan toe: „De jonker heeft het goed met je voor, Daan."

„Vertel mij wat." Nijdig gooit Daan de grasspriet weg. Nol is soms een 'ouwe' zeur.

Nol neemt een trek aan zijn doorrokertje en zegt: „Ik zou er maar eens heel diep over nadenken."

Hij hoont. „Hoor daar, net sprak je heel anders."

„Weet ik, weet ik," antwoordt hij, en weer wordt het hem een tikje weemoedig om het hart, want als de griend in vreemde handen valt... De griend blinkt met al zijn kleuren in het zonlicht als een gerestaureerd schilderij en hij dringt aan: „Er moet toch een oplossing voor te vinden zijn."

Daan hoont: „Alleen als je vier ton in je zak hebt, Nol! Dat is de enige oplossing."

Opeens ziet Nol heel duidelijk het beeld van Daan, de zeergeleerde jongeman. Ja, in theorie wel, maar in het dagelijks leven kan hij door een tekort aan inzicht de boel niet rondbreien, en laat hij misschien dé kans van zijn leven tussen zijn vingers doorglippen. Nol zegt Daan ongezouten de waarheid. "Zo zie ik het, zit niet bij de pakken neer, zoek een uitweg, toon ruggengraat! En zit niet zo kwaad met je kop te schudden."

„Kwaad...ik?" Daan stuift op. „Ik kan je wel wurgen om wat je me allemaal voor de voeten gooit."

Nol knikt. „Dat begrijp ik en mijn woorden zijn geen honingkoekjes, maar samen zijn we door dik en dun gegaan, Daan, en om je nu in de steek te laten... Desnoods neem ik een hypotheek op mijn huis. Nee, nee, niet alleen uit liefdadigheid, ook uit eigenbelang. Want als ik er geld in steek..."

Daan schiet in de lach, hij geeft hem een klap op zijn schouder. „Nol, 'ouwe rot' die je er bent, jij denkt natuurlijk ook: dan ben ik een medefirmant en kan hij me niet ontslaan. Knap bedacht, makker!"

Een jolige knipoog. „Heb je 'm door? En ik heb er geen hoge school voor nodig!" Dan ernstig: „Ik meen het, Daan, samen met de waarde van je eigen huis kom je een heel eind, jongen."

„Mis, Nol, moeder heeft toentertijd al een hypotheek op het huis genomen om mij te laten studeren, het overige is voor Wouke en Ward." Ward, met pijn in zijn hart denkt hij aan zijn broer. Hij heeft hem nog nooit gezien, en moeder is alweer drie jaar overleden. Moeder die niet bij vader begraven wilde worden, maar gecremeerd. Moeders urn is nu diep weggestopt in een donkere kast. Moeder had ooit eens tegen hem gezegd: „Weet een dwaas waar zijn geluk ligt? Oom Maarten gaf te veel en vroeg te weinig."

„Oom Maarten?" had hij gevraagd. „U bedoelt mijn vader…"

Moeder ging op zijn praat niet in, zei alleen: „Zijn levenslot gaf een batig saldo, aan het eind bleef hij bedrogen aan de kant staan, en op het mijne staat altijd een tekort dat niet is aan te zuiveren."

Moeder, plots heeft hij haar beeld weer op zijn netvlies. Een gewoon gezicht, met eigenzinnige, sterke trekken. Felle ogen, een tedere mond, een gezicht dat veel verbergen kan en niet het innerlijk van de ziel verraadt. Hij vraagt zich af of hij meer van haar had gehouden of meer van zijn vader. Hij komt er niet uit en strijkt met zijn hand langs zijn ogen. Plots voelt hij zich oeroud en zucht: „Laten we erover ophouden."

Kwaad slaat Nol met zijn vuist op het steigertje, zijn stem schiet uit: „Wat krijgen we nou, Daan Kooistra, laat je de moed zakken? Daar is het laatste woord nog niet over gesproken!"

„Ach, hou toch op, man," stoot Daan hees uit. „Al dat geklets, wat heeft het voor nut, de griend is voor degene die het kan betalen, niet voor mensen zoals jij en ik."

Er springen tranen in zijn ogen, Nol die het ziet, meent het te begrijpen. Bemoedigend klopt hij Daan op zijn schouder en bromt goedig: „Het komt wel goed, jongen. Je hebt de jonker op je hand en dat is een sterke troef. En zoals ik het zie, is de griend voor jou nog niet verloren."

Het is winter. Er loopt een man over de dijk, over zijn schouder draagt hij een plunjezak, stuifsneeuw plakt in zijn gezicht, glinstert op zijn bonker. De sneeuw kraakt onder zijn schoenen, zijn loop verraadt dat hij een zeeman is. Hier en daar blijft hij staan om te kijken of de tijd in de buurtschap heeft stilgestaan. Links en rechts ziet hij nog steeds dezelfde huizen met hun rode pannendak, een tuintje voor en een moestuin achter en roodbloeiende geraniums tussen witte vitrages.

Hij schuift zijn schipperspet wat achterover op zijn verschoten haren, nu grijs, vroeger blond. Zijn kleren zijn wat sjofel, maar schoon en heel. Ruim dertig jaar geleden was hij als jonge kerel, als vijand van zichzelf, hier vandaan gevlucht met een loodzwaar geweten. Daarna had hij met een kil gevoel om zijn hart vele jaren over de zee gezworven, verre landen bezocht, vreemde culturen leren kennen van mensen met andere zeden en gewoonten. Hij had het warme leven verraden en weggegooid. Door de loop der jaren sliep de hunkering naar de buurtschap in, maar hij liet zich niet voorgoed uitbannen. Nu is hij teruggekeerd, als een oude man.

Hij staat stil op de dijk en kijkt strak naar het huis dat een eindje van de dijk wat meer in het land ligt. Het huis waarin hij de heftigste tijd van zijn leven meemaakte, en ook de diepste vernedering en zondeval.

Het aanzicht van het huis maakt herinneringen los die hem meer doen dan hij verwacht had. Hij ziet het beeld van een oude man die geen vrees heeft voor het oordeel van anderen, die hem op voorhand vergaf en hem smeekte te blijven. Hij ziet een vrouw met wie hij de zonde had begaan en die zijn kind droeg… Zijn eigen pleegmoeder… En hij ziet Wouke met haar blije, vriendelijke karakter. Zou ze het begrepen hebben als ze alles van hem geweten had? Hij ziet Nol Doevedans en de jonker, wat zou er van al deze mensen geworden zijn?

Dertig jaren waarin hij bewust niets van zich heeft laten horen. Ward Kooistra heeft op harten getrapt en levens vernietigd. Een weten dat hem niet loslaat, waardoor hij zich soms zwak en slap voelt, alsof een lichte koorts zijn bloed doet gloeien, maar waarin zijn geest merkwaardig helder blijft. En het is juist zijn geest die hem dwingt te doen wat hij nu van plan is. Rechtstreeks op zijn doel afgaan en de draad weer oppakken waar hij hem dertig jaar terug liet vallen, mits ze hem nog willen kennen en vergeven…

Hij vervolgt zijn weg en slaat het pad in dat naar het huis loopt. Dit is bekend terrein, herinneringen spatten open. Een vrouw die hem kust en die zich tegen hem aandrukt, hij leest verlangen in haar ogen, duwt haar weg. "Niet doen, dat is verkeerd en gevaarlijk…"

Verwonderd vroeg ze: "Waarom blijf je dan als je het verkeerd en gevaarlijk vindt?'

'Dat weet ik niet,' had hij gemompeld. Hij zag de tranen in haar ogen, voelde haar kus op zijn mond, voelde zijn weerstand wegebben. Het bleef niet zonder gevolgen…

Daarna gewetenswroeging die al dertig jaar aan hem knaagt, niet met rust laat en de smart niet kan doven. Het hele gebeuren hangt als een inktzwarte schaduw over zijn leven.

Uit het huis komt een jongeman naar buiten. Hij is blond en fors. Zijn instinct zegt hem: dat is mijn zoon. Fem dwaalt door zijn geest, heeft ze hem liefgehad en tegelijk gehuiverd voor zijn man-zijn? Het ontleden van haar psyche kwelt hem, of kwelt hij zichzelf onder het voorwendsel het moment van toen beter te leren begrijpen? Kom, kom, Ward Kooistra, zo denk je al dertig jaar, wordt het geen tijd dat je je ziel zuivert en het voor haar opneemt…?

Dat je de knaap die naar je toekomt de volle waarheid vertelt over zijn moeder, over de hunkering die haar kwelde tot het een lichamelijke pijn werd. Dat ze hartstochtelijk zocht naar een man, al was die man haar pleegzoon?

„Zoekt u iemand?"

De jongeman die vlak voor hem staat, heeft de stoere kop van de Kooistra's: een verstandige oogopslag en een wilskrachtige mond. Hij is een kop groter dan Ward, maar oude mensen krimpen, en hij is op zijn retour.

„Ik …eh …" Aarzelend steekt hij zijn hand uit. Angst schroeft zijn keel dicht. Hoe zal die knaap reageren? Hij mompelt: „Ward Kooistra." Hij durft dat jong niet aan te kijken.

Zijn blik glijdt over het besneeuwde landschap, plots voelt hij de kou, hij staat te rillen als een juffershondje. Nog geen maand geleden in de tropen, en nu hier.

„Jij… mijn broer?" Daan schudt de uitgestoken hand, een grove werkhand met eelt in de handpalm en op de vingertoppen. De onverwachte ontmoeting verwart hem en hij stamelt: „Het is voor het eerst dat ik je zie, en dat na dertig jaar waarin je nooit wat van je hebt laten horen!" Dan vol minachting: „Lekker broertje ben jij!"

'Broer', er gaat een schok door Ward heen. De waarheid is Daan onbekend.

Opeens een snauw: „Wereldzwerver, wat beweegt jou na al die jaren hier terug te komen?"

Ja, wat beweegt een mens? Ward wil voor de waarheid uitkomen. Hij huivert van de kou, stampvoetend zegt hij: „Ik leg hier bijna het loodje, dus je laat me binnen zodat we kunnen praten, of je trapt me van je erf af."

„Praten, waarover?" Daan voelt er weinig voor, dertig jaar is niet te overbruggen. Maar de man ziet blauw van de kou. Hij zwicht en nodigt hem binnen: „Nou, kom er maar effe in…"

„Vertel."

Ward neemt een slok van zijn koffie en kijkt de kamer rond. Er is niets veranderd. Ja toch, een grote foto van hem op de ladekast. Hij zegt: „Daar kan ik me niks van herinneren."

„Klopt, nadat jij weg was, heeft moeder van een negatief deze foto laten maken."

Moeder? Och ja, Fem is zijn moeder en hij zijn vader, al gaat hij door voor zijn broer… Het hindert hem dat hij een zoon heeft wiens naam hij niet kent.

„Hoe heet je?" In hem spanning.

„Daan. Ik ben vernoemd naar mijn moeders vader."

Ach zo, Fems vader, voor Ward een vreemdeling. Waarom geen Ward of Maarten? Er roest een pijn door zijn denken. Wat is een naam? Daar kan hij zich beter niet druk over maken. Hij moet het verleden laten rusten, op dat ene na. Hij moet Daan de waarheid vertellen, voor hij voor zijn eigen zoon een vreemdeling blijft die Daan nooit zal kennen.

Daan, een juweel van een knul. Hij grabbelt in zijn zak en tovert een pakje shag tevoorschijn. „Hier, draai een sjekkie, zware uit Singapore."

„Dank je, ik rook niet, maar als jij wilt opsteken, ga je gang."

Hij rookt en Daan drinkt koffie, tussen hen hangt een zwijgen, waar denken ze aan? De een aan de onverwachte ontmoeting met zijn broer, naar wie hij in zijn jonge jaren heeft verlangd, maar die hem nu volkomen koud laat. De ander aan de waarheid, die hem na jaren hier naartoe dreef…

De waarheid die straks zowel voor hem als voor Daan beslissend zal zijn voor hun verdere leven.

„En oom Maarten?" vraagt hij. „Hoe is het hem vergaan?"

„Oom Maarten?" Even verwondering. „Je bedoelt mijn vader?"

Hij knikt. „Vertel eens wat over hem…"

Ward, met het beeld van wijlen zijn vader op zijn netvlies, luistert met een hart vol melancholie. Zonder het zelf te weten, glimlacht hij en hij zegt: „Godzijdank, hij heeft niet geleden…"

Daan stuift op. „Het schijnt je niet veel te doen, hè?"

Zachtjes zegt Ward: „Weet je, ik heb met een Soedanees gevaren, die zei: 'De mens loopt met het lot om zijn hals, en dat ontloop je niet…'."

Getroffen kijkt Daan hem aan? Wat is Ward Kooistra voor een man? Hij snauwt: „Alsof je een vonnis uitspreekt."

„De dood is het vonnis voor onze aardse zonden, Daan."

„Heb jij die dan?"

„Wie niet. Jij niet? Kijk niet zo verbitterd, jongen. Vertel me eens hoe het met Wouke gaat?"

„Vertellen, vertellen, vertel jij maar eens waar je die dertig jaar hebt uitgehangen!"

„Vertellen?" Even een moment van stilte. „Er valt niet veel te vertellen… Jaren op de wilde vaart gezeten, vier uur op, vier uur af, werken tot je naden kraken. Totdat ik tijdens het passagieren op de vaste wal tegen een 'verlopen' kapitein opbotste, die volop in de smokkelvaart zat. Een linke jongen die iedereen te glad af was, geen vrouw was veilig voor hem."

Hij zwijgt en denkt opeens aan Fem. Een lentevlaag, een meidroom, in september verdord en in december vergeten. Was het zo tussen hen gegaan? Of werden hun onstuimige harten gedragen door passie en waren ze blindelings op het noodlot afgestormd dat stukliep tegen de harde werkelijkheid? Die werkelijkheid is Daan, zijn zoon, die hem ziet als zijn oudere broer…

Fem heeft hierin haar rol goed gespeeld, ze heeft de leugen jarenlang volgehouden.

Hij krijgt een por tegen zijn schouder. „Waarom zwijg je opeens, vertel eens verder."

214

O, ja vertellen, vooruit dan maar weer.

„Ik heb een aantal jaren met die gast gevaren, louche zaakjes die het daglicht niet konden verdragen, maar waarmee ik wel bakken met geld verdiende."

„En nooit gepakt?"

Een grijns. „Dan zat ik hier niet. En nu jouw beurt, Daan, vertel eens wat over jezelf."

Vertellen? Zeker aan die vent die dertig jaar niks van zich heeft laten horen! Een weten dat als een scherpe haak in zijn ziel zit gedrongen en hij snauwt: „Vertellen aan jou, waarom zou ik?"

„Dat is niet eerlijk, Daan, ik heb je mijn verhaal verteld en nu jij…"

„Als het zo makkelijk lag."

„Gewoon, beginnen bij het begin."

En hij begint over Nol en Wouke, al die jaren over de punthaak getrouwd. Over zijn vader, de goedheid zelve, en over zichzelf, zijn studie Biologie. Maar vooral over de jonker, want er is geen man zo moedig en actief als de jonker.

'Zo', denkt Ward, 'je prijst hem de hemel in…' Ward had de jonker leren kennen als een ondoorgrondelijke vent. Een man die in bepaalde omstandigheden handelt, maar vaak ook afwacht. Hoe oud zou die kerel nu zijn? Ouder dan hijzelf. En Daan kwebbelt maar… De jonker met een 'gouden randje'.

„Zeg, luister je wel?!"

„Ja, Daan, maar vertel eens, wat heb jij met de jonker, dat je hem een kroon aanpraat?"

„Ik kan de griend van hem kopen."

Aha, dacht ik het niet, er schuilt wat achter… Een afgestudeerd bioloog die de griend koopt. Zijne edele denkt natuurlijk ook: 'Prima natura'.

„Dan doe je dat toch?"

„Maar hoe? Waar haal ik die smak centen vandaan. Nol wil al een hypotheek op zijn huis nemen."

„Om jou tegemoet te komen…" Tjonge, die Nol… goeie 'ouwe gabber'. „En je hebt dit huis toch nog?"

„Ach man, houd er toch over op. Wat weet jij daar nu van? Dit huis is al voor een derde verhypotheekt en jij en Wouke moeten ook nog je deel."

„Mijn deel schenk ik je, en hoe Wouke erover denkt, moet ze zelf weten."

„Jij wilt mij…?" Overdonderd kijkt hij hem aan. Ward, die hem… Een edele daad, maar plotseling voelt hij woede in zich opkomen tegenover die wildvreemde broer die uit het niets kwam opduiken en die er nu zo ondoorgrondelijk bijzit. Verbitterd zegt hij: „Ik wil het niet."

Wat had Ward dan gedacht? Dat Daan hem juichend om de hals zou vallen? Hij ziet iets van zijn eigen pijn in die grijsblauwe ogen. Hij gaat er niet op in en vraagt: „Zeg, Daan, vertel eens, ligt de griend je na aan het hart?"

Pats! Pal in de roos, die vraag komt aan, de griend waar hij vanaf zijn jonge jaren mee is vergroeid. De tranen springen in zijn ogen. Hij bijt op zijn onderlip en voelt lust om met zijn vuist op tafel te slaan. Verbitterd valt hij uit: „Wat in en in gemeen van je om dat te vragen!"

Een goedmoedig lachje. „Ik zie het al. Ik koop de griend voor jou."

„Jij koopt de griend voor mij?" Een ogenblik zit hij verstomd. Hij vraagt zich af wat voor gevoelens deze man in hem oproept. Vrees, afkeer, haat?

Stroef zegt hij: „Houd je smokkelgeld maar, ik zie het als stelen."

„Nou nou, Daan, dat zijn grote woorden, nu mag jij als bioloog een grote 'bolleboos' zijn, maar neem van mij aan dat groten én kleinen wel eens stelen, maar groten stelen het meest."

„Zo zie ik het niet."

„Nog niet nee, maar je komt er wel achter. En jij ziet dat geld als diefstal, ik geef toe dat ik lang geen heilig boontje ben, maar de wereld is zo geworden door menselijke fouten. En dat alles beter moet worden?" Hij schudt zijn hoofd. „Daar geloof ik niet in."

„En toch moet ik dat smokkelgeld niet."

Daan, eerlijk van hart en geweten. Nu geen uitstel meer, de waarheid moet worden gezegd. Ward staat op, hij verzamelt al zijn moed, legt zijn hand op Daans schouder en zegt: „Niemand op deze wereld matst jou, Daan, alleen je vader. Pak het geld aan."

Ongelovig staart Daan naar de man die voor hem staat. Het is alsof de grond onder zijn voeten wegzinkt. Wat moet hij hiervan

216

geloven? Stamelend zegt hij: „Jij…je bent mijn vader?"

„Ja, Daan."

„En dat kom je me na dertig jaar zomaar eventjes vertellen? Je dacht natuurlijk 'voor alle zekerheid gooi ik er een smak geld tegenaan, want geld kan veel vergoeden'. Of heb ik het mis?"

„Nee, nee, zo is het niet!" Wards stem stokt, hij maakt een hulpeloos gebaar met zijn handen. „Geloof me, Daan, ik had er niet eerder de moed toe."

„En nu wel? In mijn ogen ben je een grote lafaard."

„Een lafaard?" Hij schudt zijn hoofd. „Dat niet, Daan. Ik heb verkeerd gedaan en ik beken schuld, maar ik ben gestraft, dertig jaar gepijnigd door wroeging en zelfverwijt. Dat is zo'n zware straf, die gun ik niemand."

„En nu kom je balsem op de wonden leggen."

„Alsjeblieft, Daan, spaar me een beetje…."

„Waarom? Heb jij ons gespaard, oom Maarten en mij?"

„Ik weet het, ik weet het, maar nu wordt er schoon schip gemaakt, Daan."

„Bij jou, niet bij mij." Tranen van woede en vernedering branden in zijn ogen. Hij springt op en loopt naar het raam, drukt zijn gloeiend voorhoofd tegen het glas, de ijzige kou dringt met een krampgevoel tot in zijn hersens, het felle wit van de langs de dijk liggende sneeuw steekt hem in de ogen.

Ward Kooistra is zijn vader.

„Bewijzen!" snauwt hij plots. „Dat moet je kunnen bewijzen, ik kan ook wel zeggen…"

„Ik zeg het je, Daan." Hij doet een graai in zijn binnenzak. „Hier is mijn monsterboekje, lees maar wat er staat Ward Kooistra. Jij bent de zoon van mij en Fem."

„Je pleegmoeder!"

„Juist, mijn pleegmoeder en jouw moeder." Weer ziet hij het visioen van twee lichamen in bronstige omstrengeling, een hemeltergende zonde… Hij bijt zijn tanden zo hard op elkaar dat zijn kaken pijn doen.

„En mijn vader?"

„Je vader staat voor je, Daan, jij bedoelt oom Maarten."

„Ja… oom Maarten." Hij keert zich af van het raam. Voor het eerst noemt hij zijn 'vader' nu oom Maarten. Het voelt alsof hij hem verraadt en hij zegt: „En nu probeer je met geld alles schoon te wassen."

Wat had Ward dan gedacht, dat dat jong hem juichend om de hals zou vallen? Hem met de rode loper zou binnenhalen? Kom nou... Zachtjes zegt hij: „Alsjeblieft, Daan, ik vraag het je nogmaals, spaar me een beetje."

„Dat heb je al meer gevraagd. Dan vraag ik jou op mijn beurt opnieuw: „Heb je ons gespaard, moeder, oom Maarten en jezelf, Ward?"

Daan die hem dat vraagt en voor het eerst zijn naam op een lijn stelt met die van zijn 'ouders'. O, dat vernietigende schuldgevoel, dat zware schuldbesef! Zachtjes fluistert hij: „Mijn vader?"

„Je bedoelt oom Maarten?"

„Juist, jouw pleegvader, hij wist het van mij en je moeder, verspilde er niet veel woorden aan en zei: 'Senior of junior, het blijft een Kooistra, en niemand hoeft zijn neus eraan te stoten'."

„En toen pakte jij je biezen."

„Juist, op de vlucht voor mezelf, Daan."

„En na dertig jaar kom je eindelijk eens boven water."

„Ik weet het, Daan, het is niet goed te praten, maar geloof me, ik zal mijn straf niet ontlopen als ik het tijdige met het eeuwige heb verwisseld. En dat jij bezwaar maakt tegen dat geld, dat jij dat ziet als een afkoopsom, dat begrijp ik. Maar als jij het geld niet aan wilt pakken, laat mij de griend dan voor je kopen."

„Kletskoek, de griend is een smak geld."

„Ik heb dat geld, Daan."

„Geld van louche zaakjes."

Een sarcastisch lachje. „Heel de wereld hangt van louche zaken aan elkaar.."

„Juist, en door voor mij de griend te kopen, wil je jezelf vrijpleiten."

„Vrijpleiten, nadat ik mijn leven heb verwoest? Wees wijzer! Misschien een klein straaltje hoop aan het eind van mijn levensweg, een walmend oliepitje, meer niet."

Strak staart hij in het vuur dat opgloort achter de micaruitjes. Aarzelend steekt hij zijn benige handen uit, hij kijkt naar zijn zoon en mompelt: „Daan, je mag het best weten... Het laatste uur, ik zit erover in de rats."

Alsof hij een biecht opzegt... Daan kijkt in een paar harde ogen vol wanhoop. Ward Kooistra, van griendwerker tot ruwe zee-bonk, vol wanhoop staart hij zijn eigen lege wereld in. Wat zegt hij nu?

„Ik zal je niet dwingen wat de griend aangaat, Daan, maar denk er nog eens over na."

Hij komt overeind, doet een greep naar zijn plunjezak en zegt: „Alles is gezegd wat gezegd moest worden, ik stap weer eens op."

„Waar ga je naartoe?" Voor hem staat een oude man met een hard, ondoorgrondelijk gezicht. Om zijn mond ligt een schaduw van een glimlach. „Een 'ouwe' zeeschuimer vindt altijd wel een plekkie."

Daan worstelt met de schokkende bekentenis die zijn ziel omver woelde en zegt: „Je vraagt naar iedereen, behalve naar mijn moeder."

„Fem?" Bom, de plunjezak staat weer op de grond en Ward zit weer op zijn stoel.

„Hield je van haar, Daan?"

„Meer van mijn va… eh… oom Maarten."

„Moeten we er dan nog over praten, Daan?" Hij ziet wel dat het die knul aangrijpt, er biggelt een traan langs Daans wang en hij reikt hem zijn zakdoek. „Hier, veeg je gezicht af." Hij denkt: 'ik wou dat ik nog kon huilen…'

„Drie jaar terug is ze overleden… Het hart."

„Zo… Een troost: we gaan allemaal, Daan." Ja, wat moet hij anders zeggen?

„Ze wilde niet bij oom Maarten liggen…"

„Wat… niet bij mijn…?" Dat nieuws schokt hem, hij huivert, kijkt naar Daan en vraagt: „Gecremeerd?"

Geen antwoord. Daan loopt naar de kast, pakt vanuit het donker de urn, zet hem op tafel en zegt slechts een woord: "Moeder."

Het woord haakt in zijn hersens. Ward legt zijn handen om de urn, dus dit alles is wat er van een mens overblijft, een laagje witgrijze as. 'Gij komt uit stof en gij vergaat tot stof…'

Hij voelt een uitstralende warmte of is het slechts verbeelding? Duizenden herinneringen zweven af en aan, waaruit er een zich losmaakt. Fem was geen lichtzinnige vrouw. Ze had bij Ward gezocht wat zijn vader haar niet kon geven. En dat staat naast hem… Daan.

Plots springt er een gedachte als een helderwit licht uit zijn brein naar voren.

„Zeg, Daan."

„Ja."

„Ga je ermee akkoord dat we die urn naar mijn vaders graf brengen?" Oom Maarten, zijn grootvader, Daan moet nog wennen aan het idee.

„Hoe?"

Hij denkt eraan terug dat Wouke de urn niet wilde hebben. „Geen as van een dooie in mijn huis." En ze had hem de urn toegeschoven. Wouke hield niet van moeder, moeder had daar ook niet naar gehandeld. Daan had de urn diep weggestopt in de kast, in de donkerste hoek zodat hij hem zo min mogelijk zag.

„Gewoon op zijn graf," zegt Ward.

„Wanneer?"

„Nu meteen."

„Naar het dorp? Dat is een hele tippel."

Hij voelde een klap op zijn schouder. „Kom op, jong, je hebt nog jonge benen."

Net als toen hij hier met moeder liep, wijst Daan de weg. Tweede pad rechts, als hij het graf nog maar kan vinden, hij is hier in geen jaren meer geweest. Opeens ziet hij het: „Daar," wijst hij.

„Daar?" Ward lucht zijn gemoed. „Wat een kale armoedzooi."

„Wat wil je? Het is winter." Maar in hem is twijfel, de marmeren steen ziet grauw, de vergulde letters zijn verweerd en niet meer te lezen, de naam is weggevaagd. Naast hem gromt Ward: „Een bende koude steen, meer niet."

Gegriefd valt Daan uit: „Houd je grote bek, je hebt nooit ergens naar omgekeken en nu commentaar?!"

„We gaan toch geen ruzie maken, Daan. Wat je zegt is waar, maar met mijn hand op mijn hart beloof ik je dat dat van nu af aan zal veranderen." Hij schroeft het deksel van de urn.

„Wat doe je nu?" vraagt Daan verwonderd. „We zouden dat ding begraven."

„Begraven? Ben je mal, we strooien de as uit…" Oude gevoelens slijten uit, wroeging blijft.

„Hier?"

„Waar anders?"

„Dat mag zomaar niet op het kerkhof."

„Daar is mij niks van bekend en als jij niks zegt en ik m'n mond houd, dan kraait er geen haan naar."

Vlug kijkt hij om zich heen, niemand te zien. "Daar gaat het, Daan, bid voor je moeders zielenrust, dat Hij haar moge opnemen in Zijn eeuwige liefde en genade."

Maar in hem leeft de angstige gedachte: 'jouw ziel is bevrijd Fem, nu de mijne nog, maar wie o wie… Daan?'

Hij schroeft het deksel weer op de urn, duwt hem in Daans handen en gromt: „Zo, dat is verleden tijd, gooi dat ding maar in de vuilnisbak."

Daan stuift op: „Jij met je grof geschimp, moet je altijd op iemands hart trappen?"

Onverschillig antwoordt Ward: „Beter op je hart, dan op je ziel."

„Wat bedoel je, Ward Kooistra?" Hij maakt Daan nerveus met zijn geklets.

„Denk daar maar eens over na."

Zwijgen tussen hen. Ze lopen naar de uitgang. Ward met de plunjezak over zijn schouder, hij met de urn in zijn jaszak. De wind ritselt in de bomen, het grind knerpt onder hun voeten. Links en rechts zerken met namen. Pietje ligt hier. Jantje daar. Oom Maarten ligt in vak C en Ward heeft tegen alle regels in moeders as over diens graf gestrooid.

Plots merkt Daan op: „Volgens mij zijn er op aarde meer doden dan levenden."

Ward verlegt zijn plunjezak van zijn rechter- naar zijn linkerschouder en kijkt naar hem. Hij schudt wijsgerig zijn hoofd en zegt: „Sombere gedachten die een mens ontmoedigen, geef daar niet aan toe, jongen."

Ze gaan door de ijzeren toegangspoort en Daan denkt: 'nu nog de lange weg terug naar huis'.

Ward zegt: „Nu gaan we ieder ons weegs, jongen."

En net als thuis herhaalt Daan de vraag: „Waar ga je naartoe?"

Stilte tussen hen. Daan tuurt omhoog, sombere, grauwe wolken drijven over het landschap dat een desolate indruk maakt.

„Kan dat jou wat schelen, zoon?"

'Zoon', het woord haakt in zijn oren, voor hem ziet hij de

gedrongen gestalte van Ward Kooistra. Zijn vader, wiens wangen bleek doorschemeren onder zijn doorkomende baard. Een stoere kop met diepliggende grijze ogen die met een scherpe blik dwars door je heen kijken. Een zeeman met zeemansverhalen, die misschien vreugde en ook verdriet heeft gekend. Hij zou het hem willen vragen, maar heeft er de moed niet toe.

Ward zegt op een luchtige toon: „Maak je over mij maar geen zorgen, een zeeman vindt altijd wel een plekkie."

Hij steekt zijn hand uit, geeft Daan een vertrouwelijk kneepje in zijn wang en zegt: „Nou, jongen, denk nog eens na over mijn aanbod voor de griend. Als je een besluit hebt genomen dan hoor ik het wel, ik stuur je mijn adres. Tabé, knul, het ga je goed."

Hij loopt zonder om te kijken bij Daan vandaan, bij iedere stap een stukje verder.

Gefascineerd kijkt Daan hem na. Ward Kooistra, hij gaat zoals hij gekomen is: eenzaam en verlaten. Ward Kooistra, die hem de kans van zijn leven geeft door de griend voor hem te willen kopen, dat ruige stuk moeras, een stukje paradijs op aarde, waar hij zijn hart aan heeft verpand. Ward Kooistra is een edel mens. Met moeite perst hij de tranen weg die heet achter zijn ogen branden. In de verte hoort hij een schril geluid dat hem weer bij zijn positieven brengt.

„Wacht!" roept Daan luid en hij holt Ward achterna. Ze staan tegenover elkaar en hij zoekt naar woorden. Ward zwijgt en wacht af. Dan zegt hij: „Toch de griend?" En met een glimlach: „Een wijs besluit, mijn zoon. Niet te lang wachten, dan breien we meteen de zaak rond."

Hoor daar, alsof de zaak al is beklonken! Aarzelend zegt Daan: „Het is de jonker die beslist."

„Het zal voor hem een hele opluchting zijn, want dan schudt hij de gieren van zijn nek."

Pats, zoiets zegt alleen Ward.

„In de griend is veel werk en Nol wordt oud."

„Plaats een advertentie, jonge kerels genoeg."

„Een goeie griendwerker ben je niet zomaar."

„Al doende leert men, dat hebben wij ook moeten doen."

„Wie we? Jij kneep er dertig jaar geleden tussenuit."

„En nu ben ik terug, precies op het juiste moment, voor wat de griend betreft."

Onwillekeurig schiet Ward in de lach. „Je zou het een staaltje van helderziendheid kunnen noemen."

„Dacht je dat?"

Plots glijdt er een schaduw over Wards gelaat. „Nee, eerder het zoeken van een verdoolde naar een beetje barmhartigheid."

Daan voelt een brok van ontroering in zijn keel. Wrok en wrevel zijn verdwenen, hij voelt slechts vertedering, zonder boosheid. Zachtjes zegt hij: „En heb je die gevonden?"

Peinzend glijdt Wards blik over de jongeman die hem deze vraag stelt. Dertig jaar is hij op de wilde vaart geweest, voortgejaagd door stormtij of zwoele wind, heeft hij gezworven van continent naar continent, met pijn in zijn hart op de vlucht voor zichzelf. Hij had slechts een ding voor ogen: 'eens moet ik met mezelf in het reine komen, ga ik terug naar waar ik vandaan ben gekomen om het kind te zien van Fem en mij'.

Nu staat zijn zoon voor hem en hij krijgt het gevoel of hij voortdrijft op een stille stroom. De angst voor het hemelse gericht ebt langzaam weg, en innerlijk komt hij tot rust .

„Nou, zeg eens wat..." dringt Daan er bij hem op aan.

„Ja," zegt Ward spontaan, „ik heb barmhartigheid gevonden in jou..."

„Wil je daarom voor mij de griend kopen?"

Weer maakt ontroering zich van Daan meester.

„Dat werkt er wel aan mee, ja."

„Het is een familiekwestie, de jonker beslist niet alleen en ze willen geld zien."

„O, maar als jij met klinkende munt rammelt, gaan ze overstag."

„Het lijkt wel of je ze kent."

„Nou, kennen... Het is een doordenkertje, Daan, ze willen het zaakje weer vlot trekken."

„En de jonker?" De jonker die hem met zijn studie heeft bijgestaan en die tegen hem zei: „Jou gun ik de griend."

„Die wordt de laan uitgestuurd."

„Zou je denken?"

„Daar kun je vergif op innemen."

„Toe maar, vergif. Weet je wat ik denk?"

„Daan, jongen. Je denkt te veel. De jonker geeft jou deze kans, waar praat je dan over? Grijp die kans!"

„Die lui zijn tuk op geld, reken erop dat ze hun voorwaarden zullen stellen."

„Je maakt je te veel kopzorgen, als het zover is, nemen we een notaris in de arm."

Daan verwondert zich heimelijk over het scherpe inzicht van Ward en zijn rustige antwoorden, die precies de kern van de zaak raken.

„Als ik jou zo hoor, is de zaak al rond."

Een amicaal tikje op zijn arm. „Geen zorgen voor de dag van morgen, het komt allemaal wel goed, Daan."

Plots dwarrelen er sneeuwvlokken om hen heen. Ward kijkt naar boven en fluit zachtjes tussen zijn tanden. Een olijke grijns doet zijn mondhoeken krullen.

„Suikertjes, jongen, maak dat je thuiskomt."

„En jij?"

„Een zeeman hoort op de wilde baren, dat weet je toch, Daan?"

„Kletskoek, je bent griendwerker."

„Laat me niet lachen, een griendwerker van dertig jaar terug."

Het wordt smalend gezegd. Het irriteert Daan dat Ward zichzelf vernedert, korzelig valt hij uit: „Gooi jezelf niet in de goot, een ander raapt je niet op."

„In de goot, ik?" Plots een gulle schaterlach. „Nee, maar die is goed!"

Driftig valt hij uit: „Wat sta je nou stom te grinniken?"

Een arm om zijn schouders, een warme oogopslag van dichtbij. „Omdat ik je zo heel graag mag, jongen."

„Blijf dan!" Het valt uit zijn mond voor hij er erg in heeft.

Een stille, genegen blik. „Meen je dat werkelijk, jongen, wat je daar zegt? Ik, een 'ouwe' kerel in zijn nadagen?"

Plots is er in hem de zekerheid dat het verleden vervaagt tot herinnering, maar dat het heden blijft. Hij geeft Daan een por tegen zijn schouder. „Nou, Daan, aan jou de keus."

Daan zegt slechts twee woorden, maar ze zijn vol betekenis voor zijn verdere leven: „Blijf, vader."